백 규 조 규 익 교 수 정 년 기 념

한여름에
묵은지 꺼내기

백규 조규익 교수 지인들과 문하생들의 추억담

(사) 한국문학과예술연구소 문예총서 12

백 규 조 규 익 교 수 정 년 기 념

한여름에
묵은지 꺼내기

백규 조규익 교수 지인들과 문하생들의 추억담

정년기념 문집 편찬위원회

인터북스

머리말

    1987년 3월 백규 조규익 교수님께서 숭실대학교 국어국문학과로 부임하셨다. 그날 이후 35년 동안 밤낮도, 휴일과 명절도 잊으며 연구실을 지키셨다. 2006년 4월 한국전통문예연구소(2008년 '한국문예연구소'로, 2016년에 '한국문학과예술연구소'로 각각 개명)를 개소하신 이후 문학과 음악·무용·영화·연극·뮤지컬 등 인접 예술분야들을 연대·융합하는 새로운 패러다임을 구축하고, 이를 지속·발전시켜 오셨다. 특히 단일 분과 중심의 학문 연구가 지니는 한계를 벗어나 한국문학과 예술[음악·무용·미술·영상]의 학제 간 연구를 선도하고 융·복합 연구를 지향하면서 학술지 『한국문학과 예술』을 42호까지 발간하셨다.

    그동안 교수님께서는 훌륭한 스승으로 연구자로 생활인으로 모범을 보여주셔서 늘 모두에게 감동을 주셨다. 다양한 업적과 큰 가르침을 주신 교수님께서는 이제 2022년 8월 정든 학교를 떠나신다. 상도동 숭실대학교 백규서옥에서 공주

4

정안의 에코팜 백규서옥으로 거처를 옮겨 가시지만, 변함없는 열정으로 여전히 연구에만 몰두하시리라 생각한다. 그동안 늘 푸른 현역으로서의 모습을 보여주신 교수님이시지만, 정년을 맞이하여 새로운 보금자리로 옮긴다고 하시니 그동안 함께 했던 지인과 제자들은 아쉬운 마음을 금할 길이 없다. 이에 오랜 세월을 함께 한 지인들과 제자들이 교수님과 공유한 시간의 흔적들을 모아보자는 데 뜻을 함께 했다. 그 흔적을 담아내는 방법으로 각자 마음 깊은 곳에 묻어두었던 추억담 한 꼭지씩을 써서 모으기로 한 것이다.

이 책에는 교수님께 학문과 삶의 지혜를 주신 분들, 어린 시절부터 함께 성장하신 분들, 해외에서 교수님을 성원해 주신 분들의 소중한 이야기들을 모았다. 또한 교수님의 학계 선·후배로 교수님께 사랑과 영감을 주셨던 분들, 교수님의 생활을 지켜보며 다양한 교감을 나눈 분들, 교수님 곁을 지키고 있는 제자들의 마음속에 넣어두었던 이야기들도 담았다.

강명혜, 강회진, 구덕회, 구사회, 김경록, 김광명, 김기철,
김난주, 김대권, 김병학, 김성훈, 김용기, 김용선, 김용진,
김유경, 김인섭, 김일환, 김자영, 김준옥, 김지현, 나영훈,
노성미, 니시오카 켄지西岡健治, 문숙희, 박규홍, 박동억,
박병철, 박소영, 박소영(숭실대), 박수밀, 박은미, 박준언,
백우선, 서동일, 서지원, 성선경, 성영애, 손선숙, 양훈식,

엄경희, 오소호, 오카야마 젠이치로岡山善一郞, 우대식,
윤세형, 이강옥, 이경재, 이금란, 이기주, 이명재, 이복규,
이승연, 이은란, 이재관, 이찬희, 이창환, 장진아, 정승국,
정영문, 조규백, 조미원, 조용호, 조웅선, 최경자, 최미정,
최 연, 하경숙, 한태문

이상 열거한 분들이 그동안 각자 간직하고 있던, 교수님과
의 소중한 추억담들을 적어 보내주셨고, 우리 세 사람[성영
애·정영문·하경숙]은 '구슬 꿰듯' 그 글들을 모았다. 그런데
그 모든 사연들이 너무나 아름답고 소중했다. 처음에는 열네
분의 이야기로 시작하였지만, 새로운 분들이 속속 동참하면
서 총 예순 일곱 분으로 늘어났고, 결국 그 분들의 짧은 이야
기들은 한 권의 책으로 출판할 만한 분량에 도달하게 되었
다. 그렇게 원고를 모으고 엮는 과정은 참으로 행복하고 보
람된 시간이었다.
　최근 그 귀한 분들의 소중한 마음을 알아보신 학고방 하운
근 사장께서 한 권의 책으로 엮어 보겠다고 단안을 내리심으
로써 자칫 묻힐 뻔한 추억들은 씨실과 날실이 되어 멋진 책
으로 태어나게 되었다. 우리 주관자들은 너무나 아름답고 소
중한 작업을 할 수 있어서 감사하게 생각한다. 이전에 보지
못하던 스타일의 책이라서 얼핏 낯설어 보일지도 모른다. 그
러나 독자 여러분께서는 책에 담긴 귀한 마음들을 꼭 기억해
주셨으면 한다. 또한 많은 분들의 다양한 이야기들을 보며

우리가 가져왔던 교수님과의 아름다운 추억들이 늘 변함없기를 기대해본다.

 앞으로도 교수님께서 변함없이 건강하시고 왕성한 연구의 결과를 보여주셔서 후학들과 소중한 분들께 큰 버팀목이 되시기를 기도한다. 아울러 교수님과의 소중한 이야기들이 지금의 힘든 현실에서 살아가는 독자들에게도 조금이나마 따뜻한 위로가 되었으면 한다. 무엇보다 이 책이 인연의 아름다움과 건강한 노력의 의미를 소중하게 생각하시는 교수님께 기쁨이 되었으면 좋겠다. 교수님께서 세우신 한국문학과예술연구소와 지금껏 같은 길에서 고락을 함께 한 도서출판 학고방의 하운근 사장님·조연순 팀장님께 감사드리며, 멋진 책의 탄생을 강호의 벗님들께 알리게 되어 우리는 행복하기만 하다.

2022. 6.

성영애·정영문·하경숙 드림

백규 조규익 교수님

학술회의에서의 논문 발표

졸업식을 마친 제자들을 환송하시며

2022-1 마지막 강의를 마치신 뒤 학생들과 함께

2007년 사은회에서

교수 수양회가 끝난 뒤 등산길에 여러 교수님들과 함께

학술답사 중 학생들과 함께

안동지역 학술답사 중 도산서원 전교당에서의 특강

제2차 한국시조학술상 수상식장에서

미국 캘리포니아 노스리지(Northridge)의 자택에서 만난 안수산 여사 [도산 안창호 선생의 장녀]
모자와 즐거운 시간을 갖고 있는 교수님 가족

키르기스스탄에서 특강을 마친 뒤 고려인들과 함께

오클라호마주 유콘시티(Yukon City) 유콘박물관의 큐레이터 캐롤(Carol Knuppel)과 함께

〈보허자〉 공연을 마치고

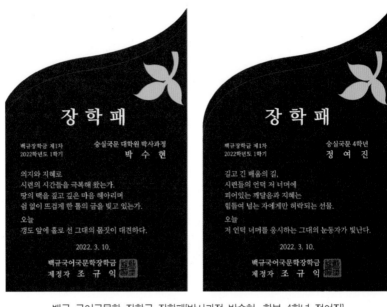

백규 국어국문학 장학금 장학패[박사과정 박수현, 학부 4학년 정여진]

에코팜 백규서옥 표지석[연민 이가원 선생 수적]

기반을 두고, 미래를 예비하는 현재적 정치 행위이다. 경국 세가 모두 훌륭한 다스림을 기반으로 바람직한 현재다, 그것이 미래로 연속될 것을 염원하는 소망적 사고에서 나온 것이다. 이것이 아속의 구체적 의미가 현실적 공효다.

아에는 「雅者正也」라는 通例 외에 萬舞, 樂歌, 漆器 등의 의미들이 있다. 그러나 「儀禮」가 諸 樂歌에 담는 수식 축문이 포함되어 있다는 점, 아가 西周의 시이며 萬舞가 동방의 춤인지라는 사실을 염두에 둘 때 지역적으로 밝지 않다는 점, 또 악기로서의 아는 단순한 박자들 정도의 것에 불과하다는 점 등으로 미루어 이러한 의미들이 아를 넓혀하는 데는 합당치 못하다 한다. 雅는 夏로 밝히며 夏가 雅가는 서로 통한다는 「荀子」 樂論篇의 주가 아의 의미약을 위한 핵심적 단서다. 夏는 영웅 中夏의 지칭이었고, 중국인들은 자기들을 夏, 中夏, 華夏, 諸夏 등으로 불러왔다. 이러한 夏에 대해 「說文」의 해설을 참조하면,

雅와 동일시되는 夏는 자체 내에 사랑의 동작이나, 그 동작의 본뜻 춤이라는 의미 내용이 포함되어 있다 여기서 좀더 진전된 阮元의 견해를 들 수 있는데, 夏는 廟貌를 본뜬 글자라 한다 또한 頌는 頌과 같은 뜻이께 (與頌音同), 頌 역시 춤의 의종이다 (廟貌也 頌也 人之廟貌也). 頌가 춤추는 모습에서 취한 글자이기는 악장 혹은 시무악의 뜻도 동시에 가지고 있다

이처럼 애장은 아와 頌는 수통하는 글자였으므로, 頌가 부득, 악장의 뜻을 갖고 갔다면 아 여기 분에 역시 악장이나 무용임이

목 차

1부   백규 조규익 교수의 자취

2부   추억 펼치기

에필로그

1부

백규 조규익 교수의 자취

약력

학력 · 경력

방갈국민학교[1962.03.~1968.02.]
계도농축기술학교[1968.03.~1971.02.]
인천대건고등학교[1971.03.~1974.02.]
공주사범대학[1974.03.~1978.02.] 문학사
연세대학교 대학원[1979.03.~1986.08.] 문학석사·박사
문산고등학교 교사[1978.03.~1979.02.]
해군제2사관학교 국어교관(전임)[1981.09.~1982.08.]
해군사관학교 국어교관(전임)[1982.09.~1984.07.]
경남대학교 교수[1984.09.~1987.02.]
숭실대학교 교수[1987.03.~2022.08.]
숭실대학교 아너 펠로우 교수[Honor SFP/2012-2022]
숭실대학교 인문대학 학장[2008.09.~2010.08.]
한국문학과예술연구소 소장[2006.05.~2020.02.]
LG 연암재단 해외연구교수[미국 UCLA/1998]
Fulbright Scholar[미국 OSU/2013]
현재 사단법인 한국문학과예술연구소 소장

수상경력

제2회 한국시조학술상[1994.06/한국시조학회]
제15회 도남국문학상[1996.04/도남학회]
제1회 성산학술상[1996.08/성산학술상운영위원회]

숭실학술상[2016.03/재단법인 숭실장학회]

숭실대 연구 Best SFP[Soongsil Fellowship Professor/2010-2012]

숭실대 연구 Honor SFP[2012-2022]

논문 및 저·역서

◆ 논문

「<정읍>의 양면성-동아시아적 보편성의 한 징표-」[2022/03]

「고려와 중국왕조들의 아악악장 비교-고려와 송·금·원을 중심으로-」[2021/09]

「고려 말 <신찬태묘악장> 연구-텍스트 구성양상과 그 정치·문화적 의미」[2020/09]

「악장으로서의 <보허사>, 그 轉變에 따른 시대적 의미[2020/03]」

「<<조천일록>>의 한 讀法」[2019/09]

「<풍운뇌우악장>과 동아시아 중세생태주의 담론」[2018/12]

「<용비어천가>」의 <<시경>> 수용 양상-史詩적 본질과 天命 담론」[2018/10]

「<용비어천가>에 수용된 <<시경>>의 교육적 효용성」[2018/09]

「조선조 雩祀 및 <우사악장>의 동아시아 중세생태주의 담론」[2018/03]

「태종 조 樂調에 반영된 당·속악 악장의 양상과 중세적 의미」[2017/07]

「태종 조 國王宴使臣樂에 수용된 <<시경>>의 양상과 의미」[2017/06]

「북한 교과서 '고전시가 해석'의 한 양상」[2017/03]

「조선조 <우사악장>의 텍스트 양상과 의미」[2016/11]

「세조 조 <원구악장> 연구」[2016/10]

「<徽懿公主魂殿大享樂章>의 시경 텍스트 수용 양상과 의미」

[2016/02]

「이념과 탈이념, 식민과 탈식민의 단절 혹은 지속-중국 조선족 문
　　학의 현실과 이상」[2015/09]

「북한문학사와 상고시가」[2015/02]

「북한문학사와 향가」[2015/02]

「An Ecological Meaning of The Capital-Geomancy: Centering
　　Around New Capital Songs in Praise of The Joseon Dynasty's
　　Capital City」[2014/11]

「여말선초 악장의 중세적 관습 및 변이양상」[2014/10]

「<용비어천가>와 전통 생태 담론으로서의 풍수적 사유」[2014/
　　10]

「문학공간으로서의 동해-지역 시문학을 중심으로」[2014/09]

'「조선 지식인의 중국체험과 중세보편주의의 위기-崔晛[朝天日
　　錄]과 李德泂[朝天錄·竹泉行錄]을 중심으로-」[2014/07]

「가·무·악 융합에 바탕을 둔 <봉래의> 복원 연구」[2014/02]

「鳳來儀 進·退口號의 기능적 의미와 텍스트 양상」[2013/08]

「고려인 소인예술단의 국문노래에 나타난 전통노래 수용 양상」
　　[2013/04]

「구소련 고려극장에서 불린 우리말 노래들의 성격과 주제의식」
　　[2013/04]

「카자흐스탄 고려인 극작가 한진의 고전 수용 양상」[2012/12]

「고려인 극작가 연성용의 고전 수용 양상」[2012/10]

「항일영웅과 역사의 연극미학적 재현-고려인 극작가 태장춘의 희
　　곡 <<홍범도>>-」[2012/09]

「조선조 풍운뇌우 악장 연구」[2012/08]

「구소련 고려인 작가 한진의 문학세계-희곡작품을 중심으로」
　　[2012/08]

「조선조 <先蠶樂章> 연구」[2012/05]

「先農祭儀 악장의 텍스트 양상과 의미」[2012/04]

「<봉래의> 악장 연구-樂舞 명칭의 典據와 악장내용의 상관성을
　　중심으로-」[2012/04]

「구소련 고려시인 강태수의 작품세계」[2011/12]

「조선조 <釋奠飮福宴樂章> 연구」[2011/12]

「조선조 <社稷樂章>의 성격과 의미」[2011/12]

「조선조 <文宣王樂章> 연구」[2011/10]

「변영태 英譯時調의 성격과 의미」[2011/09]

「북한문학사와 가사」[2011/06]

「蔓橫淸類와 에코 페미니즘」[2011/05]

「박순호본 <궁듕도회가>의 자료적 가치와 의미」[2011/04]

「<아리랑> 由來 談論의 존재와 당위」[2010/09]

「桂奉瑀 <<조선문학사>>의 의미와 가치」[2020/08]

「심연수 시조 연구」[2010/07]

「使行路程으로서의 登州, 그 心象空間的 성격과 의미」[한국고소
　　설학회 제7차 해외학술회의/한국고소설학회/중국 산동대학
　　교 웨이하이(威海) 분교 한국학원/2010/ 06.29]

「텍스트 地平의 확대」[2010/06]

「文昭殿 樂章 硏究」[2010/02]

「<江湖戀君歌>와 時調史 전개의 한 단서」[2010/01]

「鮮初樂章 <五倫歌>의 시대적 의미」[2010/01]

「재만 조선 시인 송철리 시의 서정성」[2009/10]

「<創守之曲>과 <敬勤之曲>의 樂章史的 의미」[2009/09]

「해외 한인문학의 존재와 당위」[2009/09]

「카자흐스탄 高麗人의 한글노래와 디아스포라의 正體」[2009/09]

「카자흐스탄 국립 고려극장의 존재의미와 가치」[2009/09]

「吳世文의 현실적 위치와 역사의식」[2009/04]

「김일근 소장 <아림별곡>에 대하여」[2009/03]

「교훈의 장르론적 의미와 교훈가사」[2009/02]

「吳世才의 삶과 그의 문학에 나타난 서정성」[2009/01]

「안자산의 시조론에 대하여」[2009/01]

「天險의 金城湯池, 그 서정적 공간-조선통신사 노정 하코네(箱根)
    의 이미지」[2008/09]

「조선조 사행록 텍스트의 본질」[2008/09]

「우리 詩歌 속의 漁父 형상과 그 의미」[2008/08]

「북한문학사와 고려속악가사」[2008/05]

「使行文學 초기 자료의 쓰기 관습과 내용적 성격」[2008/04]

「구소련 고려인 민요의 전통노래 수용 양상」[2008/04]

「궁중정재의 선계 이미지, 그 지속과 변이의 양상」[2008/03]

「북한문학사와 시조」[2008/01]

「燕行录中的千山医巫閭山和首陽山形象」[2008/01]

「頌禱 모티프의 연원과 전개양상」[2007/12]

「'해녀 노 젓는 소리' 사설 구성 및 전승의 원리」[2007/08]

「시조발생 담론의 전개양상과 지향점」[2007/07]

「창가의 형성에 미친 번역 찬송가의 영향」[2007/05]

「조선 초기 악장을 통해 본 전환기의 실상」[2006/11]

「시조와 악장의 관련양상」/한국시조학회 제40차 학술대회 "사회
    발전과 문화기반으로서의 시조문학/(재)백담사만해마을/2006
    /08]/03.

「재미 한인작가들의 자아 찾기-욕망과 좌절의 끊임없는 반복-」
    [2006/07]

「바벨탑에서의 자아 찾기-<<네이티브 스피커>>의 外延과 內包」
    [2006/06]

「북한문학사와 악장」[2006/06]

「<박금강금강산유산록> 소고」[2006/06]

「문틀의 존재양상과 의미 -<해녀 노 젓는 소리> 전승법의 한 양상」
[2005/05]

「<월인천강지곡>의 사건전개 양상과 장르적 성격」[2004/12]

「통일시대 한국고전문학사의 전망」[2004/12]

「<월인천강지곡>의 서사적 성격」[2004/11]

「홍길동 서사의 서구적 변용」[2004/06]

「연행록에 반영된 千山, 醫巫閭山, 首陽山의 내재적 의미」[2004/
03]

「翼宗 악장 연구」[2003/12]

「定大業・保太平 樂章 硏究」[2003/12]

「악장과 정재의 미학적 상관성」[2003/12]

「계층화의 명분과 기득권 수호 의지-선초 악장의 이중성」[2003
/06]

「조선조 악장의 통시적 의미-'태조-성종 조'를 중심으로」[2003/06]

「조선조 국문사행록의 통시적 연구」[2003/03]

「제의 및 놀이문맥과 고려노래」[2002/12]

「조선조 악장문학과 성리학적 이념」[2002/12]

「금강산 기행가사의 존재양상과 의미」[2002/10]

「김조규의 시세계」[2002/09]

「조선 후기 국문사행록 연구(3)」[2002/06]

「김주환본 <거창가>에 대하여」[2002/02]

「<<죽천행록>>의 使行文學的 성격」[2001/12]

「조선조 악장과 음악관」[2001/12]

「한국 고전문학과 氣」[2001/12]

「조선조 악장과 정재의 문예미적 상관성 연구」[2001/08]

「<관동별곡>의 연행양상」[2000/10]
「<거창가> 이본고」[2000/08]
「<거창가>론(1)」[2000/06]
「松江歌辭 연구(1)」[2000/06]
「<<영언선>>의 정체와 가집 편찬사적 의미」[1999/12]
「재미한인 이민문학에 반영된 自我의 두 모습」[1999/12]
「해방 전 재미 한인사회의 연극(2)-2」[1999/07]
「해방 전 재미 한인사회의 연극(2)-1」[1999/06]
「해방 전 재미한인 시가의 장르적 성격과 주제의식」[1999/06]
「해방 전 재미한인 문학논쟁의 한 양상」[1999/06]
「초창기 재미한인들의 국문시가에 대한 인식」[1999/05]
「해방 전 재미한인 문학논쟁의 한 양상-비평 태도 및 문학관의
   일단」[1999/05]
「제1세대 재미한인 작가들의 소설(2)」[1999/05]
「해방 전 재미 한인사회의 연극(1)」[1999/05]
「해방 전 재미한인들의 연극-삼일운동 이전을 중심으로」[1999/
   04]
「재미한인 이민문학에 반영된 자아의 두 모습」[1999/04]
「제1세대 재미 한인작가들의 소설(2)-삼일운동부터 해방직전까지」
   [1999/01]
「해방 전 미주지역 한인 이민문학의 국문학적 의미」[1998/12]
「1910년대 국문학론의 한 모습」[1998/06]
「제1세대 재미 한인작가들의 소설(1)」[1998/05]
「Masks and Their Aesthetic Meaning」[1998/04]
「만횡청류 용어의 의미」[1997/12]
「조선도 道義歌脈의 一端(1)」[1997/12]
「杜谷 高應陟의 歌曲」[1997/05]

「고전시가사 서술방안(2)-고전시가사상 전환의 양상과 의미」
[1997/05]
「가곡의 문헌적 연구(1)-청구영언의 출현 및 그 의미」[1997/05]
「湛軒燕行錄 硏究」[1997/04]
「<두솔가>의 시가사적 의미」[1997/04]
「고전시가의 형성과 전개」[1997/04]
「<不屈歌> 補論」[1996/12]
「象村 申欽의 歌曲」[1996/10]
「漂海歌辭의 문학적 성격」[1996/10]
「松齋 羅世纘의 詩文學」[1996/08]
「在滿時人·詩作品 硏究(5)」[1996/05]
「조윤제의 <<朝鮮詩歌史綱>>론」[1996/05]
「재만시인·시작품 연구(Ⅴ)-조학래의 시를 중심으로」[1996/04]
「만횡청류 연구(五)-소외자의 노래들」[1996/02]
「고전문학과 바다체험」[1995/12]
「재만시인·시작품 연구(Ⅳ)」[1995/12]
「만횡청류 연구(Ⅰ)」[1995/12]
「朝鮮朝 長歌歌脈의 一端」[1995/12]
「만횡청류 연구(Ⅱ)」[1995/11]
「고전시가에 나타난 自然素材의 통시적 의미」[1995/07]
「문예미와 氣」[1995/05]
「만횡청류 연구(Ⅰ)」[1995/05]
「송강 정철의 단가-장르적 관점과 작품에 나타난 의식세계를 중심
으로」[1995/05]
「조선 전기 가곡의 한 양상」[1995/04]
「만횡청류 연구(Ⅱ)-골계의 미적 승화에 대한 논의」[1995/04]
「조선조 장가 가맥의 일단-<상춘곡>·<서경별곡>·<관동별곡>의

　　통시적 관련양상을 중심으로-」[1995/04]

「송강 정철의 장르의식」[1994/12]

「초창기 가곡의 장르적 위상」[1994/12]

「선초 新都詩歌의 문학적 성격」[1994/12]

「16세기 안동지역 가맥의 연구」[1994/12]

「<感君恩>과 <古調>에 대하여」[1994/10]

「초창기 가곡창사의 장르적 위상」[1994/10]

「농암 이현보의 가곡」[1994/04]

「재만시인·시작품 연구(Ⅲ)-咸亨洙와 그의 시」[1994/04]

「주세붕의 국문노래 연구」[1993/12]

「윤선도의 가곡」[1993/12]

「송강과 그의 문학-현실에 대한 조응체로서의 삶의 문학」[1993/
　　08]

「가곡창사의 국문학적 위상」[1993/06]

「안민영론」[1993/05]

「昌南詩社·同泛契 연구」[1993/04]

「박효관론」[1993/04]

「청구영언 소재 '여항6인'론」[1993/04]

「재만시인·시작품 연구(Ⅱ)-이욱의 시를 중심으로」[1992/12]

「가곡창사의 미의식적 본질 시론-창조와 사의 미적 유기성을 중심
　　으로」[1992/03]

「북방지역 우리문학 유산의 조사연구」[1991/12]

「김수장론」[1991/12]

「재만시인·시작품 연구-송철리의 시를 중심으로」[1991/07]

「단시조·장시조·가사의 일원적 질서-가사 및 장·단가의 형성과
　　그 장르적 상관관계 규정을 중심으로」[1991/04]

「<<조선왕조실록>> 소재 시가작품 연구(Ⅱ)-연산조를 중심으로」

[1991/04]

「김천택론」[1991/04]

「장시조의 장르 형성 과정 및 그 성격(I)-<불굴가>의 수용을 중심으로」[1991/04]

「선초악장의 국문학적 위상-이념과 미의 구현 양상을 중심으로」[1991/04]

「일제시대 만주지역의 우리 시문학 유산」[1991/04]

「선초악장의 장르적 성격」[1990/10]

「조선초기 공동제작 악장의 연구」[1990/08]

「<용비어천가>의 장르적 성격」[1990/04]

「<<조선왕조실록>> 소재 시가작품 연구」[1989/12]

「기독교와 전통시가」[1989/12]

「하륜 악장 연구」[1989/06]

「변계량 악장의 문학사적 의미」[1989/05]

「정도전 악장의 문학사적 의미」[1989/04]

「조선초기 악장의 문학사적 의미」[1988/12]

「퇴계의 시가관 소고」[1988/11]

「가집 서·발에 나타난 문학론적 요소」[1988/04]

「시조 작자 단평에 나타난 비평의 양상」[1988/04]

「삼죽 조황의 시조 연구」[1988/04]

「시조작품 서·발에 나타난 문학의식」[1988/04]

「조선조 시가 수용의 한 측면-남녀상열지사론-」[1987/12]

「<구지가>의 현실적 성격-노래·배경산문·명의 의미망을 중심으로-」[1987/04]

「가집 서·발에 나타난 문학의식-조선조 후기 3대 가집을 중심으로-」[1987/04]

「단시조·장시조·가사의 일원적 질서 모색(2)」[1987/04]

「베틀노래 연구」[1985/04]

「단시조·장시조·가사의 일원적 질서 모색(1)-화자·청자의 성격 및 그 역할을 중심으로-」[1985/04]

「<獨樂八曲>의 문학사적 의미-장시조의 문헌적 출발과 관련하여」 [1985/04]

「고대시가에 나타난 바다에 대하여」[1984/09]

「장시조 시어 연구(하)」[1983/09]

「'장시조 발생론' 반성」[1983/04]

「고려속요의 서정적 특질 연구」[1982/09]

「장시조 시어 연구(상)」[1981/12]

「장시조의 골계미 연구」[1981/12]

「장시조의 문학적 존립기반 고찰」[1981/04]

「고대소설에 반영된 '용' 보은설화의 일 양상」[1981/04]

◆ 저·역서

『해외 한인문학의 한 독법讀法』[단독저서/학고방/2022]

『무고舞鼓: 궁중 융합무대예술, 그 본질과 아름다움』[공저/민속원 /2022/조규익 외 2인]

『보허자步虛子: 궁중 융합무대예술, 그 본질과 아름다움』[공저/민 속원/2021/조규익 외 3인]

『최현의 조천일록 세밀히 읽기』[공저/학고방/2020/조규익 외 6인]

『역주 조천일록』[공역/학고방/2020/조규익 외 6인]

『동동動動: 궁중 융합무대예술, 그 본질과 아름다움』[공저/민속원 /2019/조규익 외 3인]

『<거창가> 제대로 읽기』[단독저서/학고방/2017]

『북한문학사와 고전시가』[단독저서/보고사/2015]

『한국문학개론』[공저/새문사/2015/조규익 외 15인]

『세종대왕의 봉래의, 그 복원과 해석』[공저/민속원/2015/조규익
외 2인]

『아리랑 연구총서 2』[공편/학고방/2014/조규익외 1인]

『인디언과 바람의 땅 오클라호마에서 보물찾기』[단독저서/푸른사
상/2014]

『조선조 악장 연구』[단독저서/새문사/2014]

『CIS지역 고려인 사회 소인예술단과 전문예술단의 한글문학』[단
독저서/태학사/2013]

『카자흐스탄 고려인 극작가 한진의 삶과 문학』[공저/글누림/2013/
조규익 외 1인]

『박순호본 한양가 연구』[공저/학고방/2013/조규익 외 5인]

『한국 춤의 전개양상』[공저/보고사/2013/조규익 외 11인]

『사진으로 보는 CIS 고려인의 이주 및 정착사』[공저/지식과교양
/2013/조규익 외 2인]

『카자흐스탄 고려시인 강태수의 삶과 문학』[공저/인터북스/2012/
조규익 외 1인]

『우리 민족의 숨결, 그곳에 살아 있었네!』[공저/지식과교양/2012/
조규익 외 2인]

『한국생태문학연구총서 1』[공편/학고방/2011/조규익 외 1인]

『아리랑 연구총서 1』[공편/학고방/2010/조규익 외 1인]

『고전시가와 불교』[단독저서/학고방/2010]

『조규익 교수 캠퍼스 단상집: 어느 인문학도의 세상읽기』[단독수
상집/인터북스/2009]

『고창오씨 문중의 인물들과 정신세계』[공저/학고방/2009/조규익
외 2인]

『베트남의 민간노래』[공편역/2009/조규익 외 1인]

『조선통신사 사행록 연구총서(7)-역사』[공편/학고방/2008/조규익
  외 1인]
『조선통신사 사행록 연구총서(6)-외교』[공편/학고방/2008/조규익
  외 1인
『조선통신사 사행록 연구총서(4)-외교』[공편/학고방/2008/조규익
  외 1인]
『조선통신사 사행록 연구총서(3)-문학』[공편/학고방/2008/조규익
  외 1인]
『조선통신사 사행록 연구총서(1)-문학』[공편/학고방/2008/조규익
  외 1인]
『조선통신사 사행록 연구총서(8)-역사』[공편/학고방/2008/조규익
  외 1인]
『조선통신사 사행록 연구총서(9)-문화·회화』[공편/학고방/2008 /
  조규익 외 1인]
『조선통신사 사행록 연구총서(10)-문화·회화』[공편/학고방/2008/
  조규익 외 1인]
『조선통신사 사행록 연구총서(11)-사상·의식·경제·무역·민속
  [공편/학고방/2008/조규익 외 1인]
『조선통신사 사행록 연구총서(5)-외교』[공편/학고방/2008/조규익
  외 1인]
『조선통신사 사행록 연구총서(13)-노정답사 기록사진』[공편/학고
  방/2008/조규익 외 1인]
『조선통신사 사행록 연구총서(12)-식품·선박·기예·기타』[공편/
  학고방/2008/조규익 외 1인]
『고전시가의 변이와 지속』[단독저서/학고방/2008]
『조선통신사 사행록 연구총서(2)-문학』[공편/학고방/2008/조규익
  외 1인]

『풀어읽는 우리 노래문학』[단독저서/학고방/2007]

『도남 국문학 연구의 계승과 발전』[공편/월인/2007/조규익 외 2인]

『자유주의, 전체주의 그리고 예술』[공저/경덕출판사/2007/조규익 외 12인]

『아, 유럽! 그, 세월 속의 빛과 그림자를 찾아』[단독저서/푸른사상/2007]

『연행록연구총서 5(문학편)』[공편/학고방/2006/조규익 외 3인]

『연행록연구총서 6(역사편)』[공편/학고방/2006/조규익 외 3인]

『연행록연구총서 8(사상·의식)』[공편/학고방/2006/조규익 외 3인]

『연행록연구총서 10(복식·건축·회화·지리)』[공편/학고방/2006 / 조규익 외 3인]

『연행록연구총서 1(문학편)』[공편/학고방/2006/조규익 외 3인]

『연행록연구총서 2(문학편)』[공편/학고방/2006/조규익 외 3인]

『연행록연구총서 3(문학편)』[공편/학고방/2006/조규익 외 3인]

『연행록연구총서 9(복식·건축·회화·지리)』[공편/학고방/2006 / 조규익 외 3인]

『연행록연구총서 7(정치·경제·외교)』[공편/학고방/2006/조규익 외 3인]

『연행록연구총서 4(문학편)』[공편/학고방/2006/조규익 외 3인]

『고전시가의 변이와 지속』[단독저서/학고방/2006]

『효명세자 연구』[공저/한국무용예술학회/2005/조규익 외 12인]

『제주도 <해녀 노 젓는 소리>의 본토 전승양상에 관한 조사 연구』[공저/민속원/2005/조규익 외 3인]

『조선조 악장의 문예미학』[단독저서/민속원/2005]

『국문 사행록의 미학』[단독저서/도서출판 역락/2004]

『홍길동 이야기와 <로터스 버드 Lotus Bud>』[단독저서/도서출판 월인/2004]

『연행노정, 그 고난과 깨달음의 길』[공저/박이정/2004/조규익 외 5인]

『국문학강독』[공편/보고사/2003/조규익 외 1인]

『한국고전비평론 자료집3』[공역/태학사/2002/조규익 외 1인]

『한글로 쓴 중국 여행기 무오연행록』[공역/박이정/2002/조규익 외 2인]

『17세기 국문 사행록 죽천행록』[단독저서/박이정/2002]

『봉건시대 민중의 저항과 고발문학 거창가』[단독저서/도서출판 월인/2000]

『우리의 옛 노래문학 만횡청류(1996년판의 수정증보판)』[단독저서/박이정/1999]

『해방전 재미한인 이민문학 6』[단독저서/도서출판 월인/1999]

『해방전 재미한인 이민문학 5』[단독저서/도서출판 월인/1999]

『해방전 재미한인 이민문학 4』[단독저서/도서출판 월인/1999]

『해방전 재미한인 이민문학 3』[단독저서/도서출판 월인/1999]

『해방전 재미한인 이민문학 2』[단독저서/도서출판 월인/1999]

『해방전 재미한인 이민문학 1』[단독저서/도서출판 월인/1999]

『주해 을병연행록』[공역/태학사/1997/조규익 외 3인]

『우리의 옛 노래문학 만횡청류』[단독저서/박이정/1996]

『해방 전 만주지역의 우리 시인들과 시문학』[단독저서/국학자료원/1996]

『해양문학을 찾아서』[공편/집문당/1994/조규익 외 1인]

『가곡창사의 국문학적 본질』[단독저서/집문당/1994]

『고려속악가사·경기체가·선초악장』[단독저서/한샘출판사/1993]

『송강문학연구』[공편/국학자료원/1993/조규익 외 2인]

『중국조선족 문학논저·작품목록집』[공편/숭실대 출판부/1992/조규익 외 3인]

『연변지역 조선족 문학연구』[공저/숭실대 출판부/1992/조규익 외 2인]

『조규익 수필집: 꽁보리밥 만세』[단독수상집/태학사/1992]

『기독교와 한국문학』[공저/대한기독교서회/1990/조규익 외 2인]

『선초악장문학연구』[단독저서/숭실대 출판부/1990]

『조선조 시문집 서·발의 연구』[단독저서/숭실대 출판부/1988]

『韓·中 漢文選』[공편/태학사/1988/조규익 외 1인]

『조선 초기 아송문학 연구』[단독저서/태학사/1986]

「정읍의 양면성」/2022년 (사)한국문학과예술연구소 춘계학술발표
　　겸 무고 복원공연/국가지정무형문화재 전수회관 풍류극장
　　/2022.02.22.

「'동동' 텍스트의 본질」/여수동동북축제 심포지엄/여수시·여수동
　　동북축제 추진위원회/디오션호텔 에메랄드홀/2020.09.30.

「步虛詞 受容態로서의 <碧烟籠曉詞에 대하여」/숭실대학교 한국
　　문학과예술연구소 2020년 동계학술발표회 겸 보허자 鶴舞
　　복원공연/2020.09.30.

「燕行录解讀方法之探索」/<<朝鮮使節與東亞筆談>>工作坊 會議/中
　　國 浙江大學 日本文化硏究所/2019.11.

「<<조천일록朝天日錄의 한 독법讀法」/2019년 한국문학과예술연구
　　소 가을 정기학술대회 및 콜로키엄/숭실대학교 벤처관 311
　　호/2019.08.24

'동동'을 어떻게 볼 것인가?/2018년 한국문학과예술연구소 2018년
　　동계학술발표 및 복원공연/국가지정무형문화재 전수회관 풍
　　류극장/2018.12.01

<風雲雷雨樂章>의 동아시아 중세생태학적 담론/2018 Interna-
　　tional Conference: The Intersection of Civilizations in Korean
　　Language and Literature/고려대학교 수당 삼양 Faculty House,
　　서관(문과대학)/2018.11.03

"EAST ASIAN MEDIEVAL ECOLOGICAL MEANING OF PUN-
　　GULLOE AKJANG"/2018 International Symposium on Litera-
　　ture and Environment: War and Peace-Militarism, Biopolitics,
　　and the Environment in East Asia/Asle-Taiwan, International

41

Conference Center of NTNU/International Conference Center of National Taiwan Normal University, Taipei, Taiwan/ 2018.10.20.

<朝鮮王朝 <<龍飛御天歌>>的 <<詩經>> 接受狀態研究>/第一回東 亞細亞日本研究國際Symposium/中國 魯東大學/2018.09.16.

희곡 <<홍범도>>의 역사수용 및 인물 형상화 양상/2017년 홍범도 장군 기념 학술회의/(사)여천 홍범도장군기념사업회/2017. 10.25.

"NATIONAL CONSCIOUSNESS AS AN END OF DIASPORA-- THE CASE OF THE KAREISKY DRAMATIST HAN, JIN AND HIS DRAMAS--"/2017 18th Almaty World Korean Forum "Peace Collaboration Coexistence Order in Ethnic Multicultural World Era"/Al-Farabi Kazakh National University, Almaty, Kazakhstan/ 2017.08.03

"MEDIEVAL ECOLOGICAL MEANING OF USA(雩祀) AND USAAKJANG(雩祀樂章) OF JOSEON DYNASTY"/International Symposium on Sustainable Urban Forest and Environmental Humanities/ASLE-KOREA(한국 문학과환경학회)/ 동국대학교/2016.11.06

"SEARCHING FOR SELF-IDENTITY IN THE TOWER OF BABEL-THE DENOTATION AND CONNOTATION IN KOREAN-AMERICAN NOVELIST *CHANG-RAE LEE'S* NATIVE SPEAKER"/ASPAC 2016 Conference "Imagining Asia: Urbanization, Migration, Exchange, Sustainability"/Asian Studies on The Pacific Coast(ASPAC)/California State University, Northridge/2016.06.10

"*YONGBIEOCHEONGA* AND THE RATIONAL THOUGHT OF

FENG-SHUI AS A TRADITIONAL ECOLOGICAL DIS-COURSE IN KOREA"/MCAA(Midwest Conference on Asian Affairs)/ Washington University in St. Louis/2015.10.16

「이념과 탈이념, 식민과 탈식민의 단절 혹은 지속-중국 조선족 문학의 현실과 이상」/세계한글작가대회/PEN/2015.09.16

"AN ECOLOGICAL MEANING OF THE CAPITAL-GEOMAN-CY[PUNGSU; FENGSHUI] REPRESENTED IN SONGS OF JOSEON DYNASTY: CENTERING AROUND NEW CAPITAL SONGS IN PRAISE OF THE JOSEON DYNASTY'S CAPITAL CITY"/2014 International Symposium on Literature and Environment in East Asia/ASLE-Japan/名桜大学[日本 沖縄県 名護市]/2014.11.23

「동해, 그 상상과 깨달음의 현실공간」/2014년 제5회 전국해양문화학자대회 "해양실크로드와 항구, 그리고 섬"/목포대 도서문화연구소/동국대학교 경주캠퍼스/2014.08.21

「한국 해양시가의 관습성-漁父의 페르소나-」/2012 제3회 전국해양문화 학자대회/목포대 도서문화연구소, 여수지역사회연구소/전남대학교 여수캠퍼스(둔덕) 산학연구관 국제학술회의장/2012.08.03

「현실과 이상, 그 미학적 화해의 도정-고려인 극작가 한진의 문학세계-」/제11회 국제한인문학회, 한국문학평론가협회 공동 국제학술대회/국제한인문학회, 한국문학평론가협회/경희대학교 청운관 409호 · 619호/2012.06.01

「朝鮮朝 文宣王の樂章硏究」/朝鮮學會 第62回 学術大会/朝鮮學會/日本 奈良県 天理大學 九号棟/2011.10.02

「구소련 고려시인 강태수의 작품세계」/2011년도 학술세미나 "CIS 지역 고려인들의 정체성과 문학세계"/한국연구재단 기초학

문육성지원 "소인예술단과 전문예술단의 한글문학-CIS 지역
을 중심으로-/숭실대학교 웨스트민스터홀 434호/2011.09.28

「뜨거운 열정, 낮은 목소리-심연수 시조의 정신적 근원과 주제의
식-」/2010 심연수 문학제 제10차 심연수 학술세미나/심연수
선양사업위원회/강릉시 경포대 현대호텔 연회실/2010.08.06

「사행노정으로서의 등주, 그 역사공간적 성격과 의미」/한국고소
설학회 제7차 해외학술회의/한국고소설학회/중국 산동대학
교 위해분교 한국학원/2010.06.29

「텍스트 지평의 확대-<동동>의 사례를 중심으로」/한국언어문학
교육학회 제56차 학술발표대회 "고전문학교육의 새로운 모
색"/한국언어문학교육학회/공주대학교 특수문헌정보관 413
호/2010.06.12

「계봉우 <<조선문학사>>의 의미와 가치」/제53회 국어국문학회
전국 학술대회 "세계화 시대의 국어국문학"/국어국문학회/
전남대학교 인문대학/2010.05.29

「在滿朝鮮詩人宋鐵利詩的抒情性」/두만강학술포럼 2009 "多元共
存和邊緣的選擇"/중국 길림성 연길시 연변대학 아주연구중
심/2009.10.01

「해외 한인문학의 존재와 당위-'한민족문학' 범주의 설정을 제안
하며」/제 52회 전국 국어국문학 학술대회/국어국문학회/경
희대학교 중앙도서관 시청각실, 오비스홀/2009.05.29

「교훈의 장르론적 의미와 교훈가사」/한국가사문학관 개관 8주년
기념 "제9회 전국가사문학제 학술대회"/한국가사문학 학술
진흥위원회/한국가사문학관/2008.10.10

「우리 시가문학과 어부 이미지」/2008년 한국해양문학제-제13회
한국해양문학 심포지엄/부산광역시, 한국해양문학제 운영위
원회/부산 광안리 호메르스 호텔/2008.08.06

「무애 양주동선생과 우리 노래문학」/인문과학연구소 봄 학술대회
/숭실대학교 인문과학연구소/숭실대학교 김덕윤 예배실
/2008.06.19

「조선조 사행록 텍스트의 본질」/<<조선통신사 사행록 연구총
서>>(전13권) 출간 기념 국제학술대회 "조선조 사행록에 나
타난 시대정신과 세계관"/숭실대학교 한국문예연구소/숭실
대학교 김덕윤 예배실/2008.06.13

「구소련 고려인 노래의 전통민요 수용양상」/1920년 4월 참변 추
모 한-러 국제학술회의 "/극동 러시아 고려인의 문학예술과
역사"/숭실대학교 한국문예연구소/러시아 우수리스크 국립
사범대학교/2008.04.07.

「조선 후기 궁중정재의 선계 이미지, 그 지속과 변이의 양상」
/2007년도 한국전통문예연구소 학술발표대회/한국전통문예
연구소/2008.02.01

「'해녀 노 젓는 소리' 사설 구성 및 전승의 원리」/2007 제주민속의
해 지정, 탐라문화연구소 40주년 기념 "동아시아속의 제주
민속" 국제학술대회國際學術大會/제주대학교 탐라문화연구소
/2007.05.01

「조선초기 악장을 통해 본 전환기적 실상」/한국전통문예연구소-
사단법인 온지학회 공동 주최 2006년도 추계전국학술대회
"여말선초문예의 전환기적 논리"/한국전통문예연구소 · (사)
온지학회/숭실대학교/2006.11.01

「개화기 창가의 형성과 번역 찬송가」/숭실대학교 한국기독교 박
물관 제3회 매산기념강좌/숭실대학교 한경직기념관 소예배실
/2006.09.01

「시조와 악장의 관련양상」/2006.08.01

「재미한인들의 자아찾기-욕망과 좌절의 끊임없는 반복-」/한국문

학연구학회 창립 20주년기념 국제학술대회/2006.04.01

「문틀의 구조와 의미-<해녀 노 젓는 소리> 전승법의 한 양상」/어
　　문연구학회 고전문학분과 191차 정기학술발표회/2005.03.01

「통일시대 한국고전문학사의 전망-북한의 고전문학사에 대한 감
　　상을 바탕으로-」/2005.02.01

「<월인천강지곡>의 서사적 성격」/어문연구회 학술발표대회/2004.
　　11.01

「홍길동 서사의 서구적 변용-새 자료 <Lotus Bud>의 가치와 의미-」
　　/국어국문학회 학술발표대회/2004.06.01

「孝明世子의 樂章에 대하여」/2003년도 동계 전국학술발표대회/한
　　국문학회/2003.12.01

「조선조 악장의 전개와 그 의미-'태조~성종조'를 중심으로-」/한국
　　어문교육연구회 제 148회 학술대회/2003.05.01

「조선조 악장의 세계관」/제35회 숭실 · 인하 · 중앙대학원 합동학
　　술세미나/2002.11.01

「제의와 놀이 문맥 속의 옛 노래―고려 국문노래들의 경우--」/한국
　　국악학회-온지학회-국제한국학회 연합학술대회/2002.05.01

「김조규의 시세계」/김조규 탄생 88주년 <김조규시전집>출판기념
　　학술보고회/2002.04.01

「한국 고전문학과 氣」/숭실대학교 개교 104주년 인문과학연구소
　　학술발표대회/2001.12.01

「죽천행록의 使行文學的 성격」/제44회 전국 국어국문학 학술대회
　　"다문화 시대의 국어국문학 연구"/2001.06.01

「악장을 보는 한 관점」/한국시가학회 제20차 정기학술발표회
　　/2001.06.01

「<관동별곡> 이해의 두 측면」/동방고전문학회 제9차 정례학술발
　　표회/2000.05.01

「<거창가>론-이현조본 <거창별곡>을 중심으로」/한국고전문학회
　　2000년 동계학술발표회/2000.04.01
「<거창가>의 이본에 대하여」/2000년도 온지학회 춘계연수/2000.
　　01.01
「<<영언선>>의 정체와 가집 편찬사적 의미」/동방고전문학회 학
　　술발표회/1999.08.01
「재미한인 이민문학에 반영된 자아의 두 모습」/숭실대 개교 102
　　주년 기념학술발표대회/1999.04.01.
「만횡청류연구(五)-소외자의 노래들」/온지학회 제7차 학술발표회
　　/1996.02.01
「만횡청류 <呼主歌>論」/온지학회 제6차 학술발표회요지/1995.12.
　　01
「만횡청류의 문학적 특성과 이념적 기반」/온지학회 제5차 학술발
　　표회요지/1995.10.01
「朝鮮朝 長歌 歌脈의 一端」/온지학회 제4차 학술발표회요지/1995.
　　07.01
「고전문학과 바다체험」/제1차 한국해양문학심포지엄/1995.05.01
「문예미와 氣 -최자의 논리를 중심으로」/온지학회 제3차 학술발
　　표회/1995.04.01
「松江 鄭澈의 短歌」/제9회 전남 고문화 심포지엄/1994.11.01
「「泛虛亭集」所載 국문노래 두작품에 대하여」/온지학회 제1차 학
　　술발표대회/1994.10.01
「우리 옛 노래와 가곡에 대하여」/강릉대학교 대학원 학술세미나
　　/1994.10.01.
「鮮初 新都詩歌의 文學的 성격」/한국시가학회 94년 하계학술대회
　　/1994.08.01
「초창기 가곡창사의 장르적 위상에 대하여」/제17차 시조학 연구

발표대회/1994.06.01

「송강 정철의 장르의식」/한국국어교육학회 창립 30주년기념 학술
발표대회/1993.12.01

「시조·가사 연구 60 주년 개관」/국어국문학회창립40주년기념 35
회 학술발표대회/1992.04.01

「일제시대 만주지역의 우리 시문학 유산」/숭실대학교 인문과학연
구소 학술연구발표회/1991.04.01

「가집 서·발에 나타난 문학론적 요소」/제31회 전국 국어국문학
연구발표회/1988.06.01

호접몽과 황량몽 사이에서
- 정년에 즈음하여 -

조규익

바다로 통하는 한 곳만 빼꼼히 뚫린 곳에서 유년 시절을 보냈다. 적빈赤貧이 모판처럼 좌악 깔려 있던 동네. 사방의 산들은 늘 푸른 해송으로 덮여 있었다. 산모롱이를 지나 서해바다 초입의 백사장으로 나가기만 하면 언제든 손톱만한 배 한 척이 허위허위 달려가는 수평선을 바라볼 수 있었다. 저 배는 어디로 저리도 숨차게 달려가는 것일까. 그것이 항상 궁금하면서도 알아낼 방도가 없었다. 한여름 석양은 나를 모래바탕에 잠재웠고, 그 배가 시야에서 사라질 때면 나는 으레 꿈속에 빠져들었다. 그리고 그 배가 들르는 항구를 꿈꾸곤 했다. 꿈속에서 그 항구의 사람들을 만나보는 재미가 쏠쏠했다.

소년기 초입. 정말로 기적같이 배를 타고 항구도시에 닿았다. 유년 시절 꿈속에서 보던 항구 사람들을 만났다. 기름이 흐르는 항구사람들의 말. 말이 다르니 꿈도 다른 그들이었다. 내 꿈이 꺼끌꺼끌한 흙덩이였다면, 그들의 꿈은 얄밉도록 매끄러운 보석이었다. 언밸런스가 세상의 본질이었다. 배고픔과 소외감으로 내 꿈은 보잘 것 없이 쪼그라들기 시작했다. 꿈이 사라질까 전전긍긍하며 잠들지 못하던 작은 소년 하나가 언제부턴가 나의 내면에 화석처럼 자리 잡았다. 그 때문이었을까. 지방의 소읍小邑에서 가까스로 합류한 대학시절도 행복하지 못했다.

청년기 초입. 첫 부임한 고등학교에서 제자들을 만났다. 그들 가운데도 쪼그라든 꿈이 사라질까 안절부절 못하던 그 시절의 내가 들어 있었다. 조마조마 그를 지켜볼 뿐, 나는 손을 뻗어주지 못했다. 365일을 버티지 못한 채 새로운 꿈을 찾아 교단을 떠났다. 완악해진 탓일까. 내 마음의 치부책에서 그 녀석도 지울 수 있었다.

어렵게 재개한 공부의 시대. 내면에 자리 잡은 빛바랜 꿈들을 밀어내고 그 빈자리에 현실을 하나씩 들여앉히기 시작했다. 꿈과 현실의 자리바꿈이 시작되면서 현실과 꿈을 혼동하기 시작했다. 20대 중반 어느 즈음이던가. 가르치던 진해

만의 사관생도들 가운데도 '사라지는 꿈 때문에 안절부절 못하던' 그 시절의 내가 들어 있었다. 눈을 질끈 감았다. 나는 타임머신을 타고 과거세의 한 복판에 불시착한 시간 여행자에 불과했다. 불시착한 지점에서 허망하게 커밍아웃할 순 없었다. 그를 위한 해결의 열쇠를 쥐고 있었지만, 미래세에서 온 시간 여행자임을 밝히는 순간 나는 끝장일 것이고, 시간의 원리 또한 헝클어질 것이기 때문이었다. 꿈을 현실로 바꾸고 현실과 꿈을 혼동하는 세월은 반복의 원리를 되뇌면서 그렇게 흘러가고만 있었다.

길 잃은 시간 여행자가 불시착한 새로운 공간, 대학은 꿈과 현실이 착종錯綜된 카오스였다. 이곳은 몇 세기의 어느 별일까. '사라지는 꿈 때문에 안절부절 못하던 그 시절의 무수한 나'가 숨 쉬는 곳. 시간여행의 꿈을 접고 타임머신의 날개를 꺾어버린 채 피곤한 몸과 마음을 쉬기로 한 것은 여기에 '그 시절의 내가 너무 많기 때문'이었다. 가끔 땅바닥에 나뒹구는 날개의 파편들을 이어 붙여 보기도 했지만, 타임머신은 부활하지 않았다. 매일 '그 시절의 나'와 같은 '나들'을 만나며, 시간여행의 유혹을 물리쳐 온 것은 그들을 통해 비로소 꿈과 현실을 구분하게 되었기 때문이다. 어린 시절 항구의 사람들을 만난 꿈속의 나는 누구이고, 함께 나이 들어가는 제자들을 바라보는 현실의 나는 누구인가. 함께 숨 쉬며 교유하는 저 학인學人들은 바장이며 꿈을 태워가던 그 시절의 내가 아니던가. 함께 숨 쉬며 교유하던 선배들은 누구이며, 어디로들 가셨는가. 그들이 나이고, 나 또한 그들이 아닌가. '태어나 살아가다 죽는' 원리는 하나가 아닌가. 타임머신을 타고 가다가 불시착한 뒤 오랜 시간 머물며 바라보아온 '그 시절의 나들'을 기억한다. 지금 나를 둘러싸고 있는 저 반짝이는 학인들은 어쩌면 '그 시절의 나'가 아닌가. 과연 내가 저들인가, 저들이 나인가?

정년의 종착역으로 달려가면서 카운트다운을 시작한 건 대략 10여년 전부터였고, 가끔 내 시계가 고장 나면 처음부터 다시 헤아리기를 무수히 반복했다. 그 와중에도 대학의 시계는 전혀 고장 없이 재깍재깍 잘만 돌아갔다. 어영부영 마지막 학기를 맞았고, 조만간 '마지막 수업 날'이 닥칠 것이다. 별처럼 빛나는 젊음들을 만나는 동안, 좌절과 환희의 도가니를 냉탕과 온탕처럼 넘나들며 나를 담금질했다. 그들이 내 '학생'인지 아니면 내 '선생'인지, 내가 그들의 '학생'인지 아니면 그들의 '선생'인지 분간 못하는 시간대가 꽤 길었다. 그러다가 어느 순간부터 나는 학생들 혹은 제자들을 내 '선생'으로 확신하게 되었다. 그간 그들에게 가르친 것보다 그들로부터 배운 게 더 많았기 때문이다. 어찌 제자들뿐이랴! 내로라하는 강호의 학인들이 벗으로 다가와 제자들과 함께 이 공동체의 몸피를 키우지 않았는가. 꿈결같이 흘러갔지만,

그 분들과 학문을 담론하며 지내온 것 또한 크나큰 행복이었다. 소중한 시간들은 행복감 속에 발효되고, 그 향내에 마취된 나는 세상의 험난함에 눈을 감을 수 있었다.

* * *

덧없는 희로애락의 일생을 정신없이 보낸 뒤 문득 낮잠을 깨어보니, 두어 시간 전에 안쳐둔 좁쌀 밥이 이제 겨우 솥뚜껑을 달캉대며 익고 있지 않는가. 그저 '한나절의 꿈'이었다. 남아있는 한나절. 나는 과연 작은 가슴을 가득 채운 이 행복의 달콤한 맛과 온기를 온전히 지켜갈 수 있을 것인가.

임인년 매월梅月
무성산 백규서옥에서

2부

추억 펼치기

거듭난 문사로 나서시길
- 백규 조규익 교수의 정년에

이명재 (문학평론가·중앙대 명예교수)

먼저 백규 조규익 교수[이하 '백규'로 통칭]의 보람 가득한 정년퇴임을 진심으로 축하드린다. 실로 오랜 세월 동안 전통 깊은 숭실대학교에서 누구보다도 한국 고전과 현대문학에 걸쳐 많은 연구업적을 쌓으며 강의하고 무탈하게 넉넉한 임기로 마쳤으니, 정말 기쁘고 영예로운 일이다. 그러기에 정년을 맞았어도 아쉽다기보다는 남다른 여유로움 때문에 '이제야 퇴임인가'하는 느낌이 앞선다.

필자인 내 경우는 중앙대 흑석동 캠퍼스 한 군데에서만 34년 근속하며 영역 넓은 현대문학을 강의하다가 이렇다 할 업적도 이루지 못한 채 이미 18년 전에 먼저 정년을 맞았기 때문일까. 이에 견주어보면, 백규는 프로필에서처럼 이미 20대 후반에 박사학위를 취득하고 해군사관학교와 경남대에서 교수 생활을 시작하며 서울로 올라온 연유이리라 싶다. 일찍이 지방을 거쳐서 상도동 캠퍼스에서 일제 통치가 아닌 학문연구와 후진 양성의 일로 36년 동안을 봉직하였으니 서로는 언뜻 아스라한 격차로 여겨진다.

하지만 이렇게 적지 않은 연령차에다 현대문학 전공인 필자와 고전문학 전공인 백규가 친숙해진 원인은 무엇일까? 그것은 아마도 서로 고단했던 농촌 태생인 데다 의기가 통하고 상호 신뢰감이 있어서였을 것이다. 일찍이 일제 강점기인 1930년대 말엽쯤 호남의 농촌에서 자라다가 처음 상경해서 대학에 입학한 1957년 바로 그 5월 중순에 태안반도의 바닷가 마을에서 태어난 백규와의 만남은 선근善根 인연일 수밖에 없다.

우리 두 사람은 상도동과 흑석동에 각각 자리 잡아, 언덕 하나를 사이에 둔 이웃 캠퍼스 주민임에도 처음에는 퍽 설면했었다. 1980년대 후반쯤에 중대 흑석동 캠퍼스에서 가진 학술 행사에서 마주친 첫인상은 성실하고 외로운 신진 교수답게 까다롭고 퍽 따지는 편이었다. 현대문학을 전공한 나 자신과 달리 백규의 경우 고려가요인 <동동>, <만전춘>, <쌍화점>, 「만횡청류」 같은 고전 분야를 전공하기 때문만은 아니었으리라. 백규는 한국 고전문학 부문의 업적에서 당시 이미 소장 학자 이상의 연구업적을 보이고 있었다. 한국시조학술

상, 도남국문학상, 성산학술상 등의 수상 실적도 이를 뒷받
침한다.

그러다가 당시 필자 또래 주관의 우리문학회 발표에 참여
하는 일 등을 계기로 점차 친숙해졌다. 그 무렵 국어국문학
전국대회나 관계 학술지 논문 등을 통해서 자주 만났다. 백
규는 여느 연구자들과 달리 고전과 현대문학의 단절을 극복
하고 전통을 연결하는 접근법에도 솔선하여 바람직한 학문
방법을 보여주었다. 여러 현대문학 관계 논저들 외에도 내
서재에는 백규의 굵직한 저서들이 꽂혀 있다.『초창기 재미
한인 이민문학』(자료편/연구편),『해방전 만주지역의 우리
시인들과 시문학』,『카자흐스탄지역 고려인사회 소인예술단
과 전문예술단의 한글문학』,『카자흐스탄 고려시인 강태수
의 삶과 문학』등. 이 분야는 특히 2000년대에 들어서 필자
도 새로운 국외 이주로 인한 한인들의 디아스포라 문학 분야
개척을 선도해온 터라서 수긍이 갔다. 특히 백규는 중국 연
변 조선족자치주와 중앙아시아 지역을 수차 답사함으로써
조선족이나 고려인문학에 조예가 깊었다.

더욱이 1997년 7월 하순에 나는 중국 연변대에서 열린 '리
욱선생 탄신 90주년 기념 학술토론회' 때, 이학성 시문학을
분석 발표한 백규와 동행하여 백두산 천지에 오른 바 있다.
그 며칠 동안의 탐방 중에도 백규는 틈틈이 무더위 속의 연

변 일대 서점을 찾아다니기에 바빴다. 그리고 그때 구입한 한글 문예지와 작품집들을 트렁크에 가득 챙겨서 비행기에 오르던 모습 또한 생생하다. 그만큼 백규는 강의에 충실할뿐더러 학술 자료 수집에도 기동성 있게 움직였다. 그러면서도 가끔씩 이메일을 건네다 보면 거의 자정 무렵까지 연구실에 남아 자기 연찬에 임하고 있었다. 어쩌면 백규는 독일 특수부대원처럼 머리를 빡빡 깎은 채로 테이블 앞에 앉아 컴퓨터 자판을 기민하게 두드려대는 인상이다.

그런가 하면, 백규는 평소 겸손하고 조용하되 더러는 화통한 면을 보여주었다. 2012년 8월 초, 여수 전남대 캠퍼스에서 열린 해양문학세미나에서였다. '고전 작품에 나타난 바다' 발표를 끝낸 후에 백규가 솔선해서 국산 양주를 두어 병 사서 숙소의 교수 일행과 가졌던 오붓한 뒷풀이 자리가 생각난다. 인상과 달리 평소 술 실력도 만만찮은 여유가 보기 좋았다. 그 밤의 무더위를 식히듯 서슴없이 얼음에 탄 양주잔을 부딪친 다음엔 여러 잔을 비워댔다. 그러고도 숙소에 가서는 룸메이트를 뒤로 한 채 휴대용 노트북에다 자정이 넘도록 논문 쓰기 작업을 하는 모습은 더욱 돋보였다. 아, 그것은 선비의 기백에서인가, 기본 체력의 힘에서일까. 평소 책상물림의 책벌레 같은 꽁생원이란 예견과는 달랐다.

이 밖에도 특히 2012년 가을에 백규를 세계적인 풀브라이트 재단의 연구학자로 선발되게 도움 준 사실은 내 기억창고에 값진 추억으로 저장되어 있다. 그 일은 어느 주말 오후에 백규의 전화로부터 시작되었다. 풀브라이트 재단의 선임연구원(senior researcher) 선발 공모에 응할 참인데 나더러 추천서를 써 달라는 부탁이었다. 그곳 정보를 모르는 나에겐 뜻밖의 일이라 난감했다. 내로라는 분들의 추천으로 경쟁이 될 터인데 영어 문장 작성에도 서투른 사람으로선 걱정이 앞섰다. 하지만 나에 대한 인간적·학문적 신뢰감으로부터 나온 결정일 것으로 판단하고, 우선 한글로 추천서 초안을 잡아보았다. 그러고는 그 내용을 종일토록 영문으로 힘겹게 번역해서 다듬은 뒤 내 친필로 서명한 추천서를 밀봉해서 넘겼다. 그런 일이 있고 한참 뒤인 12월 초에 백규로부터 본인이 인터뷰까지 마치고 최종 선정되었다는 벅찬 소식을 들었다. 상당수의 이른바 명문 대학 교수들과의 경쟁에서 뽑힌 모양이었다. 그 결과로 백규는 2013년 미국에서 새로운 차원의 연구 활동을 벌이게 된 것이었다.

하지만 백규가 정년퇴임(retire)을 맞는 올 8월 이후에는 그야말로 이전의 자료 가득한 낡은 차를 버리고, 갖가지 학문적인 과제나 짐들은 미련 없이 후진들에게 넘겨야 한다. 서양의 말뜻 그대로 '새로운 타이어로 바꿔 끼운' 승용차를 타고 자유롭게 나들이하길 바란다. 퇴직하면 공주로 귀전원歸田園하여 농사짓고 어부 노릇을 하겠다지만, 어찌 마냥 강철 체력일 수 있으며 세상 또한 마냥 옛 시절 같을 손가. 백규는 이미 수십 년 전에 『꽁보리밥 만세』를 출간한 수필가이다. 그러기에 새로운 글쓰기에 나서서 문학에 전념하길 기대한다. 그러다 힘겨워지면 전원적인 문학마을 길을 걸어서 쉬엄쉬엄 산책하면 좋다. 그러고도 따분하면 가족과 함께 경향 각지를 드라이브나 하면서 유유자적하라. 그러면 삶의 권태쯤은 다 이겨내기 마련이다.

밤낮으로 쫓기며 지속해오던 과거지향의 학문연구와 저술, 전문적인 강의는 이제 백규에게 필요치 않다. 그보다는 새롭게 농익은 지성과 싱그러운 문장으로 현대 시민들과 소통하는 생활 문학으로 대화하는 문필가의 삶을 펴나가는 게 바람직하다. 바야흐로 지구촌시대의 초 고령화 사회에 대응하기 위해서라도 슬기로운 처세가 바람직하지 않은가. 고전문학 연구자로서 백규의 대학 은사이자 장인이신 임헌도 선생께서도 수필가로 활약하셨으니, 문단 활동을 겸한 새로운 글쓰기 작업이야말로 선인들께 출람出藍의 기쁨까지 드리는 지름길일 것이다. 아무쪼록 조만간 자유인이 될 교수이자 문인인 백규의 건승과 문운 대길을 빈다. ♣

세대교체를 뛰어넘는 진면목眞面目

이재관(숭실대 명예교수)

　"한 세대는 가고 한 세대는 오되 땅은 영원히 있도다"(전도서 1장 4절) 솔로몬 왕의 명언이라고 한다. 세대가 바뀌는 것은 불가피한 일이다. 그러나 다음 두 가지 이유로 이 명언은 쉽게 사용되지 못한다. 첫째, 세대 간 차이를 말하기 어렵다는 점, 둘째, 여기서 말하는 땅은 무엇을 뜻하는지 분명치 않다는 점이다. 우연히 배창희 작사 작곡의 노래 <바위섬>을 배우면서 무릎을 쳤다. 쓸쓸하지만 꿋꿋하게 존재하는 바위섬 같은 "땅"이 있어 나는 안심하고 의지하고 사랑하며 살 수 있는 것이다. 또한 우리 곁에서 가까이 손잡고 동행해주신 시대의 선각자 마음의 벗 스승님을 이 "땅"의 자리에 대입해볼 수도 있다고 생각한다. 백규 조규익 교수의 정년퇴임에 즈음하여, 30년 전 컴퓨터 정보화시대 초기의 체험을 통해 실마리를 잡기로 하겠다.

나는 53세 되던 해에 어깨너머로 한글 워드를 배웠고 그해 여름 외국 출장을 가서 인터넷으로 온갖 자료를 구해 읽고 있는 외국대학 교수들을 보면서 무척 부러워했다. 다음 해 (1995년) 서울의 내 연구실에도 LAN이 연결되었으나 작동해볼 엄두가 나지 않아 몇 달 동안 방치했는데, 조지아주가 주민들에게 부여한 ID를 귀동냥으로 입수, 가상도서관 GALILEO에 접속할 기회가 생겼다. 시험 삼아 키워드 '레미 제라블'을 입력했더니 작은 글자로 편집된 무려 1천 페이지의 소설 전문이 내 눈앞에 떠올랐다. 얄팍한 문고판이나 읽고 아는 체했던 내가 부끄러웠다. 나의 전공 키워드 'Quality Management'를 입력해보니 4천 건의 아티클 목록이 떴다. 그중 절반은 전문(full text), 터질 듯한 충격을 받았다.

당시는 트럼펫으로 먼저 뜸을 들인 다음 브라우저(넷스캐이프)를 동작시켜야 했다. 회전속도가 느려서 손 놓고 기다리면 창을 닫으라는 경고가 나오기도 한다. 화면을 직접 프린트할 수 없어 일단 하드에 저장해야 했고 저장 소요 시간이 길어지면 또 경고, 밥 때를 놓치곤 했지만, 밥이 문제냐? 학술정보에 목마르던 20세기를 폭파해버리는 기막힌 세기말 사건이었다. 눈을 떠보니 세상이 달라져 각 분야 전문 웹사이트들이 엄청나게 쏟아져 나왔다.

20세기 말이 바로 호랑이 담배 먹던 시절이었다. 그래서 무엇을 배웠는가? 첫째 요소는 무제한 무료 공급의 선언이다. 값진 정보를 무제한 무료로 공급한다니 이 얼마나 꿈같은 이야기인가? 이는 능력과 인류애가 바탕에 깔려 있지 않고서는 할 수 없는 선언이다. 특히 학계의 경우, 학술 자료, 아이디어, 연구 중간재, 체험담 등을 화수분처럼 꺼내 보여 줄 자신이 있다는 말이다. 남들이 다 퍼가도 금방 채워 넣을 자신이 있다는 뜻이기도 하다. 십자가를 지고 앞장서는 자의 배포와 열정이 없다면 불가능한 이야기들이다. 거기에 백규 교수님이 버티고 서 있었다. 과거의 논문, 교육자료, 진행 중인 연구와 중간실적, 다 보여준다는 자신감과 학문 사랑과 겸손이 합쳐진 숭고한 표출이라고 말할 수밖에 없다.

두 번째 요소는 공동체이다. 인터넷을 통해 우리는 공동체(커뮤니티, 카페)를 새롭게 만나야 했고 조규익 교수의 홈페이지 '백규서옥'이나 블로그에 드나들면서 바로 그걸 배워야 했다. 공동체의 3요소인 공통관심, 잦은 상호작용, 정체성이 온라인 공간에 나타나야 한다(W. Bock). 보다 구체적인 정의로, (1) 정직하게 대화하는 법을 학습하고, (2) 표현 이상의 깊은 관계를 맺으며, (3) "함께 즐기고 함께 괴로워하자", "서로를 기쁘게 하자", "타인의 처지를 내 상황처럼 생각하자"는 사람들의 집단이 되어야 공동체라는 단어를 사용할 수 있다(M. S. Peck). 네트 상의 인간은 독립적 정보처리자인 동시에 사회적 존재로서 정보를 구할 뿐 아니라 소속감, 지원, 인정을 추구한다(J. S. Donath)는 조언 등이다. 이런 점에서 백규 교수님의 따스한 온라인 및 오프라인 속의 호흡과 전력 투구의 지도와 온기 어린 추억들이 더욱 값지게 다가온다.

전공이 경영학인 내가 정년퇴임을 맞이하면서 시집을 출간할 테니 좀 도와 달라고 요청했을 때 백규 교수님은 온화한 미소로 기꺼이 수락하고 온 정성으로 도와주셨다. 무슨 그런 엉뚱한 일을 하려고 하느냐, 왜 남의 전공을 건드리느냐고 핀잔을 주는 분도 내 주변에 없지 않았지만 그러지 않고 온화하게 미소 지으셨다. 그 자비의 미소 한방이 나의 시 문학 진출에 큰 자산이 되었다.

백규 교수님은 이미 잘 정돈된 백 가지 꽃밭을 가꾸면서도 멀리 새 지평地平을 열고 달려가 새 깃발을 꽂는 개척자로서도 일등이다. 마케팅 교과서에 "준비-조준-발사가 아니라 준비-발사-조준"이란 말이 나온다. 앞뒤를 너무 재다 보면 기회를 잃게 된다. 일단 깃발을 꽂되 흐름에 따라 옮겨 꽂는 개척정신을 보여주면 되는 것이다. 백규 교수님은 퇴임 벌써 전부터 공주지역에 아담한 농장을 만드셨고 앞으로는 농사와 지역문화를 위해 땀을 흘려보겠다고 하시니 다만 놀라울 뿐이다.

헤밍웨이의 장편소설《해는 또다시 뜬다》(1926)를 읽으며 보니 헤밍웨이는 서두 경구로 전도서 1:4~7절과 "당신들은 모두 잃어버린 세대군요"라는 말을 눈에 잘 띄게 넣어놓았다. 당시 1차 대전 후 살아남은 30대 주인공 그룹의 분위기, 가령 미국, 프랑스, 스페인을 오가며 마음껏 놀고 춤추는 또는 어지러운 방탕의 모습들이 작품 전체에 넘치고 있었다. 전후세대라면 이해받을 만하다. 지금 우리나라는 어떤 종류의 세대 차이가 부각 되는 중인가. 바위섬처럼 꿋꿋한 그 무엇이 더 조명을 받아야 할 것 같다. ♣

'무명無名의 명名 모임'과
인문적 가치에 관한 단상斷想

김광명(숭실대 철학과 명예교수)

　　조규익 교수님과의 인연은 숭실대 교수연구동(교내에서 가장 오래된 3층의 붉은 벽돌 건물)에서 층을 달리하여 연구하며 봉직하던 시절로 25여년에 걸쳐 있다. 연구 분야는 철학과 문학으로 다르지만, 연구실에 늦게 까지 켜진 불빛을 보며 암묵리에 서로의 학구열을 다지며 응원하고 격려하던 생각이 새롭다. 학내에서 연구의 질과 양에 있어 타의 추종을 불허할 정도로 인정을 받은 학문적 성과와 학자적 역량은 누구나 잘 아는 바이다. 또한 필자가 먼저 인문대 학장직을 수행하고 난 뒤를 이어 학장직을 수행한 인연도 각별하다. 조 교수님의 퇴임에 즈음하여 함께 하고 있는 모임과 인문대 학장직을 앞뒤로 같이 역임한 인연으로 남다른 소회所懷를 적어볼까 한다.

유서 깊은 숭실 교정에서 강의하고 연구하며 인생의 중요한 기간을 거의 보낸 여러 학문분야의 몇몇 동료들이 우의를 돈독히 하는 뜻에서, 정기적인 모임을 갖고 담소를 나누며 지내고 있다. 처음에 소규모임에도 서로 의기투합하여 결속을 다지며 이구동성으로 모임의 이름을 지어보자는 여러분들이 의견을 내놓았다. 여러 제안들 가운데 조 교수님의 의견을 좇아 '무명회無名會'로 정하고 해마다 매학기 초와 말에 걸쳐 오늘에 이르고 있다. 때로는 모임의 이름이라고 해서 별다른 뜻이 반드시 있는 건 아니겠지만, 조 교수님의 뜻을 비롯하여 생각할만한 여러 의미가 담겨있기에 이를 살펴보려고 한다.

우리가 잘 아는 바대로, 노자老子 도덕경道德經 1장에 "도가도 비상도, 명가명 비상명(道可道 非常道, 名可名 非常名)"이라는 명구가 나온다. "말로 도를 논하면 진짜 도가 아니며, 말로 이름을 붙이면 진짜 이름 아니다."라는 뜻이다. 이는 '무명의 명'과도 통하는 바 있으니, 마치 '무소유의 소유'처럼 '없음'을 통해 '있음'을 극명하게 드러내는 경지에 다름 아니다. 이와 연관하여 우리 미의식의 근본을 탐구한, 우리나라 최초의 미학자요, 미술사학자인 우현 고유섭(1905~1944)의 이야기에 귀를 기울여보자. 그는 '무기교의 기교', '무계획의 계획', '무관심성', '단아함', '구수한 큰 맛' 등을 우리 전통 예술을 설명하는 용어로 삼았다. 우리 예술을 수동적이고 소극적으로 해석했다는 비판도 있긴 하지만, 그의 개념은 여전히 오늘날의 우리 문화 예술의 원천을 이해하고 해석하는 데 있어 주요 키워드로 남아있다.

따라서 우리 문화예술의 정신과 태도를 관통하는 핵심을 요약하면, '무기교의 기교'요, '무관심의 관심'일 것이다. 여기서 이른바 기교技巧란 '기술이나 솜씨가 아주 교묘함'을 일컫거나 혹은 '교묘한 기술이나 솜씨'를 가리킨다. 지나치게 정제된 기술이나 솜씨는 자연스럽지 못하여, 어딘지 불편하고 어색해 보인다. '무기교의 기교'는 기교(테크네)를 부리되 기교를 부리지 않는 기교라고 정의해 볼 수 있다. 이것은 우리가 바라는 최상의 기교인 셈인데, 자연스러움이 더해진 아주 자연스런 기교인 까닭이다. 또한 '무관심'이란 '관심이 아예 없다거나 부주의함'이 아니라 '관심의 집중'이요, '관심의 조화'이다. 나아가 무관심은 무심無心을 뜻하는 불교적인 정서로서 무욕無慾의 경지를 대변한다. '비움으로 가득한 채움'이라고나 할까. 이는 우리가 추구하는 바람직한 미적 정서이며 미의식이다. 이렇듯, 무명회에 담긴 '무명의 명'은 '무명'이라는 비움으로써 내면을 채우는 '명'이며, 우리의 학문하는 자세나 삶의 태도와도 연결된다고 하겠다.

좀 더 이야기를 더해 보면, 잘 알다시피 자연을 대하는 동서양의 태도는 매우 대조적이다. 서양의 경우엔 매우 분석적이고 과학적인데 비하여, 우리의 경우엔 친화적이고 순응적이다. 한마디로 말하면 자연 과학주의 대 자연 친화주의이다. 자연 과학주의는 인간과 자연을 서로 맞서게 하고 대결하게 한다. 이에 반해 자연 친화주의는 인간과 자연이 더불어 공생하며 상생하도록 한다. 그럼에도 동서 사상의 대조나 대비를 떠나 근대 독일의 대표적인 사상가인 임마누엘 칸트(1724~1804)의 미학사상에 '합목적성'이라는 개념은 시사하는 바가 크다. 칸트가 미적 판단에서 말하는 '합목적성'은 '어떤 사물이 실현하고자 하는 목적에 적합한 성질'로서 '무목적의 목적'이다. 이론적, 실천적 목적이 아니라 순전히 미적 즐거움을 위한 목적, 그 자체인 것이다. 우리가 어떤 대상을 아름답다고 말할 때의 목적은 미적인 즐거움에 합당하다는 뜻에서 '합목적적인' 성질을 지닌다. 아름다움에서 오는 즐거움은 보편적이고 반성적이다. 우리 모임에 담긴 '무명의 명'에 이러한 뜻이 담겨 있기에 매우 소중한 인연으로 여겨진다.

다음으로 앞서 간단히 언급한 바와 같이, 인문대 학장직을 앞뒤로 수행하면서 '인문강좌'를 열고 연사들을 초청하여 학생들에게 인문학적 열정을 불어 넣으려고 여러 가지로 고심했던 기억이 난다. 오늘날 자본시장논리에 터를 둔 효율성 및 기능성에 대한 맹신으로 인문학은 그 존립 근거마저 위협받는 상황에 처해 있다. 인문학진흥을 위한 조 교수님의 노고는 귀중한 학문적 성과를 낳았으며 지금도 여전히 진행 중이다. 여건이 불비하고 열악한 환경임에도 불구하고 그는 손수 '한국문학과 예술연구소'를 세우고 학술지 『한국문학과 예술』을 창간하여 학문적 공론의 장을 마련하고 많은 업적을 쌓고 있다. '인간의 진정한 가치와 삶의 궁극적 의미를 탐구'하는 학으로서의 인문학이 위기를 맞고 있는 요즈음에 그의 노력은 돋보임에 틀림없다.

이 자리를 빌려 인문학에 대해 필자가 지닌 평소의 소회를 나누고 싶다. 근본적으로 인간 존재와 삶의 문제를 대상으로 탐구하는 인문학은 인간뿐 아니라 인간이 이룩한 다양한 생활문화, 그 가운데서도 문학과 예술에 대해서 깊은 관심을 갖는다. 효율성과 수익성만으로 해명이 안 되는 부분을 밝히기 위한 인문학만의 존재 가치가 분명히 있을 것이며, 이런 시대에 인문학은 인간의 존재 가치를 묻고 삶의 문제에 대한 해답을 적극적으로 구함으로써, 인간이 가치 있는 삶을 살 수 있도록 도와준다. 더욱이 인문학은 사회가 다원화되면서 발생하는 여러 갈등을 해소하고 사회를 통합하는 역할을 한다. 이런 역할을 수행함에 있어 인문학은 새로운 가치를 창출해 낼 수 있는 훌륭한 자원이 된다. 삶의 가치와 질 문제의 제고는 인간의 삶과 정신세계를 연구하는 인문학을 통해 가능하다. 인문학은 소극적으로 수요를 기다리는 대신, 적극적으로 수요를 창출하기 위해 스스로 노력해야 한다. 나아가 인간의 삶에 대한 근원적인 성찰을 통해 많은 사회 문제를 해결하기 위해 힘써야 한다.

거듭 말하거니와 인문학이란 인간의 삶을 문학적·역사적·철학적·예술적으로 연구하고 접근함으로서 모든 학문의 토대가 된다. 그런 까닭에 인간 삶이야말로 인문학의 기반이요, 거처이다. 인문학은 인간과 세상에 대해 묻고 답하는 학문, 곧 삶의 학문이기에 삶에서 유리되면 곧 심각한 문제에 봉착하고 만다. 이러한 문제의 심각성을 나름대로 위기라고 본다면, 위기는 바로 외적 환경의 변화와 내적 성찰의 부족에서 비롯된다고 하겠다. 그러기에 내적 성찰을 통한 외적 환경과의 부단한 소통이 있어야 할 것이다. 이는 물론 삶의 가치와 의미에 대한 해석을 통한 소통일 것이다.

서구를 비롯한 세계의 여러 나라에선 인문학이 잠재적으로 미래의 국가발전 역량을 결정 짓는다고 보고 있다. 인문적 상상력과 비판정신이 그렇다는 말이다. 인문학 위기담론에 대한 재단적裁斷的 접근이 아닌, 사실적 접근이 필요하다. 타 분야의 학문이 인문학과 연계하여 연구를 진행하는 세계적 추세 속에서 인문학의 위상은 오히려 높아지고 있다. 사람이 사람답게 살 수 있는 사회를 만드는 데 없어서는 안 될 기본적인 가치들이 바로 '인문적 가치'인 까닭이다. 그 인문적 가치의 핵심에는 사람에 대한 존중, 곧 인간의 품위와 생명의 존엄이라는 가치가 놓여 있다. 인문학의 학문적 중요성과 그것의 사회적 중요성은 깊이 연결되어 있으며, 한 사회를 지탱하는 데 필요한 인문적 가치에 대한 치열한 연구는 인문학의 몫이다.

인문학은 인간이 지닌 소중한 가치를 계발하고 통합한다. 인문학의 본질을 탐구하는 것을 바탕으로 그것을 삶의 현장에 실용적으로 활용하는 방안을 우리는 모색해야 한다. 인문학은 우리의 밝은 미래를 위해서 반드시 필요한 학문이다. 인문학이란 인간에 대해 탐구하는 학문이므로 인간이 사는 현실과 무관할 수 없기 때문이다. 오히려 인문학은 실용학보다 더 가까이에서 현실의 실제적 삶을 반영한다. '인간을 묻는 학문'으로서의 인문학에서 가장 중요한 것은 인간을 묻는 자리에서 출발하여 다시 인간의 문제로 되돌아온다는 데에 있다. 조교수님의 뜻 깊은 정년퇴임을 축하하며 '모임'명칭의 의미와 더불어 우리 인문학도들이 다시금 성찰하는 계기로 삼았으면 하고 기대해 본다. ♣

백규 교수와 함께 한
1년을 돌이켜 보며

니시오카 켄지西岡健治 (후꾸오까 현립대 명예교수)

벌써 10년 전의 일이 되었지만, 숭실대서 보낸 1년은 나에게 소중한 추억으로 남아있습니다. 그 주된 이유는 객지 생활을 하는 나를 공사를 막론하고 백규 교수께서 도와 주셨기 때문입니다. 이 기회에 다시금 감사의 말씀을 올리고 즐겁게 지내던 그 시절의 추억을 적어 볼까 합니다.

첫 번째 추억은 일면식도 없던 나를 숭실대 강단에 서게 해 주신 일입니다. 대학을 정년퇴직하고 나는 대만에 6개월 정도 가 있었습니다. 대만에서 돌아온 직후 전화를 받았습니다. 숭실대에 1년간 와 있지 않겠느냐는 이야기였습니다. 다른 계획도 있고, 1년은 짧다는 이유로 거절했습니다. 그렇지만 생각해보니 한국 학생들이 일본인으로부터 한국문학을 배운다는 것이 나의 유학 시절에는 있을 수 없는 일이었습니다. 시대가 바뀐 것이었습니다. 아니 백규 교수는 시대를 바꾸시려고 하는 것 같았습니다. 한일비교문학이라는 시각에서 국문학을 국제화시키시려는 의도였을 것입니다. 다행히 백규 교수의 노고로 계약기간이 연장되어 한국에 갈 수 있게 되었지요. 만약 그렇지 않았다면, 나의 만년에 교수님과 같이 한 즐거움들도 없었을 것입니다.

한국에 머무는 동안 세 가지의 즐거움이 있었습니다. 하나는 한식의 즐거움, 둘째는 막걸리의 즐거움, 셋째는 국어국문학과 답사여행의 즐거움입니다. 한식의 즐거움으로는 먼저 영양탕을 꼽을 수 있겠지요. 처음 먹었을 때는 뭔가 이상한 냄새가 나서 꺼려졌는데, 먹으면 먹을수록 맛있었습니다. 물론 백규 교수께서 안내해 주셨는데 그 가게는 숭실대에서 10분 거리에 있었습니다. 내 생각으로는 서울에서 제일 맛있는 집이었습니다.

그 다음에 안내해 주신 곳이 추어탕집입니다. 가게는 서울대로 넘어가는 언덕길에 있었는데 우리는 갈 때마다 '추어탕 보통'에다가 막걸리를 시켰습니다. 전통 요리에는 막걸리가 안성맞춤이니까요. 그리고 가끔 백규 교수와 같이 학생들을 데리고 '부대찌개' 먹으러 간 적도 있었지요. 둘이서 몇 번인가 대학 앞에 있는 식당에서 '생선구이 정식'을 먹은 기억들도 떠오릅니다.

그 다음은 막걸리의 즐거움입니다. 백규 교수는 막걸리를 무척 좋아하시지요. 둘이서 식사할 때는 반드시 막걸리를 시켰으니까요. 그리고 시킬 때마다 조교수는 특기를 보여주었습니다. 막걸리 통을 흔들어서 안에 있는 술을 분출시키지 않고 가스만 빠지게 하는 기술이었지요. 그것이 우리에겐 막걸리 마실 때의 정해진 의식이기도 했습니다. 물론 백규 교수는 다른 술들도 잘 마셨습니다. 교수들이 모인 회식자리에 직접 들고 오신 중국술을 함께 마신 적도 있었습니다. 그런 까닭에 나도 차차 막걸리 맛에 빠지게 되었었지요. 그 때 나는 '민중의 술 막걸리는／싸고 향기롭고／맛있다'는 확신을 갖게 되었습니다. 아니면 원래 내 스타일 때문에 막걸리를 좋아하게 되었는지도 모르겠습니다.

  셋째는 국어국문학과 답사여행의 즐거움입니다. 이 3박 4일의 행사는 학과에서 학생들이 중심이 되어 진행되었습니다. 언젠가 강원도 일대의 명승지인 관동팔경 답사에 참여하게 되었습니다. 그 명승지는 경판京板『춘향전』허두虛頭에 나와 있기도 하고, 정철鄭澈이 지은 가사 <관동별곡關東別曲>의 주 무대였기 때문에, 꼭 가고 싶었습니다. 그리고 그 소원을 이룬 셈이었습니다.

  5월 16일 날 경복궁에서 출정식을 올렸습니다. 그때 백규 교수가 이번 답사의 문학적·역사적 가치에 대해 설명하셨는데 그 박식에서 우러나오는 이야기에 놀라기도 했습니다.

의상대義湘臺에서 사방을 조망하고, 녹음 짙은 산길을 걸어 설악산 신흥사新興寺에도 갔으며, 강릉 오죽헌烏竹軒을 구경하고 경포대鏡浦臺 누각에도 올랐습니다. 모두 정말 경치 좋은 곳들이었습니다. 과연 중국의 소상팔경瀟湘八景에 비해서 말하는 이유를 알 것 같았습니다.

그런데 어딘지 기억은 나지 않습니다만, 답사 도중 신기한 일이 벌어졌습니다. 어느 해변 가에 있는 식당에 가서 교수들은 학생들과 약간 떨어진 곳에서 점심을 먹었습니다. 한참 있다가 몇몇 힘센 학생들이 나타났습니다. 그리고 젊은 여교수를 잡아 바닷가로 데리고 가서 그냥 바다로 던져 버리고 말았지 뭡니까! 알고 보니 그게 숭실대 국어국문과의 전통이었답니다. 그 해 새로 들어오신 교수님을 학생들은 물에 빠뜨린다는 것이었습니다. 그런데 이걸로 끝이 아니었습니다. 다시 나타난 학생들이 이번에는 백규 교수를 잡았지 뭡니까! 결국 백규 교수도 물에 던져지고 말았습니다. 이 전통

백규 교수님 댁 거실에서. 오른쪽부터 니시오카 교수, 백규 교수님, 사모님.

은 일종의 환영식이라 할 수 있겠지만, 왜 백규 교수까지 물에 빠뜨려야 했는지 지금도 모르겠습니다.

여태까지 백규 교수께만 감사의 말을 드렸지만, 교수님 부인께도 감사의 말을 올리고 싶습니다. 왜냐하면 부인께서는 몇 번인가 저를 위해 오이로 피클을 만들어 전해 주셨습니다. 아마 외식만 하는 사람에게는 야채가 모자라지 않을까 걱정해서 주신 것이겠습니다. 이 지면을 빌어 다시 한 번 감사의 말씀을 드립니다.

그리고 백규 교수께 한마디 덧붙입니다. 인생은 정년퇴직 이후 10년간이 황금기랍니다. 돈 걱정이나 자식 걱정을 하지 않아도 되고, 무리하지 않아도 무욕의 생활을 즐길 수 있을 것 같습니다. 다만 부인을 존중하고 아끼세요. 결국 옆에 있어주는 주는 사람은 부인밖에 없으니까요. 실은 자계自戒의 말입니다.

늘 건강하시고 행복하십시오.

학술답사 중 강릉의 해변에서 점심을 하며(왼쪽부터 니시오카 교수, 백규 교수님, 소신애 교수, 오충연 교수)

학보學報로 맺은 인연

김준옥(전남대 명예교수)

1974학년도 초였다. 어떤 신입생이 학보사를 찾아왔다. 논문형식의 "국문학과 자연"을 내놓으며 학보에 실어달라는 것이었다. 4학년의 눈으로 본 그 원고는 내용이 있었고, 글결도 좋았다. 어렴풋하나 지금 기억으로는 2회로 나누어 실었던 것 같다. 글재주가 남달라 그에게 학생기자를 제안했다. 고맙게도 선선히 응해주었다. 이렇게 맺어진 인연으로 지금까지 근 50여 년 가까이 끈끈한 우정을 이어오고 있다. 그가 국문학계에 이름난 백규 조규익 박사이다.

우리는 시끄러운 세상에서 대학을 다녔다. 유신 정권은 개인의 자유와 권리를 극도로 제한했다. 일부 지식인과 종교인은 이에 저항했고, 학생들은 수업을 거부하며 거리로 나섰다. 긴급조치가 발동되어 주동자는 영장 없이도 구금되는 일이 밤낮을 가리지 않았다. 저들은 언론도 통제했다. 중요한 정보는 공식 언론 아닌 귀동냥으로 들어야 했다. 대학 신문도 예외는 아니었다. 대학에서 발간하는 학보조차도 검열을 받아야 했다. 공주 우금티에 동학혁명군기념탑을 제막(1973년)할 때, 그동안 동학농민혁명이 동학란으로 각인된 사실을 기획하여 학보에 내보냈다는 이유로 나는 경찰에 불려가 조사를 받았고, 주간 교수가 교체되기까지 하였다. 이미 유신 정권은 동학농민항쟁과 군사정변을 같은 선상의 혁명으로 규정을 지었는데도 말이다.

이러한 학내외 분위기에 학생기자로 활동한다는 것은, 글쓰기 재주는 물론이고 대단한 용기가 필요했다. 조 박사는, 공부는 적당히 하면서 고향에서 보내온 우골牛骨 장학금으로 목로주점을 들락거렸던 '먹고 대학생'은 아니었다. '국문학과 자연'에서 그의 글재주를 확인하였지만, 취재물이든 기획물이든 그의 행문은 선배의 기대를 저버리지 않았다. 처음부터 시대에 대한 비평 의식도 가지고 있었던 용기 있고 당찬 학생 기자였다.

우리는 취업에 아등바등하지 않았다. 졸업만 하면 중등학교 교사로서의 신분이 보장되어 있었기 때문이다. 다만, 스물이 넘어가는 나이 때가 되다 보니, 군복무에 대해서만큼은 관심사였다. 한번은 조 박사가 나의 ROTC 단복과 까까머리를 보고 여러 가지를 겸직(?)하는 게 어떠냐고 물었다. 당시,

학생들 사이에서는 ROTC를 '바보티시'라 놀릴 때였다. 나는 같은 값이면 복종하는 졸병보다 명령하는 장교가 나을 것이라 대답해 주었다. 운이 좋게도, 나는 임관 후에 공주 방위를 담당하는 부대에 배치되었다. 그러다 보니 학보사 후배들을 만날 기회가 많았다. 조 박사는 단복을 입지 않고 있었다. ROTC를 지원했는데 탈락했다는 것이다. 그때는 아쉬웠으나 조 박사가 대학원 졸업 후에 소위를 뛰어 중위 계급장을 달고 사관생도 국어 교관으로 국방의무를 다했다고 들었을 때는 그의 학문적 재력才力에 놀라지 않을 수 없었다.

후배인 조 박사이지만, 대학 강단에서는 나의 선배다. 나는 얼마간 중등학교에서 허송하다가 늦깎이로 대학원에 들어갔는데, 그때 조 박사는 이미 대학교수가 되어 있었다. 고등학교에서 기껏 <용비어천가>만을 가르치던 나는 그의 「조선초기아송문학연구」를 받아보고 적잖이 또 한 번 놀랐다. 지금까지 어디서도 보지 못했던 독특한 학설로 미성숙한 나의 수준을 저만큼 능가해 있었던 것이다. 이럴 때 후생가외後生可畏란 말을 쓴다든가? 조 박사를 만날 때마다, 나는 말은 놓되 마음은 선배 대하듯 한다.

조 박사는 퇴임을 앞두고 왁실덕실한 서울을 떠나 한적한 공주 시골 마을로 내려갔다고 들었다. '국문학과 자연'을 탈고하면서 그때 귀거래를 꿈꾸고 있었는지도 모르겠다. 학보사에서 함께 기자로 활동했던 임미숙 동창과의 부부 인연을 들은 바는 없지만, 조 박사가 그곳을 안주할 터로 낙점한 것은 학연에 내실과의 인연도 작용했으리라. 어쨌거나 조 박사는 금강 곁 전원으로 돌아갔다. 그곳에서 자신이 구축한 학문 영역을 더욱 깊고 널리 헤아리면서, 증점曾點이 기수沂水에서 목욕하고 무우舞雩에서 바람 쐬며 영이귀詠而歸했듯이 고요히 산수를 즐기리라. 자연으로 귀의한 조 박사가 마냥 부럽다. 막걸리 익으면 부르겠다니 <장진주사> 읊을 날이 기다려진다. ♣

백규 선생의 정년을 축하하며

박규홍(전 경일대학교 교수)

연구업적을 보면 그가 어떤 학자인지 어렵잖게 알 수 있다. 더욱이 그가 백규 조규익 교수라면 무슨 말이 더 필요하겠는가.

백규 선생이 '집 아니면 연구실'에서 연구에만 매진하는 성실한 학자란 것은 예전부터 널리 알려진 사실이지만, 그 성과를 보면 참으로 놀라지 않을 수가 없다. 다양한 분야를 알뜰하게 살핀 그의 논문과 저서는 혼신의 힘을 학문에만 쏟았음을 여실히 입증하는 결과물들이다. 가곡과 악장, 만횡청류와 아리랑, 사행록에다 궁중 융합무대예술, 불교와 북한 문학사 등등 열거하기에도 숨찬 여러 연구대상을 정밀하게 천착한 논문을 수십 년 쉼 없이 발표해 왔다. 감탄을 금할 수가 없다.

백규 선생을 알게 된 지도 어느덧 40년이 되었다. 조교 일에다 대학원 공부하랴 술 마시랴 바빴던 1983년. 해군사관학교에서 온 낯선 편지를 받았던 기억이 아직도 생생하다. 편지 내용의 대부분은 잊었지만, 발신인이 대단한 학구열의 소유자일 것이라는 느낌은 지금까지도 짙게 남아 있다. 그 때문인지 조규익 교관이 경남대에 부임했다거나 숭실대로 자리를 옮겼다는 소식이 내게는 너무도 당연한 일로 받아들여졌다.

백규 선생과 교류가 시작될 무렵 나는 모산 심재완 선생님의『정본 시조대전』편찬 작업을 거들면서 국악학을 하시는 몇 분을 만날 기회가 있었다. '시조'라는 동일 대상에 대한 국악학계와 국문학계의 인식에 상당한 간극이 있다는 생각을 하게 된 것도 그때였다. 그 이유를 학문적으로 규명해보겠다는 시도가 박사학위 논문으로까지 이어졌는데, 나의 문제의식을 가장 먼저 알아준 학자가 조규익 교수였다고 지금도 믿고 있다.

물론 백규 선생의 보폭이나 걸음의 속도가 나의 그것과는 사뭇 다르다. 내가 고개를 갸웃하는 사이 백규 선생은 그에 대한 책을 낸다. 지방의 작은 대학에서 잡다한 일로 뒤뚱거리는 노둔한 사람과 오롯이 학문에만 전념한 학자다운 학자가 남긴 발자국이 같을 수는 없지만, 백규 선생의 자취를 보노라면 자성의 마음이 일지 않을 수가 없다. 2010년대 초반의 어느 해 숭실대에서 백규 선생을 만났던 적이 있다. 당시 나는 한국사립대학교수회연합회 이사 자격으로 마침 숭실대에서 열린 이사회에 참석했던 것으로 기억하는데, 백규 선생을 만나 반가웠던 한편으로 부끄러움도 컸다. 오로지 학문에만 진력하는 학자 앞에서 교수협의회에 뛰어든 내 나름의 대단한 이유조차도 무색할 수밖에 없었던 것이다.

2022년 여름 백규 선생이 정년을 맞는다고 한다. 축하의 인사를 미리 드린다. 매임에서 벗어나는 순간부터 더욱 활기차게 학문의 지경을 넓히실 것 같은 예감이 든다. 이제까지의 행보로 봐서 충분히 짐작할 수 있는 일이다. 그렇게 계속 바쁘시더라도 나에게 잠깐의 틈을 할애해주시길 빈다. 정년퇴직 후 3년여의 나의 경험을 안주 삼아 축하주를 한 잔 권하고자 한다. 정년은 백규 선생에게 분명 굉장한 의미의 새로운 출발이 되리라 믿는다. 백규 선생의 정년을 거듭 축하한다. ♣

조규익 교수와의 만남

오카야마 젠이치로岡山善一郎(전 天理大學 교수)

먼저 정년퇴임을 축하드립니다.

사람으로 태어나 교수로 살다 정년을 맞이한다는 것은 정말 행운이며 복 받은 사람만이 누릴 수 있는 영광이라고 생각합니다. 그동안 학문의 업적을 크게 쌓으시고 제자들을 키우시느라 많은 수고를 하셨습니다만. 앞으로는 쌓아온 학문의 집대성을 이루시고, 찾아오는 벗들과 제자들을 맞이하는 즐거움이 늘 함께하시기를 기원하면서 잠시 조규익 교수와의 지난날을 돌이켜 봅니다.

조 교수와의 만남은 연세대학교 대학원 석사과정에서부터 시작됩니다. 저는 당시 한국정부 초청 유학생으로서 김동욱 선생님의 문하생으로 파견되어 2년 동안 수학하고 있을 때였습니다. 이 기간은 서로가 바쁠 때라 아쉽게도 담소를 나눌 수 있는 시간은 그다지 없었습니다. 저는 석사과정을 마치고 곧 일본으로 돌아와 천리天理대학에서 일을 시작했기에 동문들의 소식은 가끔 풍문을 통해 들을 뿐이었습니다. 그러던 중 숭실대학의 소재영 선생님이 이곳 천리대학에 교환교수로 오시게 되면서 저와 숭실대학과의 관계가 시작되었습니다. 소재영 선생님은 천리대학의 오타니모리시게大谷森繁 은사님과 고려대학 동문으로서 학문적으로도 가까운 사이셨습니다. 이제는 두 분 다 고인이 되셨지만, 저와 한국 연구자들과의 교량 역할을 해주신 선생님들입니다.

제가 연구자로서 처음 숭실대학을 방문한 것은 2005년 11월 <해외에서의 한국학 연구>란 주제로 열린 국제학술대회 때였고 거기서 오래간만에 조 교수를 재회했습니다. 이 학술대회에 참가한 일본 측 발표자는 저와 도쿄에 있는 조선대학교 교수인 김학렬 선생님이었습니다. 김 선생님은 조선대학교 교수셨고, 조선 프로레타리아문학 연구로 김일성대학에서 학위를 받으신 분이었기에 한국에는 갈 수 없는 분이었지만, 숭실대학교 학술대회 참가로 60여년 만에 고국 방문을 하게 된 것입니다. 한국에 있는 동안은 저와 함께 행동하는 것을 조건으로 한국에 입국을 했었습니다.

이러한 김 선생님이 학술 대회에서 발표를 하신 후 질의응답 시간 때 조규익 교수가 날카로운 비판과 소견을 피로해 주셨습니다. 그날 밤 김 선생님이 저한테 비판받으러 한국에

온 게 아니라며 심히 불쾌하고 섭섭한 심정을 토로하셨던 것을 지금도 생생하게 기억하고 있습니다. 그 때 저는 김 선생님한테 그 정도의 비판을 감수할 생각도 없이 서울에 오셨느냐, 한국인들의 비판도 한국사회의 현실로서 받아주어야만 냉정히 한반도와 일본을 볼 수 있지 않겠느냐는 등 열띤 이야기를 하면서 아침을 맞이했었습니다.

조 교수의 말씀이 없었다면 김 선생님을 비롯한 발표자들은 한국의 현실을 직시할 수 없었을지도 모릅니다. 그냥 손님 대접만 받고 돌아갔을 것입니다. 이 학술대회에 참가하면서 오래간만에 만난 조 교수를 보고 여전하구나 하는 생각과 함께 상황에 구애 받지 않고 할 말을 하시며 사는 연구자라는 것을 알게 되어 한편으로는 기쁘고 신뢰할 수 있는 분임을 재확인하였습니다. 그 후 신뢰하는 마음으로 조 교수와 교류를 하게 되었으며 서울에 가는 기회가 있을 때 종종 찾아뵙곤 하였지요.

그러다가 2010년 11월에 당시 숭실대학 한국문예연구소 소장으로 계시던 조 교수한테서 연구소에서 「한국 아리랑학 확립의 길」이란 주제로 국제학술대회를 개최하는데 일본에 있어서의 아리랑의 수용에 대한 조사와 발표 의뢰가 있었습니다. 한 번 생각해보고 싶었던 테마라 흔쾌히 승락하여 학술대회에 임했습니다. 이 학술대회에 참가하면서 폭넓은 시야를 갖고 계시는 소장님의 견식에 새삼 놀라움을 금치 못 했습니다. 한국 아리랑의 종합적 연구와 더불어 이민족에게는 어떻게 받아들여지고 있었는가 하는 문제의식을 심도 있게 추구하고 있었기 때문입니다. 이는 곧 한국의 문화가 외국에서 어떻게 수용되고 있는가 하는 문제와 연결되며, 자화자찬의 국수주위에 빠지지 않고 한국문화를 객관적으로 보려는 자세이기도 하기에 정히 국제화의 기본자세임을 통감하기도 했습니다. 그리고 아리랑에 대한 다각적인 시야, 연구의 장으로서 저한테는 큰 자극이 되었으며, 한국인과 일본인의 정서에 대해 다시금 생각해 보는 시간이 되기도 하였습니다. 새삼 감사의 마음을 전하며 당시의 사진을 공유합니다.

조 교수는 오랫동안 조선시대의 아송문학·악장문학 등을 연구해 온 전문가로 한국뿐만 아니라 일본에서도 널리 알려

한국문학과예술연구소 주최의 '아리랑학 국제학술대회'를 마치고 발표자 및 토론자들과 함께

진 분으로 2011년 10월 조선학회 제62회 대회 때에는 초빙 발표자로 내일하여 일본인에게도 전문지식과 학문의 치밀성을 보여주기도 했습니다. 조선학회는 1950년 10월 일본인 조선학 연구자들, 주로 전 경성제국대학교(서울대학교의 전신) 교수들이 중심이 되어 천리대학에서 창립한 학회로, 지금까지도 일본에서 전통 있는 조선·한국학 학회로서 널리 알려져 있습니다. 조 교수는「조선조 문선왕의 악장연구朝鮮朝文宣王の樂章硏究」란 제목으로 발표를 해주셨고 정리된 옥고는 일본어로 번역되어 『조선학보朝鮮學報』 221집(2011년 10월)에 실려 있습니다. 학회 때 찍은 흑백 단체사진을 공유합니다.

일본 천리대학에서 열린 조선학회의 발표를 마치고 일본의 참가자들과 함께

그로부터 10년 이상이 지났습니다. 그 동안 서로의 안부를 전하며, 서울을 방문했을 때에는 세풍을 이야기하며 곡차도 같이 하면서 항상 느끼는 것은 조 교수의 한국 선비다운 모습입니다. 지식보다는 마음가짐, 생각보다는 실천의 미학을 갖고 계시는 선비, 그런 조규익 교수이기에 그와 함께 있으면 미덥고 든든함을 느낍니다. 부디 건강하시고 유교에서 말하는 5복(壽·財·康·德·考終命)을 누리시길 기원하며 각필하겠습니다. ♣

여의도의 한 식당에서 회포를 푸시는 백규 교수님과 오카야마 교수

친애하는 조규익 교수의
정년에 즈음하여

조웅선(공학박사, 대한민국기계명장·기계기술사)

중학생 조규익을 추억하며

내가 조 교수를 처음 만난 건 15살 까까머리 중학생 때였네.

특별한 기억은 규익이가 눈에 띄게 과묵한 데다, 길을 걸을 때도 앞만 바라봤다는 거라네. 요즘도 그렇겠지만, 당시의 시골 아이들의 등하굣길은, 장난기를 못 참아 서로 밀고, 찌르고, 쫓고, 쫓기거나, 주변의 풍경 따위를 두리번거리느라 산만하고 왁자지껄했는데, 규익이는 거의 좌우를 둘러보지 않더라고? 그런 기억 때문에 요즘까지도, 이따금 만날 때마다, '규익이가 아직도 그때의 보행 매뉴얼(?)을 견지(?)하는지 확인해야겠다.'라고 마음먹고서도, 반가움의 술잔을 기울이느라 매번 잊어버리곤 했다네. 차제에, 생각난 김에 묻겠네.

"조교수, 지금도 그렇게 앞만 바라보며 걷는가?"

정년 즈음에서 되돌아본 우리가 걸어온 길

그 까까머리가 어느덧 교수 정년을 맞는다는데, 왜 중학생이던 규익이의 과묵한 성격이며, 특별한 '보행 매뉴얼'이 불현듯 떠오르는 걸까?

한마디로, 언제부터인가 내 마음엔 '규익이는 뜻을 세우면 좌고우면하지 않으며, 교수가 되고 나서도 올곧은 스승의 길만 걸을 것이다.'라는 생각이, 단단하게 똬리를 틀고 있기 때문이라고 여겨진다네. 그러나 말이 스승의 길이지, 훈장 역할도 세상살이일진대, 치열한 이념적 충돌의 시대를 살아오면서, 좌고우면하지 않는다는 게 어디 간단하기만 했겠는가? 게다가, 속을 썩이는 학생들조차 없기만 했겠는가? 나도 수년 동안 강의했지만, 학점분배 스트레스가 늘 거슬리는 데다, 으레 잠을 잘 작정으로 강의실에 들어오는 학생도 있어서, 자존심을 못 접고 강의만 접었던 경험이 지금껏 씁쓸해서 하는 말이라네.

훈장 일은 에너지보존법칙을 초월하며, 거룩하고, 행복하다.

강의를 접고 나서 상한 속으로, 설악에서 수행하는 스승을 뵈었다네.

"이것저것 한다더니, 훈장 일은 제대로 하는 게냐?"

"네, 그게, 대학에서 공학도 가르쳤고, 중고등학교 학생들에게 자기계발의 동기를 부여할 목적으로 직업진로 강의도 했지만 기대했던 성과는 얻지 못했습니다."

"네놈이 가진 에너지로 강의하는 일을 했는데, 결과가 신통찮았다는 말이렷다? 일이란 유익한 성과를 만드는 행위이겠구나? 일의 단위가 [N·m]이니, 뉴톤 단위 힘으로 원하는 방향의 거리를 이동한다는 게지? 걷거나 탈것으로 목적지까지 가는 건 물리적인 일이고, 네놈의 강의는 학생들의 마음을 움직이는 정신적인 일이지? 차제에, 원치 않는 방향과 속도로 움직여 차가 추돌하거나, 낭떠러지로 가면 사고인 것처럼, 혹시라도 아이들이 잘못 배우면 그보다 큰 사고가 있겠느냐? 그러니 교육을 두고 보수와 진보가 결사적인 게야. 교육의 방향을 선점한다는 건 A.그람시의 진지 전략적 주도권을 선점한다는 것이고, 장기집권의 발판을 깔겠다는 게지. 네놈이 강의하겠다기에, '과거는 못 바꿔도 현재는 미래로 바꿀 수 있으니, 아이들이 저들의 장래를 잘 그리게 정성을 다해 도와줘라.'라고 단단히 이르잖았더냐?"

"네, 거사님은 또, '명대로 살고 싶으면 훈장을 해라. 유사 이래 세상일에 참견하고도 비명에 가지 않은 사람은, 알렉산

더의 스승이란 공식 직함을 가졌던 아리스토텔레스뿐이다. 훈장이란 참견이나 잔소리를 할 수 있는 공식적인 자격이자, 꼰대죄의 면죄부이기 때문이다.'라는 말씀도 하셨지요."

"훈장의 역할이란 물리적인 에너지 전환의 효율을 초월하는 게야. 물리적인 효율은 결코 100%를 넘을 수 없지만, 제자를 제대로만 길러낸다면, 가히 기하급수적인 일(에너지)의 효율을 내지 않겠느냐? 예수를 봐라. 예수는 식량을 생명처럼 여기던 시대의 유대인들까지 감동시켜서, 오병이어의 이적을 이루지 않았더냐? 물고기 두 마리와 떡 다섯 쪽으로 오천여 명을 먹었으니, 질량보존법칙과 에너지보존법칙을 초월한 효율을 이룬 게야. 또, 열한 명의 제자가 이룬 성과가 그 얼마이더냐? 그런 예수처럼, 후학을 가르치는 훈장의 역할이 올바르기만 하면 엄청난 에너지 전환효율을 낼 터이니, 세상에서 가장 보람되고 행복하고 거룩한 일인 게야. 그런 면에서, 예수는 십자가에 매달려서도 행복했을 게다."

"거사님 말씀처럼, 저의 강의로 학생들의 미래에 대한 동기를 북돋아 주는 마음 일을 하려고 했는데, 기대만큼 반응이 나오지 않아서 그만 접었습니다."

"무슨 소릴 하는 게야? 그만한 반응이 나올 만큼만 준비했겠지!"

"준비 제대로 해서, 강의를 더 하라는 말씀인가요?"

"얘긴즉슨, 남이 알아주지 않아도 맡은 일에 최선을 다하는 것으로 만족하면 어느 정도는 거룩한 인생이란 게야. 거룩하다는 것은 정의를 실천하면서 겪는 무력감과 모욕감을 자기희생으로 극복한 행위에 붙이는 찬사인 게야. 세상의 스승들이 네놈이 겪은 정도의 무력감은 물론, 모욕감인들 겪지 않았겠느냐? 오죽하면, 선생 똥은 개도 안 먹는다고 하겠느냐? 선생뿐 아니라. 자신의 생명인 시간과 비용을 바쳐 봉사하는 분들이 얼마나 많으냐? 그 거룩한 분들이 누가 더 잘 가르치고, 봉사 잘하나 겨루려고 희생하겠느냐? 선생이 열심히 가르쳐서 교육감이나 장관을 하거나, 봉사나 인권운동 따위의 경력으로 국회의원 공천 따위를 받으려고 그러겠냐고? 석가모니며 소크라테스나 공자, 묵자, 장자, 예수 같은 스승들이 언제 당신들을 알아 달라고 한 적이 있으며, 알아주지 않는다고 삐치거나 속상해서 가던 길을 접었더냐? 나아가, 왜 소크라테스와 예수는 자기 몸을 내주기까지 했겠느냐?"

"네, 거사님, 그렇게 자신을 드러내지 않고, 곳곳에서 자신의 생명인 시간과 비용을 바쳐서 가르치고, 봉사하는 분들이 곧 부처님이요, 예수님이라는 생각이 들어서, 가르치진 못해도 봉사라도 해야겠다는 마음뿐인 저 자신이 늘 부끄럽습니다."

"그런 분들 덕택에 세상이 그나마 견디는 게야. 네놈도 예수나 부처 같은 참된 스승의 덕목을 늘 가슴에 담고 마음공부를 하면 길가의 풀 한 포기에도, 지나가는 개 한 마리에도 조물주가 어른거릴 게야. 네놈의 마음눈이 그만큼 트일 때쯤엔, 네놈의 강의를 들으며 감히 졸거나 딴전 피는 사람이 없을 것이며, 네놈이 냅다 욕을 한 대도 황송해서 굽신거릴 게야."

"네, 말씀하신 스승의 덕목을 마음에 새기겠습니다."

그날, 불현듯 규익이가 떠올랐었네.

조규익은 제자들에 의해 거룩한 스승의 반열에 올랐다

그런 규익이기에, 정년을 맞는다는 소식을 들으며, "규익이는 묵묵히 뚜벅뚜벅 스승의 길을 걸어서, 드디어는 커다란 보람과 함께, 꽤 거룩한 스승의 반열에 자신의 이름을 올렸다."라는 생각이 떠오르는 건, 내 마음속에 이미 확고하게 정해진 순서가 아니었겠는가?

"규익이가 자신의 노력으로 자신을 거룩한 스승의 반열에 올려놓았다?"

말하는 나도, 듣는 규익이도 어딘가 거슬리지? 그럼 이렇게 바꿔 볼까?

"규익은 제자들에 의해 거룩한 스승의 반열에 올랐다."

이 또한 규익이가 손사래를 칠 것이네만, 규익이가 선택한 훈장으로서 할 일을 제대로 했을 거라는, 나의 신뢰를 표현하는 바이니 겸허히 받아주시게.

바꿔 말하면, "규익이는 스승으로서 뜻한 바를 다 이루었다."라고 할까?

"다 이루었다?.."

이 또한, 예수가 십자가에서 "다 이루었다."라고 하신, 처연하고 장렬한 최후가 떠올라서, 규익이의 담담한 정년을 담는 표제어론 썩 내키지 않지?

하면, "규익이는 제대로 된 훈장 일을 제대로 마무리하고, 새로운 길에 들어섰다."라고 하면 어떻겠는가?

가보지 않은 길 바라보기

차제에 혹시라도, 아직도 중학생 시절의 과묵하며, 뜻한 바에 좌고우면을 모르던 보행 습관이 있다면? 이참에 바꿔 볼 생각은 없는가?

왜냐고? 익히 아시겠지만, 우리가 경험하지 못한 세상이 얼마나 다양하겠는가? 이를테면 그동안 스승의 역할에 전념하느라, 상대적으로 섭렵할 기회가 적었던 분야를 돌아볼 이유가 많지 않겠는가?

바꿔 말하면, 정년을 맞이한 우리네한테 그동안 익숙해진 관성적인 사고방식이나, 엔간한 확증편향 따위가 전혀 없기만 하겠는가?

돌아보고, 비틀어보고, 거꾸로 보면, 저마다 합리적이라고 착각하기 일쑤인 우리가, 얼마나 심하게 확증편향 된 상식의 늪에서 헤매고 있는가 말일세.

그런 면에서, 여태껏 가보지 않은 여러 길을 곁눈질이 아니라, 발길을 옮기는 행보 답사로 소요유逍遙遊할 이유가 많을 듯해서 하는 말이라네.

조 교수의 정년은 맑고 몽실몽실한 오월

마침 오월이 아닌가? 가장 아름답고, 신선한 기운이 넘치는 오월이지? 비록, 우리가 첨 만났던 까까머리 시절의 설익고 막연해서 벅차오르기만 하던 그 오월의 감격만은 못해도, 정년을 맞는 조 교수의 가슴은 농익고 의미심장해서 맑고 환한 속에 막 몽실몽실하게 펼쳐지는 오월이 아니겠는가?

조 교수의 그 오월을 한껏 축하하네. ♣

2022년 5월 16일에 웅선이 적었네

학자의 표상을 보다

강명혜(강원대 산촌문화연구센터 연구원)

　조 교수를 처음 본 곳은, 「시조학회」에서 수여하는 제2회 '한국 시조 학술상 수상' 장소였다. 당시 수상 대상은 바로 조 교수였다. 그런데 당시 수상자를 소개하던 고 김동준 교수의 말이 상당히 인상적이었다. 그는 조 교수를 소개하면서, "내가 언제 어느 때 전화를 해도 늘 연구실에서 전화를 받는 분이 바로 조 교수"라는 것이었다.

　그 말처럼 조 교수를 상징하는 말이 또 있을까? 이 말속에는 조 교수의 성실성, 학자다운 근성, 많은 업적, 반듯한 성품과 철저한 자기관리 등이 모두 내포되어 있기 때문이다.

　실제로 조 교수는 저녁을 먹고 술을 한잔해도 아주 늦은 시간이 아니면 연구실을 다시 찾는다. 그러다 보니 당연히 연구업적이 대단히 많이 축적되어 있다. 연구 범위도 폭넓다. 학문을 대하는 태도에 포용력이 있으며, 열린 마인드로 접근한다.

성품 또한 그의 생김새처럼 올곧고 단단하다. 이러한 그의 올곧은 성품 덕분에 개인적으로 도움도 적지 않게 받았다. 나보다 연배는 두어 살 아래지만 내가 존경하는 몇 안 되는 우리나라 학자 중 한 분이다. 그분과의 인연이 나에겐 참으로 고맙다.

바닷가 농촌이 그의 고향이다. 넉넉하지 않은 가정환경을 극복하고, 향학열과 굳은 의지로 대학자의 반열에 당당히 입성했다. 한번은 술을 같이 하는 자리에서, 어렸을 때 가난한 환경에 관한 이야기를 하면서, "어려서 우리 집은 가난해서 자주 우럭국을 끓여 먹었다."고 말한 적이 있었다. 그 의미를 알면서도 나는 눈을 동그랗게 뜨면서, "아니 그 비싼 우럭국을 자주 드셨다고요?"하자 그는 매우 당황해하며, "아니, 우럭을 조금 넣고 국이나 죽을 끓여서 온 가족이 먹었다고요." 하면서 당시 상황을 이해시키려고 해서 같이 웃은 기억이 난다.

<청산별곡>에 나오는 '머루와 다래', 그리고 '굴, 조개'가 지금은 비싼 먹거리에 해당하지만, 예전에는 아주 흔해서 민가에서 값싸게, 아니 그냥 산이나 바다에서 일반인이 쉽게 구할 수 있는 먹거리였던 것처럼 '우럭'은 예전 조교수가 어렸을 때, 특히 바닷가에서는, 누구나 쉽게 구해서 먹을 수

있는 비싸거나 귀하지 않았던 물고기였을 것이다.

　이렇듯이 넉넉하지 않은 집안 형편에서도 많은 어려움을 극복하면서 학문에 대한 집념을 꿋꿋하게 지켜나가는 의지가 강한 분이 조 교수이다. 내가 알기에 그의 관심은 오로지 기승전결 모두 학문으로 연계되어 있다. 뼛속까지 학자라고 할 수 있다.

　이제 학자의 여정 중, 학교에서는 비록 정년 퇴임한다 해도 아마도 목숨이 다할 때까지 학문의 길을 묵묵히 걸을 것이고, 그 결과 앞으로도 많은 연구물이 축적될 것이며, 국문학사에 큰 획은 긋는 공헌을 남길 것이라고 굳게 믿는다.

　그의 앞길이 늘 밝고, 항상 건강하며, 하느님 축복이 함께하길 진심으로 기원한다. ♣

해 뜬 날의 장우산
- 조규익을 회상하며 -

백우선(시인)

백규 조규익 교수의 연락을 받았다. 제자들이 '백규 정년기념 추억담 문집'을 만들기 위해 은사, 선·후배, 제자들의 원고를 받고 있는데, 한 꼭지 써달라는 청이었다. 내겐 과분한 부탁이었다. 망설이면서도 일단 수락했다. 그리고 백규와의 추억들은 많았지만, 그 중에서 한두 가지만 택하기로 했다.

나와 백규는 공주사범대학 국어교육과 1년 선후배 사이다. 나는 1학년 때부터 학보사 일을 하고 있었고, 4학년 1학기가 끝나면 편집장 자리를 3학년 후배에게 넘겨주게 돼 있었다. 후임자는 2~3년간 같이 활동해온 후배가 자연스레 이어받게 돼 있었다. 그런데 후임 예정자가 두어 달 앞두고 갑자기 학보사 일을 그만두겠다고 했다. 마음을 돌려보려고 했지만, 소용이 없었다. 난감했다. 활동 중인 기자들 중에는 학년이 맞지 않는 등 적임자가 없었다. 할 수 없이 새로 뽑아야 했다.

학보 제작에 그 나름의 소양을 갖춘 사람이 필요했다. 궁리 끝에 가장 믿을 만한 백규를 만나 사정을 얘기하고 일을 같이하자고 했다. 그랬더니 백규는 일은 하게 되면 하겠는데, 특채 형식은 싫다고 했다. 다른 기자를 뽑을 때처럼 공모를 하고 시험을 치러서 합격하면 일을 하겠다고 했다. 하더라도 떳떳하게 하겠다는 것이었다. 마다할 일이 아니었다. 백규는, 원하는 대로 공개적이고 공정한 과정을 거쳐 뽑히고 3학년 2학기부터 후임 편집장이 되었다. 실무 수련 기간이 거의 없었으나 준비된 사람처럼 그 역할 수행에 아무 문제가 없었다.

그때부터 백규와는 더 각별한 관계가 되었다. 졸업하고 지방 근무하고 군대 가고 대학원 공부하느라 20대에는 서로 만나지 못했지만, 30대가 되고 직장이 서울로 정해지자 종종 만나게 되었다. 대개 교육부의 김양옥 선배와 함께였고, KBS의 이일화 선배와 넷이 모이기도 했다. 그리고 학보사 선후배 10여 명은 '사문방'이라는 이름으로 봄·가을에 만났다. 공주 갑사와 마곡사, 온양, 청양, 여수, 서울 등지에서 모여 인연을 이어왔다.

나는 백규를 생각하면 우산이 먼저 떠오른다. 해가 났어도 일기예보대로 우산을 챙겨들고 등교했기 때문이다. 그것도 접우산이 아니라 장우산을 혼자서만 들고 그림자를 끌며 걸어왔기 때문이다. 대학생인 백규는 좀 고지식해 보이는 점도 있었지만, 줏대가 확실하고 사전 대비에도 소홀함이 없는 사람이었다. 무엇보다 그날그날 정해놓은 공부 분량은 꼭 해낸다고 했다.

백규는 학계에서 높이 평가하는 연구서들뿐만 아니라 수필집, 여행서, 시평時評집 등도 펴냈다. 삶과 세상에 대한 깊은 관심의 표명일 것이다. 최근 아드님의 세계적인 AI분야 차세대 최선두 연구자로서의 부상이 같이 자랑스럽고, 공주 정안 무성산 백규서옥 마련으로 정년 후의 새 추억 쌓기에 대한 기대 또한 크다. 그의 앞날에 무궁한 발전과 행운을 빈다. ♣

내가 기억하는 '고삐리'
백규 조규익 교수

나명훈(전 충남대 의대 교수)

"걔도 이제 6학년 5반이니 중학교는 갈 수 있을까?"
"하하하~ 6학년 8반인 엉아들도 갔으니 갈 수 있을거야!"

동기들 보다 두 살 어린 규익이 이번 8월 정년이란 소식을
들은 고등학교 동창이 웃으며 말했다. 어린 규익의 나이를
알고 우리가 하던 농담이다.

중학교에나 갈 나이에 고등학교에 진학하다니......

50~60년대면 몰라도 학사 행정이 안정된 70년대에는 생각
하기 어려운 일이다.

지금부터 50여 년 전인 1971년. 고등학교 1학년.

사관생도처럼 가슴과 몸을 1자로 똑바로 편 빡빡머리 덩치가 턱을 쳐든 오연傲然한 태도로 교실 문을 들어섰다. 사람을 내려다보는 듯한 조용한 눈빛이 거슬렸다. [사실 오연할 수밖에 없었던 그 모습을 이제는 이해한다. 두 살 위인 엉아들(?)을 처음 보는 낯선 자리였을 테니(...) 그는 나이가 두 살이나 어림에도 체구는 급우들 중에서도 큰 편이었고, 그때 우리 학교 머리 규정은 다른 일반 고등학교의 빡빡머리와는 달리 스포츠머리였다.]

'하늘이 큰 사람을 낼 때는 고난을 준다'고 맹자님이 그러셨는데......

태안에서 소금배 타고 청운의 꿈을 갖고 인천대건고등학교로 유학. 돌보아 주는 이 없는 가난한 어린 유학생의 학창 생활은 지극히 간난艱難했다. 아침과 저녁은 먹는 둥 마는 둥, 점심은 매번 수돗물로 배 채우기, 찬 겨울바람이 숭숭 드나드는 판잣집 문간방에서 자취하다 연탄가스 중독으로 사선을 넘기도 하고, 간신히 먹을 것과 잠자리를 얻기 위한 입주 가정교사 생활 등등등......

삶의 무거움을 묵묵히 견디면서도 변함없이 보여주는 고아한 선비 닮은 항상 바른 몸가짐, 친구들의 말을 열심히 들어주는 겸허하고 진지한 태도, 조용하고 사려 깊은 점잖은 말씨와 눈빛, 매년 예술제와 학교 문집에 채택되는 글들(시, 수필, 단편 소설 등)...... 그래서 그는 우리들에게 묵자默子라고 불리우며 사랑을 받았다. (나중 대학 시절 묵자라는 별명에 대해 백규는 "당시 나는 너무 배고프고 피곤하여 말하는 것조차 힘이 들었다. 그래서 스스로를 '묵자'라 칭하며 입을 닫았었다" 라며 춘추전국시대의 묵자墨子와는 관계가 없음을, 그 시기의 지극했던 어려움을 술회하였다.)

그는 미래가 보장된다는 사관학교 대신 미래에 꿈과 희망을 두는 선생님이 되기 위해 공주사범대학 국어교육과에 진학하였다. (나중 사관학교 입학의 꿈을 접게 된 한 이유가 연령 미달이었다는 것을 듣고 실소했다.) 연속되는 생활의 어려움 속에서 간신히 대학을 졸업하고 교사가 되었다가, 1년 지나 대학원에 진학, 석사과정을 마치고 해군장교로 복무하며 해군사관학교 국어 교관으로 생도들을 가르치면서 학문에 뜻을 두었는데, 그것이 오늘날의 백규를 만든 출발점이라 할 수 있을 것이다.

이제 그는 교수로, 학자로 걸어온 그간의 과정을 마무리하고, 지금은 에코팜의 견습 농부가 되어 있다.

'에코팜에서의 백규의 후반전은 어떻게 전개될 것인가?' 많이 궁금해진다. ♣

대학 시절의 백규를 생각하며

이창환(전 용진중학교 교장)

오랜 벗 백규가 퇴직을 앞두고 있다. 한평생 국문학 연구에 매진했던 삶을 마감하고 귀거래사를 읊조리며 전원생활을 하고 싶다는 친구를 보며 잠시 그와의 추억에 잠겨 본다.

백규와 나는 대학 같은 과 동기로 1974년에 만났으니, 어언 48년의 인연이 도탑게 이어져 오고 있다. 우리가 처음 만난 곳은 당시 시골 소읍 공주에 자리 잡은 공주사범대학[이하 '공주사대'로 약칭]이다. 당시 공주사대는 시골 한구석에 자리 잡은 국립 단과대학이었지만, 충청 지역은 물론 서울·경기를 비롯한 전라·제주 등 전국의 내로라하는 학생들이 모여 들던 학교였다. 백규도 멀리 인천에서 고등학교를 졸업한 것으로 알고 있다.

사실 나는 가정 형편상 대학 진학을 생각할 수 없는 상황이었다. 면사무소에 근무하시던 아버님이 내가 고3 때 갑작스런 사고로 그만두시게 되어 집안이 풍비박산의 상황에 처하게 된 것이다. 도저히 진학을 생각할 수 없었기에 사관학교 진학을 생각하기도 하였지만 내 성격이나 능력이 군인에는 맞지 않는다는 판단에 차선책으로 학비가 저렴한 국립사범대학을 생각하게 되었고, 고3 때 담임선생님을 존경하는 마음에 그분의 모교를 선택하였다.

나도 그랬지만 다른 친구들도 대체로 나와 상황이 엇비슷한 경우가 많았다. 여학생들은 대체로 아주 빈한한 가정 출신은 별로 없었던 듯하고, 남학생들 대부분은 학비 문제와 졸업 후의 안정적 직장을 위해 사대를 선택한 것으로 생각되었다. 지금은 고인이 된 한 친구가 안경알에 금이 가자 반창고로 붙여서 끼고 다녔던 모습이 떠오르고, 입시에서 전교수석을 하면 졸업 때까지 학비를 면제받을 수 있다는 이야기에 솔깃하여 서울의 모 후기대학에 응시했다가 단과대학 수석밖에 못 해서 결국 공주사대에 입학하였다는 또 다른 친구도 있었다. 그 때 서울에서 온 한 여학생이 "남학생들이 어찌영 활기가 부족한 것 같아요."라고 한 이야기가 지금도 생생하다.

아마 백규도 비슷한 처지였던 것 같다. 나는 성격과 능력이 적합하지 않다는 판단에 사관학교를 미리 포기하였지만, 그 또한 무슨 이유로 육사에 응시하려다 포기했다고 한다.

만약 사관학교에 진학했더라도 백규는 훌륭한 군인의 길을 걸었을 것이다. 이렇게 생각하는 데는 나름 근거가 있다. 우리가 대학에 다니던 70년대는 유신독재가 심한 시기였는데, 고교와 대학에 군사교육을 시키는 교련 과목이 개설되었다. 처음 입학하여 교련을 받을 때 1학년 남학생 전체 3백여 명을 대상으로 한 데 모아 교육이 진행되었다. 하지만 2시간 중 출석만 부르는 데도 근 1시간이 걸려서 사실상 제대로 된 군사교육은 실시할 수가 없는 상황이었다. 군대 같은 통제와 규율이 싫어서 거의 모든 학생들이 당연히 부정적이었다. 나 또한 같은 생각이었는데 백규의 생각은 달랐다. 기왕 훈련을 하려면 철저히 해야 되는데 그렇지 않아서 마음에 들지 않는다는 것이었다. 백규를 남다른 친구로 생각하게 된 것이 아마도 그 때부터였던 것으로 기억된다. 사관학교를 지망했던 마음가짐을 잃지 않고 대학생활을 빈틈없이 보내고자 생각한 것이 아닐까 생각된다. 그는 그렇게 매사에 적극적이고 진지하고 성실하게 임하는 친구였다.

한번은 백규와 등굣길에 우연히 만나 이런저런 이야기를 나누면서 금강 변 둑길을 걸어가고 있었다. 그런데 이야기 도중 나온 한 단어에 관심을 보인 백규가 길을 멈추고 참 좋은 말이라며 메모를 하는 것이었다. 마음에 와 닿는 단어 하나도 놓치지 않고 소중히 받아들이는 그 모습이 존경스러웠다. 그 후 학교 교지에 그가 소설을 발표한 것을 보고 비로소 그 때의 행동이 작품을 쓰기 위한 어휘적 촉수를 넓혀 가는 과정이었음을 알았다.

백규의 대학생활은 거의 개인적 여유는 없었던 것으로 생각된다. 공주사대부고에 다니는 남동생과 함께 자취생활을 하였으며, 사대신문사 기자와 편집장으로 바쁜 일과를 보냈다. 동기생들 대부분이 졸업 후 교사로서의 생활만을 설계할 따름이었지만, 백규는 보다 멀리 꿈을 설정하고 학업을 다져 가고 있었다.

나는 백규에게 지금도 마음의 빚이 하나 있다. 2학년 5월 말 경이었다. 나에게 입주 가정교사 자리가 있는데 맡을 수 있겠느냐는 것이었다. 선배님 한 분이 자기에게 소개했는데, 동생과 함께 생활하기 때문에 불가능하니 내가 대신 들어가 주었으면 좋겠다는 것이었다. 아마도 나의 가정 형편이 어렵다는 것을 알고 특별히 권하는 것으로 생각되었다. 하루하루의 생활 자체가 생존을 위한 몸부림이었던 나에게는 더할 나위 없는 고마운 제안이었기에 그동안의 자취생활을 접고 6월부터 가정교사 생활을 하게 되었다. 보수는 일절 없이 숙식만 해결하는 조건이었지만 생활비 조달도 어려웠던 나에게는 그저 감지덕지할 따름이었다.

사실 나는 고3 때에도 가정교사로 중학생을 가르쳐 본 경험이 있어서 잘 해 나갈 자신이 있었다. 그러나 상황은 너무 힘들었다. 아이 아버지는 나를 믿지 못하는 눈치가 역력했다. 안방과 아이의 공부방 사이에 대청마루가 있어서 사람이 오면 발소리가 날 수밖에 없는데, 공부를 시켜 놓고 지켜보고 있노라면 인기척도 없이 갑자기 밀창을 확 열어젖히는 일이 종종 있었다. 세무서 직원이었는데, 성경에서 세리가 비난받는 이유를 그 때 비로소 알 수 있었다.

아이도 의심 많은 성격은 마찬가지였다. 한번은 물상을 가르치고 있었는데, 자습서의 해답이 잘못되어 있는 것이었다. 그래서 풀이 과정을 세세히 설명하면서 정답을 가르쳐 주었지만 수긍하기는커녕 미덥지 못한 눈초리로 날 훑어보는 것이 아닌가! 부자의 태도에서 느껴지는 그러한 모멸감을 참고 가정교사 생활을 이어가야 할지 고민이 되었다. 내가 가정교사 자리를 얻게 되었다는 사실에 기뻐하시던 부모님, 그리고 나의 어려운 처지를 알고 알선해 준 친구를 생각할 때 도저히 내팽개칠 수 없는 자리였다. 여름방학이 며칠 남지 않았으니 그 때까지 만이라도 견디다가 방학과 함께 그만둘까도 생각해 보았지만, 그 또한 이기적인 행동 같아서 싫었다. 결국 방학을 열흘 남긴 시점에서 그 집에서 나오고 말았다. 지금 돌이켜 보아도 그 때의 결정이 잘못된 것은 아니었다고 생각한다. 하지만 나의 어려움을 덜어주기 위해 따뜻한 마음을 쏟아 준 친구에게 아직까지도 미안한 마음이 한켠에 남아 있다.

내 기억 속의 백규는 매사에 철저하고 부지런하고 최선의 노력을 기울여 앞길을 개척할 줄 아는 믿음직한 친구였다. 겉으로는 냉철한 듯하면서도 따뜻한 인간미를 품고 있어 함께 하는 친구들을 편안하게 한다. 졸업 후 연세대 대학원에 재학 중일 때 대학원 입학시험을 보기 위해 찾아온 동기 친구가 있음에도 공부에 몰두하더라는 이야기는 그의 학문적 열정을 짐작하게 한다. 남자들이라면 누구라도 부담스러운 군대생활을 사관학교 교수요원으로 마치고 바로 교수로 임용될 수 있었던 것도 그의 순일한 학구열에 따른 결과였다는 생각이 든다. 함께 대학에서 만난 대다수 친구들이 중등 교육에서 보람찬 스승의 길을 걸었지만, 고전문학 연구에서 걸출한 학문적 금자탑을 쌓은 이런 보석 같은 친구를 동기로 만났다는 것도 또한 자랑스럽다. 이젠 치열한 학문 탐구의 길에서 한 걸음 물러나 아름다운 자연 속에서 행복한 은퇴생활을 즐기기를 빌어 본다. ♣

초등시절 늘 1등만 하던 어린이 조규익

박병철(우리교육사 대표)

초등시절 늘 1등만 해왔던, 공부 잘하는 어린이 조규익.

68년 졸업 후 각자의 길을 가며 보고 싶어도 연락처를 몰라 만날 수 없었던 세월이 50년.

반세기 동안 소식 두절 상태로 지냈다.

소문으로는 어떤 사범대를 나와 모 국립대에서 대학원 석사 과정을 밟고 있다, 어느 곳의 고등학교에서 교편을 잡고 있다는 등의 뜬소문만 들려왔다.

그로부터 얼마를 지나니 대학교수로 재직하고 있다는 소식이 들려왔으나, 연락처를 알 수 있는 방법이 없었다.

그러하기에 보고 싶은 마음은 더욱 간절했다.

그러던 중 우연하게도 페이스북에서 '조규익'이란 이름을 보게 되었다.

동명이인일까. 머리가 갸웃거려졌으나, 고향을 언급한 그의 단상을 읽으면서 그가 바로 내가 찾던 규익이임을 확신하게 되었다.

페북에서 전화번호를 따냄으로써 초고속의 재회가 이루어졌다.

헤어진 지 반세기 만에 일산에서 처음 만나고. 이후 관악구 맛집으로 만남은 이어졌으며, 1박 2일 코스의 서산 황금산 여행, 제부도와 서산 재래시장 순례, 3박 4일의 후꾸오까 여행 등 50년 동안 못 만났던 시간들을 몰아서 즐겼다. 수시로 '번개팅'을 갖기도 하고. 먼 곳으로 나가 숙박을 하는 등 '동창들'의 추억 만들기는 계속되었다.

지속되어오던 모임들이 코로나가 발목을 잡아 3년 여 가까이 얼굴을 보지 못하게 되었다. 그리고 그 사이에 세월은 흘러 올해가 친구의 정년이란다. 동안(童顔)의 조 박사가 퇴임을 한다니 믿기지 않으며, 아쉬울 뿐이다. 나이는 숫자에 불과한데 이렇게 일찍 고급인력을 사장시키면 국가적으로 큰 손실이나 아닐까.^^

그러나 달리 생각하면, 우리가 함께 할 수 있는 시간들이 많아질 것 같아 좋기만 하다. 그간 이런저런 핑계를 대고 모임에 빠지곤 하던 조 박사도 이젠 내어놓을 핑계거리가 없을 테니, 우리로선 좋을 수밖에!

송충이는 솔잎을 먹어야 하는 법!
낙향하여 연관성도 없는 에코팜인지 뭔지 농부의 흉내를 낸다니 게으른 농부가 거둘 수확이야 불을 보듯 뻔하다. 물론 욕심내지 않아 수확은 적어도 유기농의 결과물을 얻을 수 있으니 건강은 따놓은 당상이렸다!^^

교육의 길로 들어선 이후 한 우물을 파온 결과가 좋아서 주위에 훌륭한 인재들이 들끓고 있으니, 조 박사야말로 후회 없는 삶을 살아온 것 아닌가.

소중한 삶을 살아온 자네의 향기가 여기까지 진동하네그려.
정년퇴직을 하는 자네에게 축하할 일은 아닐 수도 있지만.
교육자로 평생을 살아온 조박사!
우리 함께 이제는 산과 들과 바다로 쏘다니며
눈과 입을 호강시키는 추억 만들기에 열심히 나서 보세.
우리는 지금 자네의 귀환을 눈 빠져라 기다리고 있다네.
그날까지 건강 잘 챙기시게. ♣

수십 년 만에 고향 친구 박병철을 만나고

백규 교수님의 방갈국민학교(초등학교) 졸업기념사진

친구 백규를 추억하며

구덕회(전 경복고등학교 교사)

백규 조규익 선생의 정년퇴임을 진심으로 축하합니다. 어려운 시절을 살아오면서 한눈 팔지 않고 묵묵히 연구와 교육 외길을 걸어오다 아무 탈 없이 이제 정년을 맞이하게 되었으니 진실로 영광된 일이 아닐 수 없습니다.

선생의 정년 소식을 듣고 떠 오른 첫 감상은 선생의 학문에 대한 근면과 끈기였습니다. 바로 한 분야에서 성공할 수 있는 기본 바탕을 갖추고 있다는 것이지요. 내가 후학들에게 강조했던 성공의 비결이 바로 이 근면과 끈기였는데, 그런 점의 본보기가 바로 선생이었던 것입니다.

내가 선생을 처음 만난 것은 1968년 중학교에 입학했을 때였습니다. 우리는 충남 태안의 한 시골 마을에 있는 계도농축기술학교라는 '중학교 학력 인정 학교'에 다녔습니다.

이 학교는 전 교육 과정을 이수하면 중학교 졸업 학력을 인정해주지만, 고등학교에 진학하기 위해서는 고입 검정고시를 합격해야 했던 학교였습니다. 이 학교 학생은 거의 대부분 가정 형편이 어려워 인근 태안 읍내의 중학교에 진학할 수 없던 학생이었고, 일부는 형편이 되어도 실력이 좀 떨어지는 학생들이 간혹 있기도 했습니다.

선생의 첫 인상은 또래답지 않게 귀티가 나고 의젓한 것이 후자의 경우에 해당되는 것 같았습니다. 그러나 차츰 눈여겨보니 가정 형편도 넉넉하지 않았고, 그러면서도 매우 똑똑하고 생각이 깊어 자신의 미래에 대한 확고한 신념이 있어 보였습니다. 사실 나는 늦게 입학하여 급우들과 잘 어울리지도 못했고, 미래에 대한 불확실성에 헤매는 그냥 맹목적인 학생이었기 때문에 누구와 깊이 얘기를 나누거나 어떤 추억거리를 갖지도 못했습니다.

선생에 대해 관심을 갖기 시작했던 것은 중학교 2학년말부터였던 것 같습니다. 학생회장 선거 유세에서 소신 있고, 당찬 모습이 사뭇 인상적이었습니다. 이전부터 선생의 성격이나 학교 생활 모습 때문에 친밀한 감정을 갖고 있었지만 그 진면목을 보게 된 것은 학생회장에 당선된 이후 3학년 때였습니다. 선생의 장래에 큰 영향을 미친 사건이 이 때 일어났습니다. 이 때 우리가 다니던 학교의 존폐를 결정할 일이 있었습니다. 지역 주민들에 의해 정규 중학교를 설립하자는 움직임이 구체화되어 우리 학교가 폐지될 위기에 놓였지요. 이에 우리들은 일제히 거리로 나가 기존의 우리 학교가 정규 학교로 승격할 수 있도록 도와 달라고 하소연하였습니다. 물론 우리의 의견은 묵살되어 오래지 않아 인근에 정규 중학교가 설립되었고 우리 학교는 간신히 명맥을 유지하다가 몇 년 만에 결국 폐교되고 말았습니다. 그런데 이 사건으로 인해 백규는 경찰서에 불려가 조사를 받고 나왔고, 이것이 기록으로 남아 대학 진학에 영향을 끼치는 바람에 선생은 진로를 바꿔 교육의 길로 들어서게 되었습니다.

이후 선생과 우리는 여름 방학 직전 검정고시를 치르고 본격적으로 고입 준비를 했습니다. 나는 상급학교 진학의 꿈을 접었지만 방과 후 늦게까지 둘이 교실에 남아 공부를 하였지요. 이 때 참 공부를 많이 했던 것 같습니다. 칠판에 수학 문제를 같이 풀기도 하고, 문제집을 같이 풀기도 했던 것 같습니다. 그러나 곧 작별의 시간이 왔습니다. 졸업을 앞두고 아쉬움에 서로의 집을 방문하기도 했습니다. 사실 선생과 우리 집은 학교를 중간에 두고 서로 반대쪽에 있어 동네조차 잘 모르고 있었습니다. 처음으로 선생의 집에 방문했을 때 뵌 부모님의 모습은 왜 선생이 훌륭하게 자랄 수 있었는지를 보여주었습니다. 참 훌륭한 분들이라는 생각이 들었습니다. 이 때 무슨 얘기들을 나눴는지는 기억나지 않습니다. 다만 당시 시골에서도 보기 힘들었던 오리를 잡아 주셨던 기억이 납니다. 내가 처음 먹어본 오리 고기였습니다. 집에서 오리를 길러 아들 친구가 왔다고 잡아 주시던 부모님의 마음은 이후 오래도록 잊히지 않았습니다.

중학교 졸업 후 선생은 인천의 대건고등학교에 진학했고, 다음 해 나도 인천고등학교에 진학했지만 이 시절 우리는 그야말로 촌놈이 도시 학생들 사이에서 살아남기 위해 필사적으로 공부에만 매달렸고, 지근거리의 친구를 만나지도 못할 정도였지요. 그렇게 우리의 고등학교 시절은 끝났고, 선생은 공주사범대학에 진학하였고, 나는 뒤 늦게 서울로 진학하여 멀리 떨어지게 되었지요. 그래도 이 시절 선생의 학교 생활 소식도 들을 수 있었고, 학교를 방문한 적도 있었습니다. 이 때 선생은 참 어렵게 생활했지요. 내가 방문했을 때 거처할 곳이 없어 학교 신문사 한 구석에서 숙식을 해결하기도 하였으니 가히 짐작이 될 정도였습니다.

어려운 학창 시절을 거친 선생이나 나는 교편을 잡아 사회 생활을 시작했지만, 곧 선생은 해군사관학교 교관으로 입대하여 군복무 기간 중 연세대학교 대학원 국문학과에서 석사와 박사 학위를 받아 학문의 길로 접어들었지요. 선생이 군복무와 병행하면서 석사와 박사 학위를 취득한 것은 아마 연세대학교 대학원 국문학과 유사 이래 최단 기록일 것입니다. 바로 선생의 학문에 대한 열정과 삶의 태도를 보여 주는 단적인 예이지요. 이후 선생은 전 생애를 거쳐 이러한 삶의 태도를 벗어나지 않고 있지요. 어느 누구도 달성하지 못한 학문적 업적을 남길 수 있었던 것은 선생이 남들보다 두뇌가 명석해서도 아니요 충분한 경제적 뒷받침이 있어서도 아니고, 오로지 자신의 끈기와 노력 때문이지요. 이 점은 같은 시대를 살아온, 나름 친구라는 입장에서 선생을 존경하지 않을 수 없는 이유입니다.

끝으로 선생과 얽힌 일화 두 가지를 재미삼아 들어 보겠습니다.

먼저 선생에게는 일찍부터 두발과 관련하여 많은 일들이 있었지요. 선생이 결혼할 때 마침 내가 먼저 결혼하여 서울에서 살고 있었으므로, 결혼식 전날 밤을 같이 보내고 다음 날 식장인 용산역으로 갔습니다. 이 때 집 앞 골목에 있는 이발소에서 머리 손질을 하고 갔는데, 이발소에서 큰길까지 20m가 채 되지 않는 곳이었는데, 큰길에 가서 택시를 잡아 골목에서 타고 갔습니다. 마침 매서운 겨울바람에 머리가 흩어질까 봐 걱정한 때문이지요. 또 하나는 어느 친구의 결혼식에 갔을 때 마침 중학교 은사님 한분을 만나 같이 얘기하고 있는데 다른 친구들이 와서 은사님에게 인사하면서 선생에게도 정중히 인사를 건넸습니다. 오랜만에 만난 친구들이 머리가 훌쩍 벗겨진 선생을 보고 친구가 아닌 은사님 중의 한분으로 오인했던 것이지요.

한편 선생은 혼자 자취 생활을 오래 한 탓에 요리도 제법

했던 것 같습니다. 경남에서 살던 어느 해 겨울 생선을 사가지고 서울 우리 집을 찾아온 선생은 손수 비법 초고추장을 만들어 맛있게 먹은 적이 있습니다. 지금은 어떤지 모르지만 옛 기질이 남아 전원생활 중 식사 준비도 곧잘 하리라 생각됩니다.

돌이켜 보니 선생과는 참 오래 알아온 사이이지만 마음과는 달리 많이 부대끼며 살았던 추억은 별로 없는 것 같군요. 그저 멀리 있고, 소식이 없어도 늘 그런 사람으로, 어떻게 살고 있을지 짐작하는 그대로의 모습으로 남아 있습니다. 정년퇴임 이후에도 변함없는 삶을 보여주리라 생각됩니다. 다시 한번 선생의 영광스런 정년퇴임을 축하합니다. ♣

백규 선생의 천기누설

이복규 (서경대 명예교수)

백규 조규익 선생과 나는 학연이나 지연은 없는 사이입니다. 같은 국문학 전공이지만 세부 전공은 다릅니다. 그런데도 30년 가까이 교유하고 있습니다. 온지서당 일평 조남권 선생님 밑에서 함께 한문 공부도 하고, 온지학회에서 회원 또는 임원으로 오래 활동을 같이 했지요.

백규 선생을 볼 적마다 부러운 게 하나 있습니다. 말하기와 글쓰기가 일치하는 점입니다. 내 은사님인 최운식 선생님처럼, 백규 선생도 그렇습니다. 어찌나 말을 논리적으로 다듬어 하는지, 그대로 받아 적으면 글이 될 정도입니다. 말할 때 흥분하기 일쑤인 나와는 다른 면모입니다.

나와 좀 닮은 점도 있어 친근합니다. 학문의 경계를 넘나드는 점입니다. 백규 선생은 고전시가가 주 전공으로서, 악장과 시조를 집중 연구해, 이 방면에서 우뚝한 성과를 내어 대표 연구자 반열에 오른 것은 물론, 고려가요, 사설시조, 가사에 이르기까지 고전시가 거의 전 갈래를 아울렀습니다. 여기에 머무르지 않고 산문문학에까지 발길이 닿아 있습니다. 사행기록과 고소설 등도 폭넓게 연구해 묵직한 책을 여럿 냈습니다. 재만 조선인의 문학, 재외 한국인의 문학도 다룸으로써, 현대문학까지 연구 영역 안에 포괄하였으니, 백규 선생의 학문에는 경계가 없습니다.

백규 선생께 고맙게 생각하는 일이 있습니다. 박사논문 심사에 나를 여러 번 불러주었습니다. 주로 품앗이로 이루어지는 우리 풍토에서 쉽지 않은 일입니다. 내가 있는 대학에는 박사과정이 없어 보답할 길이 없건만, 아랑곳하지 않고 백규 선생은 여러 번 그렇게 했습니다. 그 심사를 계기로, 존경하던 동국대 김태준 선생님을 뵈어, 이메일 아이디와 전통 호의 관계에 대해 논문 쓸 때 큰 도움을 받았으니 고마운 일입니다. 연세대 허경진 선생님, 선문대 구사회 선생님과도 사귀게 되어, 그 후로 많은 도움을 받고 있으니 모두 백규 선생의 덕분입니다.

대부분 은퇴 이후 무엇을 하며 살까 염려하지만, 백규 선생은 워낙 빈틈없는 분이라, 오래 전부터 준비하고 있으니, 걱정하지 않습니다. 공주 시골에 멋진 백규서옥을 지어 책도 갖다 놓고, 농사 짓는 연습도 하고 있으니 복된 일입니다.

어느 날, 완벽하다고만 여긴 백규 선생한테서 모처럼 인간적(?)인 면모를 발견하고 반가웠습니다. 더덕을 심었다가 폐농했노라는 체험담을 들었을 때입니다. 하도 재미있어서 아침 톡으로 널리 소문낸 적이 있습니다. 그 아침 톡은 이렇습니다.

은퇴 준비를 하는 숭실대 조규익 교수.
고전문학계에서 논문 많이 쓰기로 소문난 학자.
엊그제 만났더니 곧 닥칠 정년퇴직 준비 이야기.
공주 고덕골 산수 좋은 곳에 텃밭도 사고 집도 지어 은퇴후에 내려가 농사지을 계획.
연습할 겸 작년에 60만원어치 더덕을 심었으나 폐농했다네요.
자칭 서산 태안 농부의 아들로 농사에 뼈가 굵었다는 사람이
논문 쓰는 데서는 둘째 가라면 서러워할 사람이
글쎄 한 뿌리도 못 건졌다네요.
가뭄 때문에 속절없이 그랬다네요.
더덕 나오면 고라니가 파먹을까봐 돈 들여 울타리도 야무지게 쳤다는데...^^

논문 쓰기보다 농사가 어렵다는 걸
내 힘과 의지로만으로 안되는 게 농사란 걸
절절히 깨달았겠지요? 아마.

2018년 2월에 지인들에게 보낸 이 아침 톡을 본 백규 선생이 이렇게 댓글을 달았죠. "천기를 누설하셨군요"라고. 이제

6년이 더 흘렀으니 농사 기술이 좀 나아졌을까요? 제자리걸음이라 하더라도 염려 마시지요. 낚시만 드리운 채 자연과 물아일체였던 고전시가 속 가어옹假漁翁처럼, 백규 선생께서도 글 쓰는 농민으로 공주 백규서옥에서 오래 유유자적하시죠. ♣

어린 학창시절의 조규익

정승국(순금당 대표)

조규익과 내가 함께 다닌 계도농축기술학교.

학교가 끝나면 꼭 들르던 면 소재지 시장통. 그곳의 양조장에서 일하던 학생대대 대대장 성호는 힘도 좋지만 의리 있는 친구였다. 면내에서 힘 좀 쓴다하는 누구라도 성호 앞에서는 주눅이 들었다. 허나, 딱 한 친구 예외가 있었다. 모자에 달린 아귀모가 달싹달싹 할 정도로 힘찬 일자 걸음에 늘 단어장을 들고 다니며 단어를 암기하던 아이. 아무리 추운 날에도 주머니에 손을 넣고 다니지 않은 것은 물론 두리번거리지도 않으며 바른 걸음으로 면 소재지를 활보하던 그 아이가 성호의 눈에는 약간 거만스럽게 보였으리라. 그러나 성호는 그를 늘 따뜻하게 대해주었다.

그 아이에게 우리는 '육사생도'란 별명을 지어 주었다.

늘 백점 만점에 유난히도 자신 있게 써 내려가는 그의 펜 글씨를 모든 친구들은 부러워했다. 내가 그 아이의 답안지에서 두 문제만 컨닝을 했었어도 '나머지 공부'는 면할 수 있었는데...^^

나날이 반듯하게 변모하는 지성인에게 내 부끄러운 모습을 보이긴 싫었다. 언제 꺼내 봐도 반듯하게 각인된 영원한 육사생도, 그가 조규익 바로 그 친구였다.

입학식을 마친 우리는 선생님이 정해 주시는 대로 한 책상에 앉았다. 곁눈으로 보니 '조규익'이란 명찰을 달고 있었다.
첫 수업이 시작되기 전
"너 워디서 왔냐?" 라고 물으니
"방갈리서 왔다"는 대답이 돌아왔다.
다소 기분 나쁘게 들리는 어조의 대답이었다.
"메치나 왔니?" 재차 물으니
"다섯이 왔다."고 대답하는 것이었다.

도전적으로 달려드는 느낌이 드는데다가 다섯 명이 왔다니, 아주 우스워 보였다. 우리 학교에선 열다섯 명이나 진학을 하였고, 나는 6학년 때 반장을 한데다가 우등상까지 받았으며, 큰 고모네 형이 이 학교 2학년에 재학 중이었다. 무엇보다 우리 일가 중 엄청 힘이 센 '희교'란 애가 바로 내 옆에 있었다.

쩔 게 없었던 나였다. 그래서 기분이 언짢다는 이유로 변변찮은 주먹을 그의 뒤통수에 바로 날렸다. 그런데, '이늠이' 주눅이 들기는 커녕 벌떡 일어나면서 곧은 주먹을 나의 눈텡이에 내지르는 것이었다. 눈에선 불이 나고 귀에서는 윙윙 소리가 났다. 지켜보던 희교가 유난히 흰 눈자위를 껌벅이며 속삭여 줬다. "승국이 네 심이루넌 안 되것다. 재 보통 늠이 아닌 것 같다,"는 판정을 내렸다. '똥개도 지네 동네에선 반은 먹고 들어간다'는데, 개보다 더 좋은 여건에서도 걔가 날린 한방주먹으로 모든 것이 날아가는 순간이었다.

***

언제나 올바른 친구,
자네가 있어 행복하다네.
늘 좋은 모습으로
오래도록 함께 하세나.
고마운 친구!
오랜 세월 교단에서 수많은 제자들을 길러 내느라 수고 많이 했네. 이제 그들이 친구의 바톤을 이어받아 이 시대의 등불이 될 걸세.
무탈하게 퇴임하는 규익이!
정년을 진심으로 축하하네. ♣

한 매듭의 아름다움

이강옥(영남대 명예교수)

백규 선생과 나는 마산 경남대학교에서 만났다. 삼십 대 청년이던 백규 선생이 정년을 맞이하신다는 소식을 들으니 가는 세월을 머물게 하려는 듯 그곳 가파른 교정과 쪽빛 마산 바다가 떠오르고 그 시절 사연들이 되살아난다.

경남대학교와 나의 인연은 학교 경영자인 박 총장님을 잠시 만난 것으로부터 시작됐다. 요즘처럼 교수 채용 규정이 엄격하게 적용되지 않는 때였다. 박 총장님은 대학 부설 연구소의 소장으로 계셨기에 나는 청와대 옆에 있던 그 연구소로 갔다. 박 총장님은 임국희가 진행하던 FM 음악방송을 켜둔 채 반갑게 내 손을 잡아주었다. 나보다 더 깍듯이 허리 굽히며 "잘 부탁한다."고 했다. 특별한 업적이 없고 박사도 아닌 초보 학자를 그렇게 극진히 대접해주시어 감동했다. 나는 정성과 노력을 다하여 봉직하고자 마음먹었다. 1986년 3월 마산으로 내려갔다. 학기 중에는 많은 수업을 기꺼이 했고 방학 중에는 한문 경전을 읽어가는 교실을 꾸려갔는데 '월영서당'이라 불렀다. 맹자, 소학, 고문진보, 장자, 삼국유사 등을 공부하는 월영서당에는 학생들뿐 아니라 열성 마산 시민들도 참여했다. 대학은 본부 대회의실을 서당 공간으로 제공해주었다. 나는 훈장 노릇을 하며 대여섯 번 청춘의 방학을 다 보냈다.

인문사회 분야 전공 교수의 연구실은 언덕배기 중앙도서관 건물 높은 층에 있었다. 거기에는 치열하게 사유하고 실천하는 젊은 학자들이 많았다. 그분들은 쪽빛 바다를 향해있어 그 바다를 닮은 것 같았다. 우리는 거의 매일 만나 저녁을 먹고 술을 마시고 함께 책을 읽었다. 이심전심과 공감이 가능했다. 대학에서 그런 분들을 만난다는 것이 얼마나 귀한 일인가는 학교를 옮겨 와서야 알게 되었다. 백규 선생도 거기서 그렇게 만났다. 우리는 같은 쪽을 바라보며 마산 생활을 꾸려갔다.

국어국문학과와 국어교육과는 학생들의 공부 내용이나 성향 등에서 겹치는 부분이 많다. 그래서 두 학과는 관계가 긴밀할 수밖에 없다. 다만 그 관계는 매우 친한 것이거나 너무나 불편한 것 중 어느 하나이기 마련이다. 다행스럽게도 경남대학교의 경우는 전자였다. 소속 교수들 간 사이도 좋아

자주 만나 회의를 하고 술도 마셨다. 백규 선생은 나보다 2년 먼저 국어교육과에 부임했기에 내가 국어국문학과로 갔을 때 같은 전공의 선배로서 여러 가지 조언과 도움을 주었다. 그 따뜻한 마음과 배려를 지금까지 잊지 않고 있다.

그때는 박사학위가 없어도 대학교수가 될 수 있었다. 백규 선생은 박사학위 논문을 작성하고 있었다. 시간을 잘게 쪼개서 한 톨 자투리 시간도 헛되이 보내지 않았다. 교정에서는 물론 어디론가 출장을 가서도 짬을 내서 도서관의 자료들을 조사하곤 했다. 그러니 집은 잠시 잠만 자고는 떠나는 곳이었다. 백규 선생을 거의 보지 못한 동네 어른들은 사모님이 일찍 혼자되었다고 짐작하고는 그 신산한 삶을 위로하곤 했다는 소문도 있었다. 결국 부임한 그해 '조선 초 아송연구'라는 제목의 박사논문을 완성했다. '아송(雅頌)문학'은 아무도 관심을 두지 못한 분야였는데 백규 선생이 선구적으로 그 개념을 규정하고 해당 작품들을 두루 연구하여 그 특질과 가치를 구명함으로써 우리 문학사를 한층 더 빛냈다. 여기서 백규 선생의 학문적 통찰과 혜안이 돋보인다. 백규 선생이 학술상을 거듭 수상한 것도 아송문학 연구에서 보인 수월성이 이후의 학문에서 지속된 덕일 터이다.

나는 학문연구에서 백규 선생이 보인 이런 태도와 능력이 그의 삶 전반에서도 변함없이 관철되는 모습을 보아왔다. 최근에는 백규 선생의 그런 점이 아들을 향하여 더욱 찬란하게 관철되었다는 사실을 알고서 놀라고 감격했다. 35살의 나이로 기계 학습과 AI 응용 연구 분야의 세계적인 석학이 되어 활발하게 활동하고 있는 뉴욕대 조경현 교수가 백규 선생의 아들이라는 사실을 알게 된 것이다. 조경현 교수가 카이스트를 졸업하고 우리나라에는 거의 알려지지 않은 핀란드 알토 대학으로 유학 가서 역시 당시 별로 주목받지 못하던 AI분야의 연구를 시작하게 된 데에는 백규 선생의 전적인 신뢰와 지지, 새로운 분야에 대한 개척의 정신이 베풀어진 덕이라고 나는 생각한다. 조경현 교수는 그 탁월한 학문적 업적으로 권위 있는 학술상을 여러 번 수상하고 상금의 대부분을 기부해오고 있다. 특히 교사로서 장도가 창창했지만 남편과 아이를 뒷바라지하기 위해 교직을 그만둬야 했던 어머니의 헌신을 잊지 않는다. 어머니의 이름을 걸고 여성 과학자들을 위한 장학금을 조성한 점이 특별하게 감동을 준다. 남편 없이 혼자 살림을 꾸려간다며 위로해주던 그 이웃 어른들이, 남편은 물론 이렇게 어머니를 살뜰하게 기억하는 세계적인 학자 아들이 있다는 사실을 알고는 얼마나 반가워하고 안도하실까.

아버지와 아들이 거듭 학술상을 수상하고 그 상금을 기부하고 있다는 사실은 우리 세상을 참 따뜻하고 흐뭇하게 해준다. 그런 점에서 백규선생의 정년은 명실상부 유종의 미를 거두고 있다. 앞으로도 백규 선생의 가문에 더 고귀한 일들이 많이 있을 것 같은 예감이 든다. 부디 온 정성을 다 들여

건설해가고 있는 에코팜에서의 나날이 영성으로 충만하시기를 빈다. ♣

10대 중반의 조규익 선배,
그의 발걸음을 추억하며

최경자(사진작가)

이화산 건너편의 계도농축기술학교. 조 선배와 함께 10대 전반에 공부를 함께 한 학교였다. 금북정맥의 끝자락에 우뚝 서 있는 '이화산'은 봄에 배꽃이 환하게 핀다고 하여 불린 이름이다. 미국 후원자들의 도움으로 충남 태안군 원북면 이화산의 건너편에 세워진 것이 바로 이 학교였다.

우리는 학과공부와 함께 열심히 성경을 배우며 착한 아이들로 당당하게 자랐다. 등굣길, 논두렁·밭두렁을 지나 마을 한복판의 작은 시내를 건너 신작로에 접어들 때면 아침 이슬로 운동화가 축축하게 젖기 일쑤여서 등교하기 싫은 날도 잦았다. 흙먼지 나는 비포장도로를 하루 몇 번씩 미군용 트럭들이 질주하면 흙먼지가 뽀얗게 일어 앞이 안 보일 정도였다.

흙먼지가 길 위로 내려앉기를 기다렸다 다시 발걸음을 옮겨야 했던 그 시절, 조 선배는 남다른 학생이었다. 또래 친구들보다 키가 큰 편이었던 그는 항상 교복을 깔끔하고 단정하게 입고 교모는 반듯하게 쓰고 다니던 모범생이었다. 공부 또한 당연히 잘하는 우리들의 우상이었고, 또래 아이들 속에서 약간 벗어나 형 같은 표정으로 친구들을 보살피는 위치에 서 있었다. 조 선배는 아마 집에서 학교까지 산 넘고 마을길을 지나 2시간 이상 걸어왔을 텐데도 그의 운동화나 교복이 늘 깔끔했다. 항상 꼿꼿한 자세로 뚜벅뚜벅 걷던 선배. 친구

조 선배의 어릴 적 놀이터였던 신두리 백사장 앞 바다는 2007년 12월 7일 삼성1호-허베이 스피릿 호 원유 유출 사고 현장이었다. 많은 사람들이 유출된 기름을 제거하기 위해 사투를 벌였는데, 이 사진은 내 카메라에 우연히 잡힌 선배의 봉사 작업 현장 모습이다.

10대 중반의 조규익 선배, 그의 발걸음을 추억하며 **137**

들과 욕을 퍼부으며 싸움을 하거나 심한 장난을 치며 노는 모습을 한 번도 보인 적이 없었다. 어른스러운 표정으로 친구들을 지켜보던 모습만 기억할 뿐이다. 울퉁불퉁하고 구불구불한 자갈길 위를 걸어오는 모습에서 나는 군자君子의 모습을 느끼곤 했다.

그 옛날 그의 모습을 소환하고 보니, 후배로서 지금까지 지켜본 그의 일생은 그 시절의 걸음걸이대로 군자의 삶이었음을 새삼 느끼게 된다. 추구하며 갈고닦은 학문의 길도 그렇고 삶을 살아가는 원칙과 방향성도 영락없는 옛날 군자의 그것이다. 옛 스승들을 존경하며 섬기는 선배, 주변의 선·후배와 동료들을 진심으로 아끼고 격려하는 너그러운 선배의 모습이 어쩌면 그렇게 한결같을까. 이런 멋진 선배가 있다는 건 내게 더할 바 없는 행운이다. ♣

대가大家의 반열班列
조건과 백규 선생

구사회(선문대 명예교수)

나는 지금까지 많은 연구자들을 만나며 교류해 왔다. 이들 중에는 내 전공분야 외에도 정치학이나 경제학, 물리학이나 천문학, 심지어 체육학 등 여러 방면에 걸쳐 많은 인사들이 있다. 이들 중에는 정치에 기웃거리다가 진로를 바꾼 인사도 있었고, 대학 행정에 오랫동안 참여하여 능력을 발휘하는 교수도 있었다. 미국 명문대학에서 학위를 받은 누구는 교수로 임용되어 촉망을 받다가 언제부터인가 연구와는 거리를 두고 팔자 좋은 한량으로 정년을 맞이하기도 하였다.

이제 하는 말이지만, 내세울 학벌도 없고 재능도 부족한 나로서는 지금까지 열등감을 감추고 교수 생활을 해왔다. 그래서 도대체 어떤 교수가 우수한 연구 성과를 쌓아 대가의 반열에 오르는지를 살피기도 하였다. 그러다가 내 나름대로 그에 대한 해답을 정년을 얼마 남겨두고 늦게야 깨달았다. 다른 한편으로 나의 타고난 한계를 깨닫고 아쉬움을 금할 수 없기도 하였다.

모든 분야가 비슷하겠지만 어느 영역에서든 일정한 성과를 거두고 대가의 반열에 오르려면 몇 가지 전제 조건이 필요하다. 내가 생각하는 그런 조건은 재능(창의력), 건강, 환경과 의지 등이다. 아무리 재능이 뛰어나더라도 건강이 뒤따르지 못하면 능력을 발휘할 수가 없다. 건강하더라도 재능이 따르지 못하면 창의적 능력을 발휘하지 못하고 주저앉는다. 그리고 재능이 뛰어나고 건강하더라도 본인의 의지가 없거나 생활환경이 나쁘면 훌륭한 성과를 기대할 수가 없다.

어려서 머리가 총명한 나의 친구가 있었다. 초등학교 시절 내내 나는 그 친구보다 좋은 성적을 한 번도 받지 못했다. 그렇지만 친구는 가난하여 초등학교를 졸업하자마자 상경하여 성수동 어느 공장에 들어가서 지금까지 빛을 발하지 못한 채 살고 있다. 어떤 친구는 고향 동네에서 자신의 땅을 밟지 않고 지날 수 없다는 부잣집 장남이었다. 부모님의 기대도 커서 일찌감치 도시로 유학 가서 학교 수업이 끝나면 집에서 따로 독선생에게 과외를 받았다. 오늘날로 말하면 모든 것이 충족된 '엄친아'였는데, 거기까지였다. 재능이 부족했고 상승하려는 의지는 더욱 없었다. 현재 모습은 말하고 싶지 않을 정도이다.

　내가 백규 조규익 교수를 만나 교류한 지도 어느덧 삼십 년이 넘는다. 같은 연배이지만 나의 무명 시절에 백규 선생은 이미 뛰어난 연구 성과로 대학교수로 자리를 잡고 활동하고 계셨다. 고전문학의 대가들로 구성된 나의 박사학위 심사에도 선생은 소장 학자로 일찌감치 참여하여 주도하셨다. 이후로 우리는 꾸준한 만남을 가져왔다. 그렇지만 마음속 한 켠에 언제나 선생에 대한 경외심을 갖고 있었다. 연구를 멈추지 않고 매번 탁월한 성과를 내는 선생에 비해 나란 존재는 너무 초라하기 그지없었다. 나중에 알게 되었지만, 그것은 나뿐만이 아니고 주위 여러 국문학자들이 느끼는 같은 감정이었다.

　언젠가 나는 학술대회를 마치고 백규선생을 비롯한 몇몇 지인 교수들과 함께 호프집에 들른 적이 있었다. 이런저런 이야기를 나누다가 백규 선생과 어떤 교수 사이에 우스운 논쟁이 붙었다. 학술 논쟁이 아니고 어린 시절 이야기였다. 어린 시절에 누가 더 가난했느냐는 것이었다. 피장파장이었지만 나는 곁에서 이야기를 듣고 있다가 웃음이 나오기도 하고 기가 막히기도 하였다. 남들은 그냥 지나가는 우스개 일화였지만 돌아오는 길에 다시 곰곰이 생각해 보았다.

　이제 백규 선생은 국문학계를 대표하는 대가이자 석학의 반열에 올라섰다고 본다. 선생의 학위 논문은 한국 악장문학으로 기존 연구를 압도하며 평정해버렸다. 참고로 어떤 학회 토론에서 나는 한국의 악장문학 연구가 선생을 기점으로 이전과 이후로 나뉜다고 말한 적도 있었다. 이후로도 선생은 그 어려운 악장 분야를 지금까지 꾸준히 연구해오고 있다. 아울러 선생은 국문시가의 핵심 분야인 시조와 가사 분야의 뛰어난 연구 결과를 내놓았다.

선생은 고전시가에 머물지 않고 새로운 연구 영역을 탐색하며 꾸준히 확대해 나갔다. 동아시아 문화 교류와 관련한 연행록이나 조선통신사 분야도 그 한 축이다. 연행록은 연구로부터 시작하여 자료 발굴과 역주 작업, 더 나아가 연구 자료를 집대성하기도 하였다. 해외 한인 문학에도 관심을 가져 연변지역 조선족 문학, 재미 한인문학, 중앙아시아 고려인 문학에 대한 각각의 연구서도 내놓았다. 이외에도 지금까지 나온 성과를 일일이 거론할 수 없을 정도이다. 선생은 이 과정에서 도남학술상을 비롯한 국문학계의 대표적인 여러 학술상을 수여하였다.

여기에서 내가 백규 선생의 이백여 편이 넘는 논문과 백여 편이 넘는 저서의 학문적 업적과 성과를 거론하려는 게 아니다. 과연 삼십여 년 동안에 그런 엄청난 성과를 어떻게 낼 수 있을까 궁금해서이다. 이것을 후학들이 파악하여 선생을 모델로 삼아 학문의 길을 궁리한다면 누구나 좋은 업적을 성취할 수 있을 것이라 확신하기 때문이다.

앞에서 제시한 연구자의 세 가지 조건을 백규 선생에게 맞춰본다면, 선생은 성장 과정에서 공부에만 전념하기에 충분한 교육 환경이 아니었던 듯싶다. 선생은 충청도의 변방 시골에서 가난한 농부의 아들로 태어나서 중고교를 마치고, 당시 고교 등록금보다 저렴한 공주사대에 진학하여 대학 생활을 보냈다. 이후로 연세대 대학원에 진학하여 잠시 중등교사를 병행하면서 생계와 학비를 해결한 듯하다. 이후 해군사관학교 교수 요원으로 근무하면서 학문 연구의 단절 없이 국민의 4대 의무인 국방의 의무를 마쳤던 것으로 보인다. 이것은 선생에게 주어진 어려운 환경을 극복하는 과정 중에 드러나는 멀티적 능력의 한 국면이다. 한 마디로 선생이 아무리 재능이 뛰어났더라도 젊은 시절의 어려운 환경을 극복하지 못했다면 오늘날 뛰어난 국문학자로 자리를 잡지 못했을 것이다.

　나는 선생의 연구 과정과 결과를 지켜보면서 선생의 뛰어난 재능과 창출력을 오래 전부터 나름 간파하고 있었다. 지면상 문제로 여기에서 구체적으로 밝힐 수 없지만, 나는 내 나름대로 선생의 연구 방식과 접근방식을 주목해 왔다. 백규 선생의 뛰어난 재능은 조상으로부터 받은 것인지라 내가 감히 뭐라 말할 수 없다. 주위에는 연구를 제대로 하고 싶은 의지를 가진 사람들이 많다. 하지만 내가 보기에 그것은 노력으로만 해결할 수 없는 재능의 문제가 있는 경우도 많다.

이런 면에서 발명가 에디슨이 말한, "천재는 1퍼센트의 영감과 99퍼센트의 노력으로 이뤄진다,"라는 말은 잘못된 것이다. 오히려 "천재는 99퍼센트의 영감과 1퍼센트의 노력으로 이뤄진다."라는 말이 맞을지도 모른다. 그렇다고 실망들 하지 마시라. 대부분은 노력하면 어느 정도 좋은 성과를 낼 수 있는 재능을 모두 갖고 있기 때문이다.

그래서 내가 백규 선생에 대해 주목하는 것은 선생의 의지와 노력이다. 물론 건강의 뒷받침이 뒤따랐겠지만, 선생은 1984년도에 경남대 전임교수가 된 이래로 퇴직하는 지금에 이르기까지 엄청난 에너지를 분출하며 우수한 성과를 내놓았다. 이는 우리와 같은 일반 연구자들이 감히 접근할 수 없는 연구 성과이다. 선생의 연구 중에는 기존의 학설을 뒤집고 새로운 학설로 체계화시킨 성과도 수두룩하다. 악장 분야를 비롯한 고전시가의 분야, 다른 연구자들이 미처 생각지 못한 해외 한인문학 분야, 지금까지 알려지지 않았던 자료의 발굴과 연구 및 주석 작업이 뒤따랐다.

내가 보기에 백규 선생은 정년 이후에도 연구를 멈출 것 같지 않다. 선생의 뛰어난 창의적 재능과 학문에 대한 의지는 계속될 것이기 때문이다. 문제는 이제 노년에 들어선 시기에 선생의 건강이 문제가 될 수 있겠다. 그런데 가만히 보니까 선생은 건강도 타고난 것 같다. 우리 나이의 대다수가 갖고 사는 성인병도 없는 것 같고 아직 눈빛도 형형하다. 앞

으로도 넉넉히 삼십 년 정도는 지속적인 연구 성과를 내놓지 않으실까 생각된다. ♣

백규白圭 선생, 꽁보리밥 만세

박준언(숭실대 영문과 교수)

저는 이 글을 쓰기 며칠 전 백규 조규익 교수님이 보내주신 카톡 메시지를 받았습니다.

"박 교수님! 잘 지내고 계시지요?
혼사 준비로 많이 분주하시리라 생각합니다만, 객쩍은 부탁 하나 드리고자 합니다. 제자들이 제 정년기념으로 추억담들을 모아 책으로 엮는다 하는데, 혹시 '조규익에 관한 추억'으로 한 꼭지 써 주실 수 있을까요? 분량이나 내용 제한은 없고, (5월) 15일 이전에만 주시면 됩니다. 여러모로 바쁘시겠지만, 잠시 생각해주시면 고맙겠습니다. 답신 기다리겠습니다."

"조 교수님, 안녕하세요? 제가 어찌 감히 조 교수님의 정년기념집에 올릴 글을 쓸 자격이 있겠습니까만, 용기를 내어

써 보겠습니다. 조 교수님께 누가 될까 걱정이 앞섭니다.
박준언 드림^^"

지난 30년 동안 같은 캠퍼스 내에 있으면서도 가뭄에 콩 나듯이 조우하며 간단하게 인사만 나눌 정도로 적조했던 저로서는 조 교수님의 메시지를 받고 적잖이 당황했습니다. 그리고 무척이나 망설였습니다. 제가 조 교수님에 관한 글을 쓸 자격이 있는지... 서둘러 제 기억 창고 어디엔가 깊숙이 숨어있는 백규 선생에 대한 기억의 편린들을 헤집듯 더듬어 보았습니다.

제게 백규 선생은 꽁보리밥입니다. 제가 백규 선생을 가까이 뵌 것은 30년 전인 1992년 숭실에 부임한 해였습니다. 당시 현재의 교수연구관 2층에 복도를 사이에 두고 연구실을 마주보고 있었는데, 하루는 백규 선생이 저를 자신의 연구실에 초대해서 환담을 나누다 갓 출판한 책 한권을 선물로 주셨습니다. '꽁보리밥 만세'

저는 백규 선생의 수필집을 받아들고 그날 밤을 새우다시피하며 끝까지 읽었습니다. 제 또래의 젊은 사람이 쓴 글이라고 믿기지 않을 정도로 글들 하나하나가 소박함과 유려함을 겸비한 질그릇 같은 마력을 지니고 있었습니다. 그리고 백규 선생이 범상치 않은 분임을 느꼈습니다.

이 원고를 쓰기 위해 실로 30년 만에 내 연구실 서가 어디엔가 조용히 자리 잡고 있을 '꽁보리밥 만세'를 찾아보았습니다. 당연히 서가에 꽂혀 있어야 할 이 에세이집이 보이지 않았습니다. 평소에 제 연구실 서재를 정리하지 않고 방치하다시피 한 탓에 제가 자주 사용하는 책들도 찾느라 애를 먹을 정도여서, 어디엔가 있겠지 하고 두 번, 세 번 찬찬히 더 들어보아도 웬일인지 '꽁보리밥 만세'가 보이지 않았습니다. 그럴 리가 없는데... 혹시 제 집 서가에 있는 것이 아닌가 해서 제 아내에게 곧바로 전화해서 확인해보라고 했는데 확인 결과 집 서가에도 없었습니다. 이게 정녕 어찌된 일인가...

저는 그동안 제 지인 분들이 공들여 집필하신 옥저들을 제게 주실 때면, 더없이 귀중한 선물로 생각하고 연구실 서가에 소중히 간직해왔습니다. 단지 책들 뿐 아니라 다른 물건들도 제가 받은 것들은 연구실에 간직해온 습성이 있습니다. 정말 어디 있을까... 혹시 백규 선생의 에세이집을 제 지인 중 누구에겐가 읽어보라고 주지는 않았는가.. 그렇지 않고서야... 30년 만에 옛 기억을 더듬으며 다시 한 번 읽어보고자 했는데...

지난 30년을 돌이켜보면 백규 선생과 저 사이에는 변한 것이 아무것도 없는 것 같군요. 1만 일이 넘는 장구한 시간을(백규 선생은 36년의 기간) 백규 선생은 변함없이 학문에 대한 용광로같은 열정으로 일관해 온 반면 저는 그 긴 세월 동안 하루하루 시간 때우며 생활하기 급급했습니다.

제게는 백규 선생이 미스테리 그 자체입니다. 백규 선생의 정체는 무엇인가? 도대체 어디서 그러한 엄청난 에너지가 솟구치는가? 기계가 아닌 사람으로서 기계 이상의 고강도 에너지를 지속적으로 발산하는 것이 가능한 것인가? 혹시 외계인이 아닌가? 머리 구조가 단순한 저로서는 이해가 불가합니다.

학자로서 백규 선생만큼 학문탐구에 욕심을 부리는 사람은 전 세계를 통틀어 손에 꼽을 정도일 것입니다. 지난 30여 년간 집필한 저서만 60권이 넘는다는 사실을 무엇으로 설명할 수 있을까요? 혹시나 AI 전문가인 아드님 조경현 교수가 백규 선생 몰래 만능 AI 칩을 삽입한 것은 아닌지요? 일반적으로 학자들은 일생 동안 한 분야만 연구하는데도 힘에 부치는 것이 보통인데, 백규 선생은 영원한 노마드처럼 한 영역에 정주하지 않고 쉼 없이 여러 학문 영역을 자유롭게 넘나들며 이질적 영역들 간의 통섭(confluence)을 이끌어왔습니다.

백규 선생은 먹어도 먹어도 배고픔을 느끼는 '꽁보리밥'처럼 학문에 대한 태생적 허기를 채우기 위해 한 평생 살아오신 것 같습니다. 저 같은 허접한 사람에게는 학문 수행이 피하고 싶은 '고문'입니다만, 백규 선생은 이러한 고통을 마음껏 즐기는 분인 것 같습니다. 이런 비유가 적절한지 모르겠지만, 저는 모차르트의 천재성에 감탄하며 콤플렉스에 젖어 살아온 살리에르와 같은 존재입니다.

우리네 인간사가 개인의 능력 여부와 상관없이 정해진 제도에 따라 움직이는 관계로, 백규 선생은 이번 학기를 끝으로 퇴임을 하시게 됩니다. 백규 선생과 공유한 지난 30년은 제게는 더없이 소중하고 영예로운 시간이었습니다. 비록 학문적 성취 면에서 백규 선생의 그림자도 따라가지 못했습니다만, 숭실에서 시간을 함께 보냈다는 사실만으로 저는 너무 행복한 사람입니다. 또한 대학자 백규 선생을 품었던 숭실도 더없는 축복을 받았습니다. 이제는 조금은 심신의 여유를 가지고 영원한 동행 임미숙 사모님과 멋진 인생 2라운드를 보내시기를 힘차게 응원합니다.

어쭙잖은 글을 마치며, 예전에 허접한 제 블로그에 올렸던 조 교수님에 대한 단상을 이곳에 옮깁니다.

독두禿頭 조규익 교수님, 꽁보리밥 만세! ♣

2006. 10. 23

나는 학자인가?

대학에서 십 수 년 간 몸담아 오면서 제가 끊임없이 제 자신에게 던지는 질문입니다.

이 질문에 대해 조금이나마 긍정적으로 답해보고 싶지만 현실은 전혀 그렇지 못해 참담한 심정입니다. 아마 앞으로도 마찬가지일 것 같습니다. 이 점에서 저는 정말 불행한 사람입니다.

저는 오늘 님들께 제 학교 동료 선생이자 제가 깊이 존경하는 학자 한 분을 소개해드리고 싶습니다.

이분의 성함은 조규익曺圭益입니다. 호는 白圭(백규)입니다. 제 학교 국문과에 계신 분입니다.

저와 동년배인 白圭 선생의 연구실은 제 연구실과 같은 층에 있습니다.

이분의 전공 분야는 우리나라 고전문학입니다.

이분의 학문적 열정은 제가 감히 따라잡기 어려울 정도로 뜨겁기만 합니다.

어디서 그런 에너지가 뿜어져 나오는지 놀랍기만 합니다.

학자로서는 아주 이른 나이인 20대 후반에 대학 강단에 서기 시작해서 20여 년이 지난 지금까지 白圭 선생은 다른 사람들은 감히 엄두도 내지 못할 엄청난 양의 연구업적을 쌓아왔습니다.

혹자는, 연구업적의 양이 많으면 질이 그만큼 떨어지지 않겠는가 하고 이분의 연구 성과를 폄하할 수도 있겠지만 제가 지난 15년간 바로 옆에서 보아온 백규 선생은 매 연구마다 자신의 학자적 생명을 걸 정도로 치열하게 연구해온 분입니다. 아마 학자로서 이분보다 치열하게 삶을 살아오신 분은 없지 않을까 하는 것이 제 생각입니다.

이런 점에서 이분과 같은 학교에서 생활한다는 점만으로도 저는 자랑스럽고,

또 한편으로 이분의 학문적 열정에 비해 턱없이 부족한 제 자신이 부끄럽기만 합니다.

얼마 전 몇몇 대학교수들이 우리나라 인문학의 위기를 거론하며 이를 타개하기 위해 국가적 차원의 관심과 지원을 호소하는 선언문을 발표한 적이 있습니다.

물론 모든 학문의 가치 평가를 시장 경제적 관점에서만 재단하려는

우리 사회의 왜곡된 가치관이 가장 큰 문제이겠습니다만,

과연 인문학을 전공하는 학자들은 그동안 자신의 학문적 영역에서

치열하게 연구 활동을 해왔는지 겸허하게 반문해 보아야 할 것입니다.

물론 저도 마찬가지이지요.

제가 참 학자라고 부르고 싶은 조규익 교수님,

당신이 있어서 황폐해질 대로 황폐해진 우리 인문학의 텃밭에서

한 가닥 소중한 희망의 빛을 봅니다.

앞으로도 당신께 많은 것을 배우겠습니다.

항상 건강하시기를 ...

백규白圭선생님, <귀거래사歸去來辭>를 읊으며 전원으로

조규백(숭실대 국어국문학과 강사)

내가 처음 백규 조규익 선생님을 만난 것은 2008년 후반기 어느 날이다. 제주도로부터 귀경 준비차 상경하여, 숭실대 연구실에서 인연을 맺었다. 훌륭한 스승은 심후한 학문과 훌륭한 인격이 갖추어져야 한다고 한다. 백규 선생은 드물게도 이 두 가지를 겸비하신 분이다. 나는 과거 여러 지역의 대학에서 강의했지만, 백규 선생처럼 학문과 인격을 두루 갖추신 분을 뵙기는 그리 쉽지 않았다.

숭실대 강의를 마치면 가끔 책들로 가득 찬 그의 연구실에 들르곤 했다. 늘 온화한 미소로 맞이하며, 차를 권했다. 인생 이야기, 학문이야기, 나는 그가 항상 신선하게 느껴졌다. 어느 세미나에서는 원고를 보지도 않고 긴 시간을 학술토론하는 활력적인 언변의 그를 보기도 했다.

언젠가 나는 나의 아들과 함께 그의 연구실을 방문했다. 그는 우리를 상도동의 메기 매운탕 집 '동강'으로 안내했다. 인생과 직업에 대한 이야기와 함께, 그가 대접한 메기 매운탕의 묵직하고 얼큰한 맛을 지금도 잊을 수 없다.

선생의 연구업적은 뛰어난 가운데 더 휘황하다. 그는 200여 건의 논문, 100여 건의 저역서(공동 연구 포함), 70여 건의 학술발표 등 방대한 업적을 이룬 학자이다. 그의 제자들은 참으로 복이 많다.

작년 그의 아드님 경현(뉴욕대 교수)이 삼성 호암상을 수상하였다. 받은 상금 일부를 숭실대 국문과의 '백규 장학금'으로 희사했다. 부친의 학문과 인성을 본받아 이어가는 효성스런 아드님이다.

근년에 그는 "돌아가리라. 전원이 장차 거칠어져 가는데 어찌 돌아가지 않겠는가. 이미 스스로 마음을 육체에 부림 받게 하였으나, 어찌 근심하여 홀로 슬퍼만 하겠는가. 이미 지나간 것은 따질 것 없음을 깨달았고 앞으로 올 일은 제대로 따를 만함을 알겠다(歸去來兮여 田園將蕪하니 胡不歸오 旣自以心爲形役하니 奚惆悵而獨悲오 悟已往之不諫하고 知來者之可追라)."라는 도연명의 <귀거래사>를 읊으며, 공주 정안의 소랭이마을로 이거移居했다. 그가 오랜 기간 국어국문학과의 현지답사를 다니며, 풍수, 인정 등이 마음에 맞아

진즉 점찍어 놓은 곳이라고 한다. 그가 전원에 귀의하고부터는 전화나 페이스북을 통해 그의 근황을 알게 된다. 나는 간혹 전화로 그에게 안부와 함께 학술적 자문을 구하기도 했다. 어떤 질문이든지 막힘이 없고, 자문의 수준도 높다. 그만큼 그의 안목은 넓으면서도 깊이가 있다. 그는 요즘 자연 속에서 흥회를 넓히고 있다. 거기에는 심성을 관조하는 작은 연못도 있다. 개, 닭, 고양이 등도 모두 그의 식구이다. 그곳은 공주시, 천안시, 세종시가 모두 가까워, 기회가 될 때마다 각각의 연주회에 가 음악을 감상하곤 한다. 그만큼 선생은 음악에도 조예가 깊다.

공부하기에는 시골이 낫다고 한다. 거기서 나무, 풀, 꽃 등의 자연의 이치를 살펴보고 있다. 인문학은 자연 속에서 완성된다.

전원생활을 시문으로 표현한 대표적 인물로는 <귀거래사>를 부르며, 전원생활을 시로 노래한 도연명, 유배시절 일시적으로 자연에 귀의하여 농경생활을 영위한 소동파, 정원을 가꾸며 문필활동을 지속한 헤르만 헤세, 전원생활을 기록한 [월든]의 작자 헨리 데이비드 소로우가 있다. 이제 이들과는 또 다른 '백규' 식의 전원문학, 인문학이 이루어지기를 기대한다. 그는 인생의 후반기 전원에서 세속과 일정한 거리를 두면서 자연에 몰입하고 인간을 성찰하며 인문학의 세계를 넓히고 있다. 그가 정년을 맞아, 자유인이 되어 건강하게 자연 속의 삶을 이루시길 빈다. ♣

스님 둘, 여자 둘

문숙희(사단법인 한국문학과예술연구소 수석연구원)

따르릉 ~~~

전화가 울려왔다.

친한 선배언니 김종수 선생님으로부터 온 전화다.

지금 숭실대학교 국어국문학과에서 해녀노래 연구를 위한 과제를 연구재단에 신청하려고 하는데, 박사급 연구원을 구하고 있으니, 같이 합류하여 신청해보라는 것이었다.

나는 그때 막 한국학중앙연구원의 한국학대학원에서 박사학위를 힘들게 받은 터라 좀 쉬려던 참이었다. 그리고 박사과정에서는 주로 고악보만 연구하였고, 민요에 대해서는 한 학기 정도만 공부하였기에 해녀노래 연구에 자신도 없었다. 그래서 좀 어렵겠다고 답을 하였더니, 늘 자상하기만 하던 김종수 선생님이 화를 내며 같이 하라고 재촉하였다. 언니의 재촉에 밀려 어떤 것인 줄도 모른 채 과제에 합류함으로써 백규 교수님과의 처음 만남이 이루어졌다. 이렇게 시작된 우연한 만남이 나의 20년 연구생활의 원동력이 될 줄이야...

우리가 신청한 과제명은 "제주도 해녀 노젓는 소리의 본토 전승양상에 관한 조사·연구"이다. 서부경남에 정착한 제주도 해녀들의 노래를 연구하는 과제로서 그때 교수님 밑에서 공부하던 여의도 여고 교사 이성훈 선생이 갖고 있던 주제였다. 준비도 안 된 상태에서 연구과제 신청에 참여하였는데, 그 과제가 선정되었다. 우리의 연구는 2004년 9월에 시작되었다. 과제는 연구책임자 백규 교수님, 박사급 연구원 강명혜·문숙희, 그리고 박사과정 연구원 이성훈으로 구성되었다. 나는 생전 처음으로 숭실대에 출근하여 동료들을 만났고 또 월급도 받았다. 연구재단 과제라는 것이 무엇인지 그제서야 비로소 알게 된 것이었다. 연구의 사회에 처음 들어간 나는 강명혜 선생님으로부터 많은 것을 배웠고, 또 교수님 밑에서 공부하던 여러 연구 동료들과 좋은 관계를 맺어가며 재미있게 연구했다.

어느 정도 기존연구 검토를 마친 후 우리 연구팀은 서부경남에 정착한 해녀들을 직접 만나기 위해 현장답사를 떠났다.

백규 교수님, 이성훈 선생, 강명혜 선생 그리고 나 이렇게 네 명이었다. 그때도 교수님은 지금과 같은 헤어스타일이셨고, 이성훈 선생 또한 교수님을 너무 존경한 나머지 같은 헤어스타일을 하고 있었다. 이성훈 선생의 주도로 이 네 명이 2박 3일정도의 현장답사를 한 것으로 기억한다. 서부경남의 사천, 삼천포 등에서 그곳으로 이주하여 거주하던 제주도 해녀들을 만났다. 그들의 이야기와 노래를 들으면서 녹음하였고, 그 녹음 내용을 가져와서 채록하며 연구하였다. 그 내용은 단행본『제주도 해녀 노 젓는 소리의 본토 전승양상에 관한 조사·연구』로 엮어졌다. 그때 우리의 모습이 바로 스님 둘, 여자 둘이었다. 아침 식사부터 밖에서 해결해야 했던 우리 네 명의 모습이 아마도 다른 사람들의 눈에는 법복을 입지 않은 스님 둘과 여자 둘로 비추어지지 않았을까 생각된다. 이때를 생각하면 저절로 웃음이 난다. 결혼 후 나의 개인 일로 가정을 떠나 가져본 드문 경험이었기에 더욱 재미있었다.

　교수님은 천생 연구자로서 나도 모르는 사이 나의 롤모델이 되어 있었다. 처음에 너무나 열심히 연구하시는 모습을 보고 정말 놀랐다. 방학도 없이 밤낮으로 연구하시는 교수님의 모습을 보며 사모님이 안쓰럽게 느껴졌는데, 의외로 사모님께서는 교수님의 모든 것을 전혀 불평 없이 다 받아주셨다. 교수님보다 사모님이 더 훌륭하게 생각되었는데, 나중에 알고 보니 나만 이렇게 생각하고 있는 것이 아니었다. 교수님께서 이루신 오늘의 성과는 전적으로 모든 것을 받아주신 사모님의 덕이다. 또한 교수님은 책을 너무 쉽게 쓰신다. 연구한 내용이 많다보니, 많은 책이 나오는 것은 당연한 일이었다. 나에게 교수님은 책 만드는 공장처럼 생각되었다. 이러한 교수님을 본받아 나도 열심히 하여 만족할 만한 연구 성과를 얻을 수 있었고 또 몇 권의 책도 쓰게 되었다.

어느새 20년의 세월이 훌쩍 지나 교수님께서 은퇴를 앞두고 계신다. 우연한 만남으로 시작되었는데, 교수님께서 우리 연구자들을 따뜻하게 품어 '한국문학과예술연구소' 공동체로 묶어 오늘까지 왔다. 교수님의 덕분에 우리는 힘을 합쳐 『악학궤범』에 기록된 많은 궁중 공연들을 재현해 낼 수 있었다. 이는 교수님께서 우리의 연구를 믿고 물심양면으로 도와주셨기 때문이다.

교수님! 인생은 60세부터라네요. 은퇴하셔도 자유로운 마음으로 끝까지 우리 연구소를 계속 이끌어 주시기 바랍니다. 그동안 베풀어주셨던 따뜻한 배려에 깊은 감사를 드립니다. ♣

나는 참스승을 생각하는 지금이 너무나 즐겁다.

이승연(삼천포 서울병원 회장)

나는 참스승을 생각하는 지금이 너무나 즐겁다. 스승님과의 인연이 시작된 것이 1984년 9월이니까 벌써 38년의 세월이 흘렀고, 대학을 졸업한 지도 35년이 되었다. 그동안 앞만 보고 열심히 달려오느라 옆도 뒤도 돌아볼 수 없었다. 전공과 무관하게 지방 소도시에 작은 병원을 세웠고, 병원 경영으로 보낸 시간도 어느 덧 18년이 되었다. 열정적으로 최선을 다해 일했고 이제는 제법 지방에서 인정받는 중견 병원으로 자리 잡아 지역민들의 사랑을 독차지(?) 하는 병원으로 자리 잡았다.

나에게는 잊지 못 할 스승님이 몇 분 계시다. 그 중 한 분을 추억하며 오늘 이 글을 써 본다. 고전문학을 가르치셨던 조규익 교수님은 내 기억에 가장 열정적으로 학문을 연구하시는 분이셨다. 학자로서의 길에 한 치의 빈틈없이 쏟아 붓는 모습은 지금도 생생하다. 생각해보면 내가 사업자로서 빈틈없이 정열을 불태울 수 있었던 것도 이런 스승님의 소리 없는 가르침의 영향이 아닐까 싶다.

또한 교수님과 사적으로 깊이 나누었던 정은 평생 살아가는 내 삶의 끈끈한 촉진제였다고 생각한다. 녹차가 많이 보급되지 않았던 내 학창 시절, 교수님 연구실을 찾을 때마다 손수 아낌없이 우려 주셨던 따뜻한 차 한 잔의 향기는 지금도 코끝에 맴 돈다. 명절에도 귀가하시지 않고 연구에 집중하시느라 밤늦도록 불이 꺼지지 않았던 연구실 창문, 어쩌다 댁에서 약간의 적적함이 느껴지시는 날 많은 제자 중 나를 불러 함께 마셨던 막걸리 한 잔과 남자끼리 차려 먹었던 저녁 식사, 방언 답사 등등의 학과 행사 때나 학업으로 힘들어하는 제자들을 지나치지 않으시고 격려와 위로를 아끼지 않으셨던 분, 86년 여름, 서울 연세대학교에서 교수님 박사 학위 받으시는 날 학생 대표로 참석하던 날, 하필 태풍으로 비바람이 몰아쳤지만 교수님께 축하해 드리고 싶다는 마음 하나로 지금은 추억의 열차가 된 무궁화호 기차를 타고 천리 길 마다 않고 연세대학교까지 가서 뵈었던 그 때 벅찬 교수님의 모습을 어찌 잊을 수 있을까

대학 졸업 후 직장 생활을 열심히 하던 중, 갑자기 나에게

찾아온 사고, 서울 큰 병원에서 수술을 하고 고통과 실의로 힘든 시간을 보내고 있던 내게 단숨에 달려오셔서 휠체어 밀어주시며 병원 공원을 거닐며 나누었던 사제의 정은 지금도 내 목줄을 타고 흐르고 있다.

이런 교수님과의 추억들은 내 삶의 소중한 자양분으로 제법 번듯해진 병원 경영자로서 사회의 한 분야를 책임지고 있는 제자에게 큰 밑거름이 되었다고 본다.

우리 집 한옥 이름은 사사로운 데 연연하지 않고 큰 것에 뜻을 두고 살아가라는 뜻인 경연산방景淵山房이다. 내 부탁으로 15개월 전 교수님께서 지어주신 이름이다. 목판으로 새겨 한옥에 걸려 있는 경연산방을 볼 때마다 우리 부부에게 주신 교수님의 따뜻한 정을 떠올린다. 오랜 시간이 흘러 제자 부부도 60대가 되었고 교수님 또한 정년퇴직을 하시지만 내 젊은 날 교수님과 나누었던 특별한 사제 간의 정은 영원히 내 마음 깊은 곳에서 강물이 되어 끝없이 흐를 것이다. ♣

경남대 재직시절의 교수님과 함께

박사학위 받으시던 날 연세대 교정에서

내 마음의 아랫목에 넣어둔
따뜻한 밥 한 그릇
-조규익 교수님을 추억하며-

성선경(시인)

조규익 교수님을 생각하면 늘 마음이 따뜻해진다. 교수님을 처음 만난 것은 1985년 경남대학교 2학년 2학기 개강 첫 시간이었다. 나는 그 때 군복무를 마치고 이제 2학기에 막 복학한 얼뜨기 예비역이었고, 어수선한 시대적 분위기에 적응이 덜된 어리숙한 촌놈이었다.

국문학사 시간이었을 것이다. 문학사의 시대구분에 대한 개론적 설명이 있었고, 나는 용감히 손을 들고 교수님께 질문을 했었던 것 같다. 교수님은 나의 이름을 물으시고 수업 후 교수연구실에 잠시 다녀가란 말씀을 주셨다. 나는 수업을 마친 후 교수님의 연구실을 찾았고, 교수님께서는 따뜻한 차 한 잔과 사려 깊은 좋은 말씀을 주셨다. 나는 그날 이후 교수님의 연구실을 뻔질나게 드나들었다. 그 일이 교수님에 대한 나의 첫 기억이다.

복학 얼마 후 나는 '가람촌'이라는 시동인회에 가입하였고, 나는 그 동인지에 몇 편의 시를 싣게 되었다. 나는 그 동인지 한 권을 교수님께 보여드렸다. 교수님께서는 그 중 한 편을 수업시간에 학생들 앞에서 낭독하신 후 칭찬을 해주셨다. 나는 무척 감동을 받았다. 내가 시를 쓴다는 사실이 조금 자랑스러워졌다.

교수님은 본향本鄉을 창녕昌寧으로 쓰시는 창녕 조曹씨이시다. 창녕의 주산主山인 화왕산에는 창녕 조씨 득성지得姓地 비碑가 있다. 교수님께서는 이 득성 비를 보고 싶어 하셨고 나의 고향이 창녕이므로 함께 가자고 하셨다. 아마 가을이 막 시작되는 좋은 계절이었던 것 같다. 나와 제자인 박용규 군, 하경애 양과 함께 교수님을 모시고 화왕산을 올랐다. 화왕산을 오르는 길은 가파르고 숨이 턱에 찼으나 이런저런 이야기로 힘든 줄 모르고 올랐다.

화왕산에서 조씨 득성 비를 참배하고는 화왕산성에 올라 함께 사진을 찍었다. 마침 화왕산에는 우리들 밖에 없어 사진을 찍어 줄 사람이 없었다. 그래서 한 번은 하경애 양이 찍었고, 한 번은 박용규 군이 찍었다. 이렇게 찍은 두 장의 사진을 지금도 나는 내 사진첩에 고이 간직하고 있다. 내려오는 길에 화왕산 억새산장에서 도토리묵에 막걸리를 한 잔

맛있게 마셨다.

그 다음 학기인가? '고전문학강독' 이란 교수님의 수업을 들었다. 교수님께서는 그 시간에 고전의 서문序文과 발문跋文을 중심으로 강의를 하셨는데, 나는 그 강의를 무척 재미있게 들었다. 그 수업시간 중 하루, 교수님께서 이규보의 '백운소설白雲小說' 서문을 강의 하셨는데 "무릇 시詩란 뜻을 세움이 중심이 되고 말을 얽어매는 것은 나중의 일이다"라는 내용이었다. 그 말은 시를 쓰는 내게 큰 깨달음을 주는 말이었다. 나는 한 깨달음을 얻었다. 그로부터 내 시창작의 방법이 바뀌었고, 시를 대하는 태도가 달라졌다. 어느 선승禪僧은 대나무 밭에 깨어진 기왓장 던지는 소리에 깨달음을 얻었다든가? 그 수업은 나에게는 중요한 변화의 한 전환점이 되었다. 나는 지금도 그 때 수업내용을 기록한 노트를 가지고 있다.

나는 늘 시간이 나면 교수님의 연구실을 찾았고, 교수님께서는 늘 반겨 맞아주셨다. 이렇게 시간이 흘러 금세 4학년이 되었다. 나는 대학 4학년에 내가 바라던 신춘문예에 당선하여 시인詩人이 되었다. 그리고 나는 졸업을 하고 선생이 되어 고등학생들을 가르치게 되었다.

그리고 한참 세월이 흘러 내가 세 번째 시집『서른 살의 박봉 씨』를 내고는 서울로 자리를 옮긴 교수님께 보내드렸다. 교수님께서는 SNS에「배추쌈」이라는 시를 소개하시며 "아! 성선경 시인도 천상 촌놈이었구나" 하고 감탄하시고 크게 격려를 해 주셨다.

오늘 점심은 아버지에 대한 묵념부터다
한 철의 자린 땀내를 헹구어 내시며
어머니는 싱싱한 배추 한 포기로 긍휼히
우리들의 한 끼 양식을 빛내주시지만
고린내 나는 된장을 한 숟갈 퍼질러
시퍼런 배춧잎을 입대로 뭉쳐 넣으면
한 입 가득 우물거리면 아 보인다
아버지의 풍작과 흉년의 한 해
잠시 허리띠를 푸는 하오의 햇살에
질긴 섬유질들이 힘줄을 튕기고 일어나
각질을 뚝뚝 분지르며 소리 지르는 아버지의
잘못 푼 답안 같은 민둥산의 생애가
쉬 말은 찬밥을 한 그릇 더 비운 후에도
이빨 사이 사이에 끈끈이로 남는다
속살을 헤집어 권하시는 어머니의
눅눅한 눈치를 살피며 숟갈을 놓으며
아버지 감사히 먹었습니다
감사히 먹었습니다 입가에 발린
밥풀들을 뜯어 목구멍으로 쓸어 넣으면
겉배 부른 트림을 토해놓으면
위 안 가득 고이는 침몰의 바다
시퍼런 배추쌈의 점심을 마치면
정말 오늘부터는 아버지에 대한 묵념까지다.
　　　　　　　　　　　　　　　-배추쌈(전문)

그리고 또 얼마간 세월이 흘러 마침 서울 나들이를 할 기회가 생겼다. 교수님께 전화를 드렸더니 집으로 오라고 하셔서 교수님 댁을 방문하게 되었다. 그 때 교수님은 상도동에 사셨다. 주소를 보고 한참을 헤맨 끝에 교수님 댁을 찾았다. 교수님께서는 손수 담그신 더덕주를 권하며 덕담을 주셨다. 나는 한나절을 교수님댁에 머문 후 교수님과 동산 하나를 걸어서 넘어 숭실대 앞에서 헤어졌다. 그 때가 아마 겨울방학 기간이었나 보다. 산에는 눈이 하얗게 쌓여 있었다.

그리고 또 얼마간 세월이 흘러 내가 『봄, 풋가지 行』이라는 시집을 내어 교수님께 보내드렸다. 교수님께서는 또다시 SNS에 「오십」이라는 시를 소개하셨다. 그리고 "제자 덕분에 오십이라는 나이를 다시 생각하게 되었다." 하시며 크게 칭찬을 주셨다.

나이를 먹는다는 것은 둥글어진다는 것
늙음이 넓음으로 이어지지 않아도
온몸을 둥글게 둥글게 만다는 뜻
햇살이 잘 닦은 숟가락같이 빛나는 정오는
이제 절반을 지났다는 뜻도 되지만
아직 절반이 남았다는 말도 되지
나는 방금 전 오전이었고
나는 지금 금방 오후에 닿았지
어제의 꽃은 씨방을 키우는 중이고
어제의 나무는 막 붉게 물드는 중이지

천명天命을 안다는 지천명
아주 둥글어진 해
늙는다는 것은 둥글어진다는 뜻
오후가 나의 넉넉함과 이어지지 않아도
온몸을 둥글게 둥글게 만다는 뜻
햇살이 기울어 그림자가 동쪽으로 서는 시간
이제 절반을 지났다는 뜻도 되지만
아직 절반이 남았다는 말도 되지
씨방 속에 또 싹이 나고
단풍 속에 물관이 선명하지
나는 방금 전 오전이었고
나는 지금 금방 오후에 닿았지

-오십(전문)

　나는 몇 년 전에 명예퇴직을 하였다. 교수님께서도 이제 정년을 맞이하셨다니 감회가 새롭다. 나는 늘 교수님을 생각할 때마다 '나에게는 아주 좋은 선생님이 계시고 선생님은 아랫목에 따뜻한 밥 한 그릇을 묻어놓으시고 늘 나를 기다리고 계신다.' 하고 생각한다.

　스승의 날이 며칠 남지 않았다. 나는 지금도 스승의 날이 되면 몇 분의 스승님께 안부 전화를 드리곤 한다. 내 초등학교 담임선생님부터 대학 선생님까지 몇 분의 스승님께 안부 전화를 한다. 나는 그때마다 조규익 교수님께 안부 전화를 드려 왔다. 아마 앞으로도 계속 그럴 것이다.

　어려웠고 그리운 그리고 힘들었던 시간들을 이렇게 한 줄의 글로 무심히 정리한다는 게 무리인 것 같기도 하고, 허튼 짓이리는 생각이 들기도 한다. 하지만 이렇게라도 얼기설기 엮어놓으면 좋은 기억이 어찌 좀 오래 계속될 것 같기도 하여 몇 자 적어본다. 교수님께 누가 되지 않았으면 좋겠다. "늘 다정다감하셨던 교수님 감사합니다. 교수님! 오래오래 건강하시기 바랍니다." ♣

화왕산에서. 왼쪽부터 제자 성선경, 백규 교수님, 제자 박용규

왼쪽부터 제자 성선경, 하경애, 백규 교수님

궁중정재 복원의 실현을 가능케 한
조규익 교수님의 혜안

손선숙(사단법인 한국문학과예술연구소 수석연구원)

우연을 빙자한 필연적 만남

조규익 교수님과의 첫 인연은 1998년 봄으로 기억된다.

1990년 초 부터 이흥구 선생님께 정재의 이론과 실기를
공부해 오던 터에 지금 추어지는 정재의 춤사위 및 춤 내용
들은 과연 문헌의 어떤 내용의 실제를 추고 있는지 늘 궁금
해오던 터에 나는 정재 악장인 창사唱詞에 관심을 두었다.

당시까지만 해도 무용학과에는 박사과정이 개설되어 있
지 않은 상태였다. 당시에는 어느 곳이든 대학원 박사과정에
진학하여 창사를 연구하고 분석하는 일이 내겐 절실하였다.
그래서 한문에 문외한이었지만, 무용학과 박사과정이 아닌

국문학과나 한문학과로 진학하고자 하는 정말 터무니없는 생각을 가지고 있었다. 어차피 무용학과 아닌 체육학과에서 박사학위를 받는 과정도 나에게는 힘든 과정이라 생각하였고, 차라리 같은 고생을 하더라도 뭔가 나에게 현실적으로 도움이 되는 길을 택하고자 마음먹었기 때문이었다.

그래서 무용과 보다는 정재악장呈才樂章으로 학위를 밟기로 결정한 뒤 겁도 없이 숭실대학교 국문학과 사무실로 무작정 찾아간 것이다. "어느 교수님이 고전시가를 전공하시냐"고 문의했더니, 당시 조교가 조규익 교수님이 계신다고 하였다. 곧장 연구동으로 찾아가 인사를 드렸고, 정재악장과 정재와의 연관성에 관심 있고 이의 연관성을 창사에서 찾아보고 싶다는 포부를 밝혔다. 정말 말도 안 되는 나의 이야기를 조용히 경청하시던 교수님께서는 미소를 지으시더니, "정재는 가·무·악이 함께 풀어가야 하는데, 지금껏 학자들이 자신의 분야에 매몰되어 온 것은 큰 문제"라고 말씀하셨다. 그 자리에서 바로 입학 추천서를 작성하고 곧장 학과장님 최종 사인도 받게 해 주셨다. 처음 뵌 날 그 자리에서 과감한 결정을 하신 교수님의 결단에 나는 놀라움을 금치 못하였고, 순간 '내가 너무 의욕만 앞세운 것이 아닌가?' 라는 걱정도 은근히 들었지만, 일단 붙고 보자는 생각에 일을 저지르고 만 것이었다.

그러나 이 길이 나의 길이 아니었던지 정재 창사를 공부하고자 하는 나의 결의는 결국 무산되었고, 5년이 지난 후 다행히 단국대학교 무용과에서 박사학위과정을 밟아 2007년 "궁중정재 교육방법 연구"로 학위를 받았다. 지금에 생각 해 보면 정말 무모한 생각이 아닐 수 없었지만, 당시 나에게는 절박함이 있었다. 정재의 실체를 찾아가는 긴 여정이라고나 할까. 막연함에서 시작했으나, 지금은 어느 정도 그 실체를 모색하는 과정을 밟아가는 나 자신을 발견하고, 스스로 깜짝 놀라기도 한다.

궁중정재 영역확산을 위한 노력들(Ⅰ)

2006년 조규익 교수님에 의해 '한국전통문예연구소(한국문예연구소→한국문학과예술연구소→사단법인 한국문학과예술연구소로 순차 개명)'가 출범하고 궁중정재연구실이 처음 마련되었다. 예술적 기반이 마련되지 못하고 불모지나 다름없었던 숭실대학교에서 나는 궁중정재의 활동 방향을 제대로 잡지 못한 상태에서 당시 내가 할 수 있었던 것은 궁중정재의 이론연구가 전부였다. 그러던 2007년 조규익 교수님께서는 연구소 주최로 "서울특별시교육청 지정 초·중등교사 특수분야: '한국의 궁중무용' 연수교육"을 실시할 수 있는 기회와 자리를 마련해 주셨다. 2년에 걸쳐 교육을 하였지만, 준비가 충분하지 못했던 까닭에 고작 무용학과 과정의 전공 수업으로 진행하는 수밖에 없었다. 이 과정을 통해 궁중정재의 사회교육의 필요성을 깨달으면서, 효과적인 교육방법론을 모색하기 시작했다. 연구소에서 시작한 이 과정이 지금은 국립무형유산원의 '국가지정무형문화재 전승사회교육'으로 확대, 실시하는 과정을 밟고 있다.

궁중정재 영역확산을 위한 노력들(Ⅱ)

2007년 단국대학교에서 "궁중정재 교육방법 연구"로 무용학 박사학위를 받은 이후, 『궁중정재 교육방법론』을 학술총서로 출간하는 기회를 주신 계기로 무용 분야에서의 궁중정재 연구가 본격화되었다고 해도 과언이 아니다. 궁중정재의 이론과 복원 공연 2가지 관점으로 활동하는데 든든한 버팀목이 되어주셨고, 앞서 궁중정재의 전승 및 사회교육 방법론을 모색하기 위해 여러 다양한 공연활동을 "궁정예술의 정통성 회복 및 무대예술화 Project"라는 타이틀을 내세워 시도하였다. 어쩌면 이러한 활동이 기존의 이론적 토대 없이 개인의 기량을 뽐내는 공연활동에서 새로운 정재공연의 방법론을 제안하는 계기를 마련하였고, 무엇보다도 연구소를 통한 학술적 공연이라는 새로운 공연 방향을 일으켰다.

▷ 궁정예술의 정통성 회복 및 무대예술화 Project

2010년 '앵鴬' 발표(중요무형문화재전수회관 풍류극장)
2010년 '좌우일불일전이무춤 3인무' 발표(중요무형문화
　　　재전수회관 풍류극장)
2011년 '포구락 포구희의 좌우무춤' 발표(우리소리극장)
2011년 '노래박물관-고려 및 조선 노래' 안무 (국립국악
　　　원 우면당)
2012년 '해설이 있는 세종의 음악세계: 세종대왕의 신악'
　　　봉래의 여민락 복원 (한국학중앙연구원 대강당)
2013년 '포구락 포구희의 독무춤' 발표(중요무형문화재전
　　　수회관 풍류극장)
2014년 '〈봉래의〉 전인자·후인자춤' 복원 (중요무형문
　　　화재전수회관 풍류극장)
2017년 '봉래의 독무춤' 발표(중요무형문화재전수회관 풍
　　　류극장)
2018년 '봉래의 여민락의 2인무'·'연화대 동기 독무춤'
　　　발표(중요무형문화재전수회관 풍류극장)

2010년　　　　　2011년　　　　　2011년

| 2012년 | 2013년 | 2014년 |
| 2016년 | 2017년 | 2018년 |

궁중정재 가무악 융합 복원의 실제를 가능케 한 작업들

2009년 늦은 봄에 한통의 전화를 받았다. 문숙희 박사에게서 걸려온 전화였다. 『악학궤범』에 기록된 조선전기의 봉래의鳳來儀를 복원하는데 무용 복원을 맡아달라는 것이었고, 나는 흔쾌히 허락하였다. 2008년 한국무용사학회에서 처음 처용무 정재복원의 기초연구를 경험한 것에서 발전하여 본 연구소를 통해 봉래의 복원연구를 해오면서 고악보의 해석 차이로 인하여 나는 새로운 경험을 하였다.

무용예술계에 궁중정재라는 새로운 연구 영역의 뿌리를 내리게 한 첫 시점이 한국무용사학회였다면, 궁중정재의 가·무·악 융합연구에 의한 복원공연의 시작이 본격화되고 생장의 시기로 들어선 것은 지금의 한국문학과예술연구소이다. 무엇보다도 기존 학계에서는 대부분 일회성으로 그치는 것이 일반적인데, 본 연구소에서는 2011년부터 지금까지 지속되고 있는 점에서는 유일하다 하겠다. 중요한 것은 문헌 고증연구를 토대로 한 궁중정재의 복원공연을 하였다는 점이 본 연구소가 유일하다 하겠다.

결국 무용학계에서도 시도하지 못하던 일들을 숭실대학교 국어국문학과 교수님의 혜안으로 궁중정재 연구의 시작과 그 결과물[복원공연·저서]이 본격적으로 발표되기 시작한 것이다.

2008년	'『악학궤범』 봉황음 중기의 처용무' 복원 (국립민속박물관)
2013년	'봉래의, 세종의 꿈 봉황의 춤사위 타고 하늘로 오르다' 봉래의 복원 (국립국악원우면당)
2015년	『세종대왕의 봉래의, 그 복원과 해석』
2018년	'동동, 시간이 흘러도 변함없는 사랑의 염원이여!' 동동 복원(무형문화재전수회관풍류극장)
2019년	『동동動動 궁중 융합무대예술, 그 본질과 아름다움』
2020년	'보허자-조선전기 성종대 학무' 복원 (중요무

형문화재전수회관 풍류극장)

2020년   『보허자, 궁중융합예술, 그 본질과 아름다움』

2022년   '조선전기 성종대 무고舞鼓' 복원 (중요무형문
화재전수회관 풍류극장)

2022년   『무고舞鼓, 궁중 융합무대예술, 그 본질과 아름
다움』

지금 돌이켜 생각해보면 교수님은 늘 말없이 궁중정재연구팀의 의견을 들어주셨고, 항상 그 길을 걸어 갈 수 있도록 문을 열어주셨다. 무용예술계에서는 서로 눈치 보느라 서로 질투하느라, 아니 평가에 대한 두려움에 감히 시도하려 하지 않았던 일을 오히려 격려하고 묵묵하게 지켜봐 주시면서 부족한 문학적 소양을 채워주셨다. 무엇보다도 무용학계에 '궁중정재의 고증 연구를 통한 복원공연'이란 한 획을 그은 곳은 무용학과가 아닌 이 곳 한국문학과예술연구소에서이다.

2013년
봉래의 복원

2018년
이박 복원

2020년
학무 복원

2022년
무고 복원

2015년

2019년

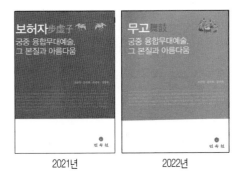

2021년

2022년

　지금의 나와 궁중정재가 이 자리에 있게 된 것은 모두 교수님과의 첫 인연으로부터 시작되었다. '인연이란 참으로 이렇게 실타래처럼 얽히고 설키면서 뒹굴뒹굴 굴러가면서 이어지는 것인가?' 라는 생각을 하게 된다. 한국문학과예술연구소를 통해 고악보 복원 전문가인 문숙희 박사님과의 인연도 가능하였고, 이러한 인연으로 이렇게 소중한 작업을 하게 된 것을 나는 무한한 영광으로 생각한다. '그때 교수님의 과감한 결단이 없었더라면, 앞을 내다보는 혜안이 없었더라면 지금의 내가 있었을까? 그리고 지금의 궁중정재 복원이 가능하였을까?' 라는 생각이 든다.

연구 영역의 담장을 허문 과감함 결단력과 미래를 바라보는 깊은 혜안을 가진 조규익 교수님과의 인연을 소중하게 생각하면서, 앞으로 연구소를 더욱 더 발전시켜 그 명맥을 면면히 이어가게 하는 것만이 보답하는 길이라 생각한다.

교수님 감사합니다.

교수님과의 인연을 필연이라 생각하며··· ♣

도피안사到彼岸寺의 추억

김인섭(숭실대 인문대학 예술창작학부 문예창작전공 교수)

조규익 교수님께서 부임하신 지 얼마 되지 않은 시절, 1980년대 후반의 일로 기억된다. 당시 필자는 석사과정을 마치고 '한국민족문화대백과사전' 편찬 업무에 종사하면서 박사과정을 이수하던 시절이었다. 작고하신 고 소재영 교수님, 고 권영진 교수님을 비롯하여 국문학과 여러 교수님들과 몇몇 대학원생이 함께 당시 민통선 안에 위치한 도피안사라는 절에 답사를 겸한 나들이를 한 적이 있다. 가족들도 동반하였는데, 조규익 교수님의 사모님과 두 어린 아드님도 함께한 모임이었다.

당시로서는 민통선 출입을 위해서는 꽤나 복잡한 절차가 필요했는데, 내가 근무하던 연구원 선배 동료의 도움으로 주지 스님을 소개받아 도피안사를 방문할 수 있었다. 일반인들의 방문이 드문 도피안사에는 국보급 철조불좌상이 소장되어 있었다고도 하며, 6.25전쟁의 여러 흔적들도 남아 있었다. 경내도 둘러보고, 주변 경관을 즐기며 준비해간 음식으로 점심 식사를 한 뒤 휴식을 하고 있을 때, 조규익 교수님께서 함께 참석한 가족들을 소개하시면서, 아드님들에게 노래를 시키셨다. 여러 선생님들에게 씩씩하고 멋지게 노래 한 번 들려드리라는 것이었다.

그렇게 요청하시는 교수님의 어조가 매우 부드러우면서도 단호하셨던 것이 지금도 기억에 남아 있다. 교수님의 목소리는 엄격하시면서도 자애로우셨다. 철두철미하셨던 학자의 엄정嚴正한 자세와 자식을 아끼고 사랑하는 아버지의 마음을 동시에 느낄 수 있었다.

아버지의 요청이 있자, 형이 조금도 망설이지 않고 그 자리에서 벌떡 일어나, 민통선 안의 군인처럼 정말 씩씩하게 노래를 불렀다. 무슨 노래였는지는 기억나지 않지만 한 어린아이가 대중가요 한 곡을 고요한 숲속에서 낭랑琅琅하게 메아리친 기억은 지금도 선명하다. 30년도 훨씬 지난 지금 다시 생각해보니, 그때 새까만 눈을 반짝이며 얼굴에 땀방울이 송송한 채 옥구슬이 부딪치는 듯한 소리로 어른들의 박수갈

채를 받은 어린 아이가, 지금의 조경현 뉴욕대 교수이다.

나는 그 이후로 조경현 교수를 만나 본 적이 없다. 어느덧 정년을 앞둔 조규익 교수님의 오래 전 아드님으로 기억해낸 것이 전부다. 그 아들이 세계적 석학으로 자라난 시간을 조규익 교수님과 함께 같은 교정에서 보낸 셈이다. 어떻게 그렇게 훌륭한 아들을 키워내셨을까? 아니 어떻게 그렇게 탁월한 학자로 성장하였을까? 연구에 엄격하면서도 자식에게 자애로우신 학자 아버지의 마음을 배웠으리라. 교수님께서 교정을 떠나시면 엄격하면서도 자애로운 미소가 오래오래 기억날 것 같다. 30여 년 전 조경현 어린이와 함께... ♣

백규白圭 선생님의 정년에 부쳐

김유경(연세대 강사)

선생님을 처음 만난 것은 선생님의 석사논문을 통해서였다. 조선 후기 시가의 추동력에 관심을 갖고 있었기에 선생님의 석사논문 「장시조에 나타난 미의식 연구」가 바로 내 공부의 첫 단추가 되었다. 두 차례에 걸쳐 발표하신 「단시조·장시조·가사의 일원적 질서 모색」도 나의 고민을 더 깊고 넓고 넓게 만들었다.

선생님께서는 시조, 시조문학으로 불리던 갈래 명칭을 근본적으로 고찰하셨다. 후기의 변화가 만들어낸 시조(창), 시절가조의 노래와 노랫말이 있기 전부터 있어 온 가곡창에 주목하여 가집들에 실려 전하는 이 노랫말들을 가곡창歌曲唱의 노랫말을 뜻하는 가곡창사歌曲唱詞라고 명명하셨다. 선생님의 견해에 동조하여 따르는 연구자, 교수자들이 많았다. 선생님의 이 연구는 학계의 인정을 받아『가곡창사의 국문학적 본질』로 큰 상을 받으셨다.

선생님께서는 곧바로 연구 영역을 조선 초기 악장 문학으로 확대하셨다. 선생님의 관심은 사설시조, 시조 전반, 조선 전기 한문, 한글 악장, 고려속요, 가사 등 고전 시가 영역의 테두리 안에 머물지 않았다. 중국으로 이동한 유·이민의 문학에도 관심을 가지셨고, 이어 미국으로 이동한 유·이민의 문학도 갈무리셨다. 선생님께서는 한문 악장에 이어 한문으로 기록된 중국 사행 기록 및 일본 사행 기록에도 관심을 가지셨다. 선생님께서 갈무리신 연행록 연구 선집은 연구자들에게 긴요한 디딤돌이 되었다.

선생님은 후배들에게 존경의 대상이면서 동시에 부러움의 대상이기도 하였다. 무척 일찍 전임이 되신 것만으로도 부러움의 대상인데, 연구의 고삐를 늦추지 않고 언제나 심도 깊은 논문과 저서를 발표하시니 많은 이들이 선생님을 부러워한다.

선생님께서는 전임만 일찍 되신 것이 아니라 손녀도 일찍 보셨다. 언젠가 선생님의 SNS를 보고 바탕 사진이 온통 손녀

사진으로 도배가 되어 있어 선생님의 연구자 외의 다른 면 - 손녀 바보의 모습 - 을 알았다. 지금은 이 손녀가 꽤 컸을 것이다. 게다가 작년에는 선생님의 미국에 계시는 아드님 - 인공지능 분야에서 세계적으로 손꼽히는 - 이 국내 두 대학에 어머니와 아버지의 이름으로 각각 장학기금을 기탁하였으니, 선생님은 참 복이 많으시다.

이제 선생님이 정년을 맞으신다니 매우 놀랍다. 언제나 힘차게 연구의 폭과 깊이를 넓히고 깊이실 줄로만 알았지, 시간이 이렇게 흘러 선생님의 교수 생활에 하나의 마디가 맺어질 것은 생각지 못했기 때문이다.

하지만 선생님께서는 상도동의 연구실을 떠나실 뿐이지 연구는 꾸준히 이어갈 것이다. 언젠가 선생님 연구실로 찾아 뵈었을 때 선생님께서 마라톤을 즐기신다는 것을 알았다. 일찍 시작하신 선생님의 학술 여정이 마라톤처럼 길게 이어질 것으로 나는 생각한다. 그리고 선생님의 정년 이후의 새로운 여정이 시작되는 것을 축하한다. 그리고 그 여정이 멋지고 활기찬 길이 되기를 기대한다. ♣

아리랑 연구의 추억

조용호(비메모리반도체그룹 한국지사장)

컴퓨터 암호학을 전공하고 정보통신분야 해외사업본부장으로 일하던 나는 2002년 8월, 아주 우연한 기회에 아리랑을 해독하게 되었다. 해독이라는 표현이 좀 이상하게 들릴 수도 있겠지만 아리랑은 일반에 알려진 바와 같은 단순한 민요가 아니었다. 중세 중국어와 고려어로 조합되어 만들어진 고도한 암호문 향찰이었다. 그러한 문장을 하룻밤 만에 해독하게 되었는데, 관련 내용은 책으로 출판되어 매스컴 등을 통해 사회적인 반향을 얻기도 하였다.

다시 몇 년의 연구를 거치며 하나의 문장이 동시에 다섯 개로 변환되는 다중 의미 암호문인 것을 알게 되었다. 비록 정식 연구자가 아닌 한 사람의 단순한 직장인으로서 나날이 바쁜 시간이었지만, 그래도 일과 후에는 하루도 빠짐없이 매일 마다 아리랑에 대한 자료를 찾고, 생각하고, 어제보다 나아진 자료로 다듬고 하는 일상이 계속되었다. 그러는 가운데 또 한 권의 책 『아리랑의 비밀話원』(2007년)이 출판되었고, 연구한 내용이 세부적으로 알려지면서 각종 인터넷 매체나 방송 등에서 보도되고, 일정한 명성도 얻게 되었다.

그러던 어느 날 백규 선생님을 만나 뵙게 되었다. 한국 고전문학의 저명한 학자이시면서 온화한 모습의 교수님은 그동안 내가 연구한 내용에 대해 들으시고는, 지금까지의 아리랑 연구가 힘든 길이었지만 완성을 위해 더욱 힘들고 고통스러운 학술 세계로 입문할 것을 권유해 주셨다. 학술적 반골정신反骨精神과 무사수행武士修行의 장도에 대해서도 말씀하셨다. 연구한 내용 중에 훌륭한 것이 많은데 좀 더 강조해서 가치를 인정받으라는 조언도 함께 하셨다.

그때와 비교해 볼 때, 관련 학계의 아리랑 인식은 지금도 크게 바뀐 게 없다. 예를 들어 아리랑이라는 형태의 노래는 19세기 근대에 비로소 나타난 것이며, 특히 아리랑 노래는 1926년에 상영된 영화 '아리랑'에서 처음 만들어진 것이고, 학술적으로는 본조아리랑이라고 불러야 하며, 진도 밀양 정선 등지의 지역 아리랑은 영화의 유행으로 말미암아 새롭게 만들어진 신민요라는 관점이다. 또한 아리랑이라는 구절은 여러 종류의 아리랑설에 나타나는 바와 같이 특별한 뜻이 없는 후렴구라는 것이다.

나의 연구는 기존의 내용과 고정 관념에 이의를 제기하는 것으로, 아리랑은 뜻 없는 후렴구가 아니며 발생 시기는 근대가 아니라 여말선초에 만들어진 중세 향찰의 암호문이라는 것이다. 백규 선생님께서는 이러한 나의 연구를 학술적 반골정신이라며 환영하셨고, 끝까지 완성해 보라고 격려해 주셨다. 기존의 편견을 물리치려면 반골정신으로 처절하게 무장하여 연구하고, 학술적 체계를 완성해야 한다는 말씀을 하셨다.

어떻게 해야 하나? 만나 뵙고 좋은 말씀은 들었지만 회사 일이 바빠 엄두를 못 내던 나날 속에서 잊어버리게 되었고, 또다시 세월이 흘렀다. 그러던 중, 피하지 못할 운명 같은 순간이 찾아와 다시 연락을 받게 되고, 박사과정에 응시하여 합격하고 고전문학 공부를 시작하게 되었다.

그런데 대학원 학번을 받았는데 놀랍게도, 천만일 번, 10000001이었다. 컴퓨터를 전공한 전자맨 학도에게 있어 가장 멋진 디지털 숫자 조합이 내 학번이 된 것이다. 이것은 또 무슨 하늘의 뜻일까? 주위의 학우들은 자신의 학번은 못 외워도 내 학번은 외운다고 하면서 부러워하기도 하였다. 예사롭지 않은 일이다.

학교생활 속에서는 실로 다양한 공부를 하게 되었다. 전공 도서의 많은 분량을 A4지 1매로 요약하기, 중국어 원어 사전 130여 종류를 다 읽고 이해하여 고어 단어에 대한 지식을 확대하며, 다양한 종류의 고전문학에 대하여 광활하게 섭렵하기, 중국문학에 대하여 개별적으로 또 통합적으로 이해하고, 중국 노래 천여 곡을 통해 시가문학과의 연계성 이해하기, 『홍무정운』, 『중원음운』 등 중국어 음운 연구, 근대일본어로 쓰여진 다양한 자료 등에 대하여 집중적으로 하였다. 진행사항에 대해서는 종종 말씀드리기도 하였는데, 발전하는 모습에 대하여 반가워하셨다.

그러한 과정을 통해 학술적 체계가 갖춰지자 이번에는 두 차례에 걸쳐 아리랑 국제 학술대회를 개최하게 되었다. 준비 과정에서는 아리랑 학회라는 명칭을 최초로 사용하기도 하였다. 국제학술대회를 연속으로 개최하는 일은 어떤 기관에서도 없었던 일이었는데, 대학의 위상과 아리랑의 가치를 한층 높인 것이라 할 수 있다. 발표자들은 국내는 물론 일본 중국 등에서 참석하였고, 매스컴에 보도되었다. 그간 내가 진행하여 온 아리랑 연구에 대한 성과도 알리는 기회가 되었으며, 국제학술대회는 성공적으로 잘 마무리되었다.

그 다음은 본격적으로 무사 수행의 길을 떠나는 것이었다. 다양한 학회에 참가하여 논문을 발표하고, 질문을 받으면 철저하게 수비하여 대답하고, 이기고 살아서 돌아오라는 주문을 하셨다. 나는 고독한 한 마리 황야의 늑대, 무사 수행의 검객이 되어 세 개의 칼을 차고 전국을 순회하게 되었다.

그러는 사이 2년이 지나 학습과정을 마치게 되고, 나머지

6개월 동안 박사학위논문을 완성하게 되었다. 논문에서는 아리랑이 중세 중국어와 고려어로 구성되는 특수 향찰이라는 점을 밝히고, 하나의 문장이 동시에 다섯 개의 형태로 변형되는 다중의시로서의 아리랑 원형을 제시하게 되었다. 비로소 아리랑 연구사의 선행기록에 나오는 아리랑의 뜻은 신성한 아가씨이며, 신성염곡의 특성이 있고, 조선 초기에 나온 정치적 방임주의, 가극에서 부르는 노래, 애조를 띄며, 충신불사이군이면서 동시에 남녀상열지사를 표현하고, 아리랑 고개라는 구절이 새롭게 만들어지면서 비밀결사의 노래가 되었고, 다양한 생활의 만화경이 담겨 있으며, 전국적으로 산재하고, 본질적인 내용은 물을 건너는 노래이며, 한의 정서를 표현하는 등 모든 특성을 고증하게 되었다.

지난 세월 아리랑 연구에 몸 바친 20여 년을 돌아보매, 가슴 찢어지게 아프고 눈물 어린 기억이 가득하지만, 그래도 백규 선생님과의 아름다운 인연을 통해 아리랑은 학술적 체계를 굳건하게 갖추게 되었고 아름다운 마무리를 할 수 있게 되었다. 이제 거대한 물결에 배를 띄우고 천하를 소요할 수 있게 되었다. 깊이 감사드린다. ♣

인연

조미원(경남대 영어교육과 교수)

　작년 여름 어느 토요일 이른 아침, 베란다 창문을 열려고 거실로 걸어가던 중 테이블 위에 놓인 조간신문이 우연히 내 눈에 들어왔다. 나는 걸음을 멈추고 잉크 냄새가 채 가시지도 않은 신문을 한 장 한 장 넘기면서 헤드라인만 대충대충 읽어 내려가기 시작했다. 그러던 중 <사회란> '아무튼 주말' 이라는 코너의 "넥타이도 못 매는 이 남자... 'AI 혁명' 최전선에 서다"라는 대문짝만한 제목이 내 시선을 사로잡았다. 뭔가 읽을 만한 거리가 있을 것 같다는 구미가 당겨 다음 쪽을 넘겨보니 "'경현이 엄마'로 산 어머니 향한 헌사" 라는 또 하나의 제목이 나의 호기심을 간질였다. "이 청년, 참 바르게 성장했구나." 라는 생각이 들면서 그의 연구 여정과 함께 훌륭한 자녀를 둔 부모님이 궁금해지기 시작했다. 나는 마치 대단한 질문의 답이라도 찾으려는 듯, 두 면에 걸친 긴 기사를 한 줄 한 줄 읽어 내려갔다.

그런데 그 기사를 읽어내려 갔을 때의 설렘과 흥분은 지금도 생생하다. 왜냐하면 그의 이야기는 평소에 내가 꿈꾸어 왔던 아니 지금도 여전히 꿈꾸고 있는 이야기와 많이 닮아 있었기 때문이다. 최첨단 AI 전문가로 천재 공학자인 그가 인문학의 중요성을 역설하고, 상금은 타는 족족 기부하며, 뉴욕대 종신교수가 된 지금의 자신을 '우연'과 '운'이 참 많이 작용한 덕분이라는 겸손함까지 갖추고 있으니 듣기만 해도 맑고 밝은 기운이 내게까지 고스란히 전달되었기 때문이다.

나는 이렇게 훌륭한 자녀를 둔 그의 부모님이 더욱 궁금해졌다. 한참을 계속 읽어 내려가던 중 그의 부모님이 바로 조규익 교수님 부부인 것을 알게 되었다. 그 때의 놀란 마음은 아직도 말로 표현하기가 어렵다. 내가 아는 교수님 부부가 이 청년의 부모란 사실도 놀라웠고, 그 아침에 평소에는 잘 보지도 않던 종이신문이 내 눈에 쏙 들어온 우연도 놀라웠다. 참새 한마리가 떨어지는 데도 신의 섭리가 있다 했거늘, 이 귀한 소식을 놓치지 않은 것 또한 분명 신의 뜻이었다고 지금도 그렇게 여기고 있다.

그 해 가을 나는 남편과 동행하여 퇴임 후 교수님의 새 삶의 터전이 될 공주 무성산 백규서옥을 찾았다. 들어서는 입구 문패에서부터 "무성산 백규서옥 기억하기"라는 집의 탄생 이력을 적은 명판, 성지라 말씀하신 양지바른 쪽에 자리 잡은 선친의 안식처, 고전문학자의 귀한 고서로 가득한 2층 서재, 마당의 작은 연못, 약간은 서툰 농부의 냄새를 풍기는 텃밭, 반들반들 윤이 날만큼 예쁘게 기른 토끼, 오골계, 그리고 고양이들까지.

백규서옥은 말 그대로 사랑과 정성의 결정체였다. '사랑'과 '정성' 이것이 바로 교수님의 뼛속까지 스며있는 DNA이다. 학문을 대함에 있어서나 자연과 사람을 대함에 있어서나 교수님은 온 마음을 다하신다. 그 뿐이 아니다. 교수님의 유머와 위트 감각은 따라갈 사람이 어디 있을 까 싶을 정도다. 시대의 참 이야기꾼인 교수님이 끝도 없이 쏟아내시는 그 상상력의 진원지가 어딘지 아직도 실로 궁금하다. 진실인 듯 하면서도 아닌 듯 한 이야기와 웃음으로 백규서옥을 꽉 채웠던 그 가을밤을 떠올리면 나는 그저 기분이 좋아지기만 한다.

조규익 교수님과 나의 인연은 약 36년 전 겨울 "국어교육과 조규익 교수입니다." 라는 한 통의 전화를 받으면서 시작되었다. 지금도 그때를 생각하면 참 극적이었다는 생각을 지울 수 없다. 교수님 덕분에 나는 짝을 찾았기 때문이다. 당시 교수님은 경남대학교 사범대학 국어교육과에 재직하고 계셨다. 그런데 영어교육과 조교였던 내가 교수님의 소개로 남편을 만나게 되었으니 이 또한 보통 인연이 아닌 것은 분명하다.

올 여름 교수님이 정년퇴임을 맞이하신다 한다. 그러나 교수님이 교단을 떠나시는 것이 그리 아쉽지만은 않은 까닭은 더 높게 비상하실 교수님의 내재된 힘을 나는 믿기 때문이다. 부디 만년청년으로 우리의 길 위에서 스승으로 그리고 친구로 오래오래 함께 하시길 소원한다. ♣

<사철가[四節歌]>의 추억

성영애(한국연구재단 학술연구교수)

백규白圭 조규익曺圭益 선생님을 처음 알게 된 것은 1999년 석사를 막 졸업한 3월에 '안확安廓'을 공부할 때이다. 선생님의 안확에 관한 논문을 읽으면서 지면을 통해 처음 알게 되었다. 그 뒤 2004년 한중연에 입학하여 우연히 '온지溫知 서당'을 알게 되어 다니게 되었는데, 그때 선생님께서 '온지학회' 회장을 맡고 계셨다. 당시에도 아직 선생님을 대면하지는 못했다. 2007년 10월 청계동 하우현성당 근처 식당에서 일평一平 조남권趙南權 선생님의 팔순 잔치에서 선생님을 잠깐 대면하게 되었다. 이때 '온지서당' 악서樂書반 제자 중 세 명이 일평 선생님의 팔순 잔치에서 재롱을 피우기로 하여, 내가 맨 끝 순서가 되어 단가를 부르기로 하였다. 한 달 전부터 동영상을 열심히 보면서 준비했지만, 소리 전공자도 아니고 무대 체질도 아닌 나는 내빈 선생님들 앞에서 소리를 한다는 것이 굉장히 떨리는 일이었다. 덜덜 떨면서 <사철가[四節歌]>를 부르고 있는데, 식당 앞쪽에서 "오늘 이 자리랑 딱 맞는 내용이다"라고 조규익 선생님의 한마디가 나의 귓가를 스쳤다. 그때 선생님의 한마디 말에 용기를 갖고 긴 사계절의 단가를 무사히 마칠 수 있었고, 또 몇 분에게 칭찬받았던 기억이 난다. 이 추억은 선생님께 한 번도 꺼낸 적이 없는 얘기인데, 이 자리를 빌려 말씀드린다. 그때 <사철가>를 불렀던 이가 저라는 사실을 아시는지 모르겠다.

2012년 11월 조카 딸 미언의 혼사를 인연으로 내 이름 석자를 아시게 되었고, 그해 겨울 선생님께서 나에게 학위논문을 책으로 내지 않겠냐고 제안하셨다. 그러나 그때 나는 적극적으로 나서지 못했다. 왜냐하면 공부하는 사람들과의 관계에서 크게 마음을 다쳐 심적으로 아주 힘든 상태였기 때문이었다. 그렇게 3, 4년이 흘러 2016년 3월에 용기를 내어 선생님께 만나 뵙기를 청했다. 그리하여 4월에 드디어 선생님 연구실에서 독대하게 되었다. 독대한 그 자리에서 선생님은 학위논문을 연구소 총서로 출판하라 하시고, 연구소 가을학회에 발표까지 할 수 있게 하셨다. 또 연구소의 연구교수를 할 수 있는 소중한 기회까지 주시고 항상 감사한 마음뿐이다. 그 이후 나는 연구소의 일원이 되어 선생님을 모시고 선생님의 제자들과 함께 『조천일록朝天日錄』이라는 귀한 자료를 공부할 수 있게 기회를 주시고, 또 음악과 무용 전공 선생님과 함께 <동동動動>, <보허자步虛子> 등을 연구할 계기를 마련해 주셨다. 그 당시 여러 가지 일을 동시에 하느라 힘들었지만, 지금 와서 보니 이 또한 선생님께 받은 은혜로서 감사할 일이다.

선생님께서는 1987년 숭실대학교에 조교수로 부임한 이래 35년간을 근무하셨다. 그간 200여 건이 넘는 학술논문과 100여 건의 저·편·역서 등을 출판했고, 국제·국내학술회의 등에 참여하여 81건의 논문들을 발표했으며, 제2회 한국시조학술상[1994]·제15회 도남국문학상[1996]·제1회 성산학술상[1996] 등을 수상하셨다. 해군사관학교와 경남대학교 근무를 합치면 거의 40년간을 학문 연구에 몰두하셨다. 선생님과 아직 많은 좋은 일을 도모할 일이 남았는데, 벌써 정년퇴임이시라니! 좀 더 일찍 선생님을 만났더라면… 하는 후회가 밀려온다.

선생님께서는 논문 쓰다가 막히거나 주제와 목차를 어떻게 잡을지 모를 때면 항상 진정 어린 조언을 해 주시고, 때로는 주제에 대한 아이디어까지 기꺼이 내어 주신다. 거기에 무슨 대가를 바라신다든가 당신의 아이디어라고 말씀하신 적 없이, 그저 그 주제로 논문을 쓸 수 있게 묵묵히 기다리신다. 이러한 일은 아무나 할 수 있는 것은 아니다. 오직 백규 선생님만 할 수 있는 큰 장점이다. 선생님께서는 평생을 진정성 있는 학문을 연구하시면서 몸소 실천하는 모습을 보여주시고 보여주셨다. 누가 알아주던, 알아주지 않던 묵묵히 학문의 길을 걸어가시는 백규 선생님의 모습을 보면서, 나 또한 초심을 잃지 않고 학문의 창대한 세계로 나가야 한다는 겸허한 마음을 늘 가지려고 한다.

  백규 선생님! 정년퇴임을 진심으로 축하드립니다. 그러나, 선생님! 우리가 함께 도모해야 할 일은 아직 남아 있습니다!! ♣

백규 선생님의 정년을 축하드리며

한태문 (부산대 국어국문학과 교수)

햇밤에 실려 온 선생님의 근황

2021년 9월 30일 오후, 연구실로 택배 상자 하나가 전달되었다. 상자를 여는 순간, 공주의 특산물인 정안 햇밤 2봉지와 백규 선생님의 편지가 얼굴을 내밀었다. A4 용지 한 장을 가득 메운 편지에는 오래토록 『한국문학과 예술』 편집위원장을 맡아주어 감사하다는 말씀과 함께 2020년에 공주 근방의 시골로 이사해 사신다는 근황이 적혀 있었다. 더불어 내년이면 정년을 맞이한다는 믿기지 않는 소식도 함께.

나는 그동안 모교인 부산대학교에서 25년간 근무하면서 동료 교수들이 정년을 맞이하여 곁을 떠나는 것을 수없이 지켜보았다. 하지만 올해 내가 환갑을 맞이한 나이가 되었으면서도 정작 선생님이 정년을 맞이한다는 생각은 해보지 않았다. 내게 선생님은 늘 청년으로 각인되어 있었기 때문이다. 청년이 어디 생물학적인 용어에 한정되는 것이랴. 언제든지 자신의 의지를 불태우고 대단한 정열로 살아갈 수만 있다면 100세라도 청춘이고, 청년이 아닌가!

영원한 청춘, 영원한 청년인 선생님이 '정년停年'이란 제약 때문에 숭실의 뜨락에서 뵐 수 없다는 아쉬움은 보내주신 정안 햇밤으로 달랬다. 서울에서 학업을 마친 동료 교수에게도 선생님이 보내신 거라며 햇밤 한 봉지를 건넸다. 기왕이면 선생님의 따뜻한 정을 함께 나누고 싶어서였다. 물론 햇밤을 보내올 정도로 선생님과 친분이 대단함을 넌지시 과시하고픈 속내도 있었다. 내 의도는 적중했다. 후배 교수는 선생님이 보내주신 것이라는 말에 외마디 감탄사와 함께 눈을 크게 뜨며 놀라 어쩔 줄 몰라 했다. 그래서일까. 아내와 함께 맛본 정안 햇밤은 유난히 달고 맛있었다.

학위 논문 심사로 맺어진 인연

선생님과 나와의 인연은 2005년으로 거슬러 올라간다. 은사님들로 가득한 학과에서 학회 총무를 비롯해 온갖 잡무를 도맡아 하고 있던 당시, 선생님의 전화를 받았다. 제자가 통신사 문학을 주제로 박사학위 청구논문을 제출했으니 심사를 맡아달라는 내용이었다. 이제껏, 논문과 책, 방송에서만 뵈었을 뿐 단 한 번도 직접 뵌 적이 없던 분이라 얼떨결에 승낙하고 상경길에 올랐다.

 연구실의 문을 연 순간, 선생님은 너무도 환한 미소로 나를 맞아주셨다. 첫 인상은 대학 1학년생이던 아내를 처음 보았을 때처럼 정말 강렬했다. 특히 내 속내를 다 뚫어버릴 것 같은 영롱하면서도 예리한 눈빛은 지금도 잊을 수가 없다. 여태껏 살아오면서 그토록 강렬한 눈빛은 처음이었다. 그 눈빛 앞에서는 어떤 달콤한 거짓말이나 허세도 통하지 않을 것 같았다. 기세에 눌린 내 마음을 아는지 모르는지 선생님은 특유의 온화한 미소로 차를 끓여 내놓으셨다. 몇 마디 이야기를 나누다 보니 기차여행의 고단함과 긴장은 어느새 차향기 속에 스멀스멀 녹아버리고 말았다.

 「조선시대 대일사행문학 연구」라는 주제로 청구 논문을 제출한 정영문 선생의 발표가 있은 뒤 심사가 이루어졌다. 정영문 선생의 논문은 오랫동안 선생님의 지도를 받아서인지 흠결 없이 잘 짜여 있었다. 게다가 심사 도중 언뜻언뜻 내비치는 선생님의 제자 사랑은 시샘이 날 정도였다. 통신사의 문학에 관심을 가지고 거의 혼자 맨땅에 헤딩하는 심정으로 학위논문을 준비했던 나와는 비교가 되지 않았다. 우리 삶에서 존경할 수 있는 인생의 스승을 가지는 이상의 더 큰 행복이 있을까? 특히 우리가 몸담은 학문의 세계에서는 사제관계가 그 무엇보다 중요하다. 사제는 상하관계가 아니라 지향점이 같고 그 실현을 위해 함께 노력하는 최고의 파트너

라 할 수 있다. 제자의 자발적이고 탐구적인 자세와 스승의
자애가 한데 어우러져야만 최고의 성과를 낼 수 있다. 그런
점에서 존경하는 스승의 자애를 듬뿍 받아 훌륭한 결실까지
본 정영문 선생이 못내 부러웠다.

부산과 일본에서도 이어진 인연

선생님과의 인연은 부산에서도 이어졌다. 바로 2년 후인
2007년, 내가 지도하던 정훈식 선생이 「홍대용의 연행록 연
구」라는 주제로 박사학위 청구논문을 제출했기 때문이다.
여태까지 학위논문 심사위원은 부산과 경상도 지역의 교수
님들을 위촉하는 것이 관례였다. 당시 선생님은 연행사가 오
갔던 사행길을 답사하고 많은 글을 지상에 발표하고 계셨다.
나는 명색이 지도교수이지만 연행사 문학에 관한 공부가 깊
지 못했다. 꼭 신생님을 심시위원으로 모셔서 제자의 논문이
제대로 완성될 수 있기를 바랐다. 하지만, 내 욕심만으로 먼
걸음을 하시게 할 순 없었다. 며칠을 고민하다 선생님께 전
화로 조심스럽게 심사를 부탁드렸다. 흔쾌히 승낙하신 선생
님은 이른 아침에 댁을 나서야 하는 불편함을 감수하고 부산
으로 오셨다.

선생님이 논문 발표장에 나타나자 심사위원과 대학원생
들은 한결같이 깜짝 놀란 표정을 지었다. 내가 1995년에 제
출한 학위논문으로 '제5회 나손학술상' 수상자가 되었을 때,

부산대에 마련된 시상식장에 황패강·소재영·김태준 교수님이 등장하자 보였던 반응과 다를 바 없었다. 덕분에 나는 선생님과 같은 대가를 심사위원으로 모신 능력 있는 교수로 대접받았다. 2014년에도 역시 내가 지도하던 정은영 선생이 「조선후기 통신사행록의 글쓰기 방식과 일본담론 연구」라는 주제로 박사학위 청구논문을 제출했다. 처음 시도하는 게 어렵지 이미 선생님과 물꼬를 턴 터라, 조금의 망설임도 없이 또 심사를 부탁드렸다. 이번에도 선생님은 그야말로 빛의 속도로 흔쾌히 승낙하셨다.

선생님과의 인연은 2008년 여름, 이국땅인 일본에서도 이어졌다. 당시 부산에서는 사단법인 조선통신사사업회(회장 감남주)가 조선통신사 선양사업을 활발하게 펼쳐가고 있었다. 사업회는 조선통신사의 일본 노정을 3년 동안 3차례 나누어 답사한다는 계획을 세웠고, 사업회의 핵심 멤버였던 나는 제3차 답사 초청대상자로 선생님을 추천했다. 제3차 답사는 아라이新居에서 시작하여 시즈오카靜岡, 하코네箱根, 도쿄東京, 닛코日光에 이르는 노정이었다. 이 답사에는 선생님과 나뿐만 아니라, 제자인 정영문 선생과 정훈식 선생도 함께했다. 누가 보아도 아름다운 두 사제 간의 동행이었다. 선생님과 나는 답사의 체험을 나란히 『조선통신사 옛길을 따라서3』(한울, 2009)에 실었다. 제1장의 「세키쇼와 이마기레강의 고장, 아라이新居」(한태문), 제3장 「통신사들의 땀과 한숨이 서린 천하절경, 하코네箱根」(조규익)가 바로 그것이다.

새로운 시작을 축하드리며

20세기를 대표하는 역사학자 아놀드 토인비 박사(1889~1975)의 좌우명은 라틴어인 '라보레무스(Laboremus)'라고 한다. '자! 일을 계속하자'는 뜻이다. 이 말은 로마제국의 제20대 황제 셉티미우스 세베루스(Septimius Severus, 146~211)가 전쟁터의 병사들에게 마지막으로 외친 말이기도 하다. 브리타니아 원정길에 나선 세베루스 황제는 병사들이 뚜렷한 목표 의식을 가지게 날마다 그날의 표어를 제시하곤 했다. 전쟁 원정길에서 병으로 쓰러져 죽음을 앞둔 그가 평소와 다름없이 제시한 표어가 바로 '라보레무스'였다. 삶의 가장 마지막 순간에도 그는 자신의 일상에 충실했다. 거구의 토인비 박사 역시 세베루스 황제 못지않게 86세로 세상을 떠날 때까지 연구를 쉬지 않았다.

내가 보기에 선생님도 그들 못지않다. 이제껏 너무 열심히 학문에 매진하셨으니 그만 좀 쉬시라 말씀드려도 귀에 담을 분이 아니다. 비록 정년을 맞이하고 숭실의 뜨락을 떠난다고 해도 선생님의 일상은 크게 달라지지 않을 것이라 나는 확신한다. 사람은 하늘에서 부여받은 천성대로 살아가는 것이 최고의 행복이다. 그런 면에서 오히려 건강을 잘 유지하면서 평소 해오시던 것, 변함없이 잘 이어가시라고 말씀드리고 싶다.

선생님은 당신의 블로그인 '백규서옥'의 인사말에서 이룬 것이 없는 것이 부끄럽고, 살면서 주변과 세상 사람들에게 상처만 준 것이 후회된다고 적고 있다. 과연 그럴까. 선생님은 이룬 게 없다고 하시지만 너무도 많은 것을 이루어내신 분이다. 살면서 남에게 상처를 많이 주었다고 하시지만 정작 남에게 하염없이 많은 것을 내어주신 분이다. 무엇보다 참 제대로 된 삶을 사신 분이라 나는 감히 말하고 싶다. 선생님 지도 아래 수많은 제자가 학계에서 활발히 활약하고 있고, 아버지의 등을 보고 자란 조경현 교수가 세계적인 학자로 두각을 나타내고 있는 것이 그 증거가 아닐까.

선생님은 정안 햇밤과 함께 부쳐 온 편지에서 코로나가 풀리면 지인들을 초대해 막걸리 마시며 담소를 나누겠다고 약속하셨다. 만약 초대받는 이들 속에 끼는 영광이 주어진다면 나는 부산이 자랑하는 대한민국 민속주 1호 막걸리인 '금정산성 막걸리'를 들고 갈 생각이다. 선생님이 마련한 막걸리에 부산 막걸리를 섞어 '막걸리 화합 대환장 파티'를 벌이는 그날이 하루빨리 다가오기를 기대한다. ♣

영혼의 가장 맛있는 부분

노성미(경남대 국어교육과 교수)

우리는 살면서 수많은 만남과 헤어짐을 겪게 된다. 어떤 만남은 인식하지 못하는 사이에 우리 곁을 스치며 지나가고, 어떤 만남은 아주 오랫동안 영혼을 파고들어 내 삶의 일부가 되기도 한다. 그래서 나이가 늘수록 인연에 내해 생각하게 되고 누군가에게 더 소중한 인연이 되기 위해 진심을 다하여 사랑하려고 한다.

교수님에 대한 기억을 떠올려보니 그 사귐이 담백한 물 같다. 항상 미소 띤 얼굴에 정직함과 당당함을 온 몸에 장착하신 교수님은 모든 사람을 한결 같은 마음으로 대하셨다. 아마 부임하신지 얼마 되지 않았기 때문이기도 하고, 우리 대학에 계시는 동안 박사학위 논문을 쓰셨기 때문에 같이 술을 마시거나 사적인 교류를 가질 여유가 없으셔서 그랬던 것 같기도 하다. 치우치지 않은 마음으로 언제나 정중하고 반듯한 매너로 사람을 대했기 때문에 내게는 조금은 어려운 분이었다.

1984년 나는 경남대학교 국어교육과를 졸업하고 대학원 석사과정 학생이자 국어국문학과 조교를 하고 있었다. 그 해 9월에 교수님이 우리 대학에 부임하셨다. 당시 교수님 연구실이 8층이었고 내 조교실은 9층이었다. 내가 국어교육과 졸업생이고 두 과의 교류가 활발하다 보니 자연히 교수님과 만날 기회도 많았던 것 같다. 비록 2년 반 동안의 사귐이지만 밀도 있는 교수님의 연구 열정이 내 기억에 또렷이 각인되어 있다.

박사학위 논문을 쓰시느라 교수님은 연구실에서 거의 사셨던 것으로 기억된다. 학교에서 거의 모든 시간을 소진하시고 집에서는 잠만 자고 오셨다. 동네 어르신이 사모님께 "젊은 양반이 직장도 없이 하루 이틀도 아니고 새댁이 마음고생이 참 많겠소."라고 했다는 재미난 이야기도 생각난다. 아마 남들이 다 출근한 아침에 불규칙한 나들이를 하는 걸 본 이웃이 교수님을 실업자라고 생각하여 사모님을 위로해주신 것이다. 성실하고 빈틈없는 교수님이 들을 말은 아니었지만 어쨌든 당시의 교수님께 집은 잠깐 몸을 충전하고 나오는 둥지였을 것 같다. 그 결실로 1986년 연세대학교에서 '조선초 아송연구'로 박사학위를 받으셨다. 지금 생각해보니 교수님 연구의 절반은 사모님의 공덕이겠구나 싶다.

내가 교수님께 받은 은혜는 교수님도 모르는 사이에 오늘까지 여전히 살아있다. 어느 날인가 교수님께서 내게 종이 뭉치를 하나 주셨는데, 고전소설 '최치원전' 여러 이본을 직접 필사하신 것이었다. 필사한 영인본은 흔하게 보았지만 원본 필사본을 구경하기는 처음이었다. 그것도 직접 필사를 했고 글씨도 깨알 같이 촘촘하고 고르게 쓴 것이어서 주눅이 들 정도였다. 치밀하고 집요한 성격이 아니면 절대로 그만한 분량의 필사를 할 수 없었을 것이다. 필사를 하면서 마음 수양을 하셨는지, 본인이 필요해서 만드신 것인지 모르겠으나 그것이 귀중한 선물이라는 것은 금방 알아차렸다. 내게 그 자료를 주신 이유는 아마 내가 발표한 석사논문 '지하국대적 제치설화의 구조 연구' 안에 최치원 탄생설화가 들어있었기 때문이 아닌가 싶다.

그 필사본 뭉치가 얼마나 힘이 대단했던지 나는 지금도 최치원 연구를 계속하고 있다. 그리고 2016년에는 우리대학에 고운 최치원을 연구하는 '고운학연구소'를 개소했다. 인문대학 건물 이름이 최치원 선생의 자를 딴 '고운관'이고 고운관 뒤의 아름다운 숲길 이름은 '고운숲 미운길'이고, 정문 앞 광장 이름이 '월영광장'이다. 최치원 선생이 가야산으로 들어가 은둔하기 전에 살았던 '합포별서'가 삼국사기에 기록되어 있고, 조선 말기까지 최치원을 향사하던 '월영서원' 표지가 캠퍼스 안에 있었다. 이런 깊은 인연이 있는 곳에서 교수님은 자기도 모르는 사이 고운 선생을 이 자리에 불러들인 것인가 싶기도 하다. 교수님께 필사본 뭉치를 받을 때 어찌 이런 일이 일어나리라는 상상을 했겠는가.

당신은 그런 식으로 자기도 모르는 사이에
당신 영혼의 가장 맛있는 부분을
나에게 주었다.

다니카와 슌타로의 시 구절처럼 나는 부드러운 두 손으로 감싸서 내게 전해준 교수님의 가장 맛있는 부분을 받은 행운을 누렸다. 정말 귀한 인연이 아닐 수 없다. ♣

교수님이 계셔서 다행입니다!

최미정(한국성서대학교 외래교수)

조규익 교수님은 내게 '비빌 언덕'과 같은 분이시다. 나는 교수님이 계신 것만으로 든든하고 큰 힘을 얻는다. 박사논문을 쓰고, 그 이후에도 공부를 계속할 수 있도록 지도와 격려를 해주신 교수님의 은혜는 늘 잊지 않고 있다.

돌이켜 보면 '공부하는 자'의 길을 가고자 하는 지금의 내가 있기까지 많은 시간이 걸렸다. 석사와 박사과정 사이, 그리고 박사 과정을 마친 후 논문을 쓰기까지 학교 밖에서 여러 가지 일들을 경험했다. 한동안은 디자이너로, 잡지 기획자로, 연변 과학기술대학교에 한국어교수로 일을 했고, 2002년 뉴욕으로 건너가 결혼을 하고 이민자로서 10년이 넘는 시간을 보냈다. 당시 박사과정은 마쳤지만, 논문을 끝내지 못한 상태였다. 한국에 다시 돌아올 계획도 없었고 뉴욕에서의 생활에 익숙해지고 있었다. 하지만 마음속에는 늘 공부를 마무리하지 못했다는 아쉬움이 있었다.

　뉴욕에 거주하는 중간에 한국을 방문해서 박사논문 주제에 대한 고민을 교수님께 털어놓았다. 그때 교수님께서는 미국에 거주하니 디아스포라 문학을 주제로 논문을 써 보는 것이 어떻겠냐고 조언을 해 주셨다. 교수님께서는 이미『해방전 재미한인 이민문학』을 출간하셨고, 재외한인문학에 대해 조예가 깊으셨다. 교수님의 말씀을 듣기 전까지만 해도 미국에 살고는 있었지만 재미한인문학에 크게 관심을 두고 있지는 않았다. 교수님께서는 내가 미국에 거주하고 있는 것이 재미한인 문학을 연구하는 데 큰 기회가 될 수 있다고 용기를 주셨다. 교수님의 조언대로 뉴욕 현지의 문인들에게 연락을 하고, 독서모임, 문단행사 등에도 참여하면서 그들과 교류를 쌓고 자료를 수집하였다. 이렇게 해서 완성된 박사학위 논문이『재미한인 한국어 시문학 연구』이다. 이때가 2010년 8월이었다.

　학위를 받고 나는 다시 뉴욕으로 돌아갔다. 학위를 마치긴 했지만, 앞으로의 진로는 막연한 상태였고, 공부를 계속한다면 뉴욕에서 할 수 있는 것들을 생각하고 있었다. 그러다

2013년 한국으로 들어오게 되었다. 모든 것이 갑작스럽게 진행되었기 때문에 한국에서의 생활에 대한 구체적인 계획은 없었다. 학교에 돌아와 보니 모든 것이 너무 많이 변해 있었고, 아는 사람도 거의 없어서 미국에서보다도 더 이방인이 된 것처럼 느껴졌다. 그때 교수님께서는 내가 해야 할 일과 가야 할 방향을 제시해 주셨다. 그리고 재외한인문학 연구를 계속할 수 있도록 늘 격려하여 주셨다. 그런 교수님을 뵐 때마다 생각했다. '아, 교수님이 계셔서 다행이다!' 이제 이 자리를 빌려 교수님께 감사의 말씀을 드리고 싶다.

"교수님이 계셔서 다행입니다. 고맙습니다!" ♣

나와 백규 선생의 교분

서동일(중국 연변대 교수)

일부 중국인들은 한국 사회가 스승을 존경하고 교육을 중시하며, 대학교수의 사회적 지위가 매우 높기 때문에 일반인들은 대학교수에게 접근하기 어렵다고 생각한다. 이런 이유로 한국 교수들은 모두 함부로 웃지도 않고 엄숙하며 지나치게 진지한 '장자형長者型'의 존재들이라고 착각한다. 그러나 조규익 교수처럼 유머러스하고 익살스러우며, 지혜롭고 젊게 살아가는 교수도 계신다는 사실을 그들은 잘 모르는 것 같다.

2002년 5월, 중국 연변대학교延邊大學校) 주최의 "동방문학비교연구국제학술대회東方文學比較研究國際學術大會"에 참가한 조 교수를 만났다. 당시 조 교수께서는 숭실대 국문과 교수로 이미 한국 학계에 이름을 날리고 있었고, 나는 당시

대학 재직 중 박사과정을 금방 마친 상황이었다. 오래 전부터 조 교수의 명성을 흠모하던 나는 학술회의가 끝난 그날 밤 바로 중국 중앙민족대학교(中央民族大學의 이암李岩교수께 주선을 부탁드렸다. 조 교수께서는 만남을 쾌히 승락하셨고, 우리는 한적한 장소에서 만났다. 처음 뵙는 자리라 어색해 하는 나를 보시며 조 교수께서는 먼저 자신의 일상사들을 자발적으로 꺼내시면서 분위기를 주도하셨다. 이로써 순식간에 상호 교류의 장애가 사라지면서 대화도 본 궤도에 올랐다. "처음에는 낯이 설어도, 두 번째는 곧 서로 친숙하게 된다.(一回生, 二回熟)"는 중국 속담처럼 우리는 첫 만남에 익숙한 벗이 된 것이었다.

나와 조 교수의 두 번째 만남은 2007년 7월에 있었다. 그때 한국에서 열린 '동방시화학회제5회국제학술대회'에 참가한 나는 틈을 타 조 교수를 만나러 숭실대로 찾아갔다. 그분의 연구실! 면적도 결코 작지 않았는데, 큼직한 책장들이 빽빽이 들어차 있었다. 어마어마하게 높은 책장 사이의 좁은 공간을 뚫고 창문 가까이에 가서야 앉을 만한 자리를 찾을 수 있었다. 그때 조 교수께서는 쑥스러우신 듯 두 팔을 과장되게 벌리면서 즐거운 유머로 공간의 옹색함에서 오는 불편함을 풀어 주셨다. 웃는 얼굴 표정에서 나는 그 분 마음의 따스함과 솔직함을 읽을 수 있었다. 그 만남에서 우리는 적지 않은 학술 문제들을 깊이 있게 토론했다. 내가 비이소사

(匪夷所思/보통 사람으로서는 헤아리지 못할 생각, 즉 평범하지 않은 생각)하게 생각한 것은 조 교수가 이토록 좁은 연구 공간에서 무려 10권에 달하는《연행록연구총서》와 기타 많은 저서들, 논문들을 저술했다는 사실이다. 연구실의 모습에서 읽어낸 조 교수의 집착적이고 강인한 치학治學정신이 아주 감동적이었다. 이 만남 뒤에 또 하나의 재미있는 일이 생겨났다. 조 교수와 함께 충남대 박우훈 교수와 약속한 만찬회에 참석하게 되었는데, 나중에 알고 보니 만찬 자리는 조 교수께서 미리 예약한 것이었다. 그 장소는 서울 대학로의 한 지하 식당이었는데, 대부분의 손님은 근처에서 공부하는 대학생들이었다. 젊음이 넘치는 대학생들 속에 몸을 두고 있는 와중에 나는 조 교수의 몸, 눈, 이마에서도 청춘의 늠름한 광채가 뿜어져 나오는 것을 발견하였다. 뿐만 아니라 그 마음가짐이 20대 못지않음을 알게 되었고 조 교수께서 이런 장소를 선택한 의도 또한 짚을 수 있었다.

　나와 조 교수의 세 번째 만남은 2012년에 있었다. 당시 나는 고려대학교에서 진행된 '한국동양비교문학회'에서 수여하는 '석헌학술상'을 받고 숭실대로 조 교수를 찾아갔다. 그때 중국 루동대학교에서 온 최연 선생(조 교수 제자로 입학한 박사생)과 나의 석사 대학원생 제자도 그 자리에 있었던 것으로 기억한다. 그 만남에서 놀란 것은 조 교수께서 세계 각국의 관련 학자들이 공동으로 연구하는 '유포 역외(이방인) 의 한국 인문학 연구' 프로젝트에 관한 거대한 연구 계획을 내 놓은 점이다. 이것은 전 세계 수백 명, 심지어 수천 명의 학자들이 공동으로 협력해야만 완성할 수 있는 거대한 연구기획이었다. 조 교수는 이렇게 가치 있고 박력 넘치는 세기적 문화 프로젝트를 구상하고 계신 분이었다. 그 때 나는 그 분의 자신감 넘치는 눈빛에서 그 지혜와 원견遠見을 분명히 읽을 수 있었다. 이 때도 조 교수께서 자리를 마련하였는데, 메뉴는 추어탕과 삼겹살이었다. 조 교수께서는 민속학에도 조예가 깊은 듯 추어의 보양 효능과 한국인이 추어탕을 좋아하는 이유를 자세히 설명하였다. 그 당시에 나는 한국인의 음식 문화를 깊이 있게 알지 못했고, 겨우 오늘 날에 와서야 한국인의 총명한 생존 지혜를 약간이나마 이해하게 되었다. 한국인은 천인합일, 신토불이를 숭상하고 대자연에서 인체에 필요한 각종 영양분을 섭취해 왔으며, 세밀한 맛뿐 아니라 보양성이 강한 음식 또한 좋아하는 것 같다. 그리고 광활하지 못한 국토, 풍부하지 못한 물산에 유가문화의 영향으로 검소하고 절약하는 생활습관을 유지해 왔다. 조 교수에게 투영된 것이 바로 이런 한국인의 우수한 DNA라고 생각한다.

나와 조 교수와의 직접 만남은 겨우 세 번에 불과하다. 그러나 횟수는 적었지만 그 분에 대한 인상은 매우 깊고 느낌

또한 매우 강렬하다. 조 교수는 소탈함과 이성, 정교함과 초탈을 한 몸에 갖춘 분이라고 생각한다. 이 점은 내가 그 분의 논문을 번역할 때 깊이 느꼈다. 그 분의 논문을 번역하여 중국의 학술지에 실은 적이 있다. (<燕行錄中的千山、醫巫閭山和首陽山形象>) 조 교수는 천산·의무려산·수양산의 깊은 상징적 의미와 함께 철학적 사고를 촘촘히 동원하여 이 논문을 완성했다. 조 교수는 이 세 개의 명산들이 모두 사행使行에 나선 조선 지식인의 사상 전환을 실현한 경계이자 '신성한 공간'이라고 주장했다. 이 논문을 읽고 나서 나는 깊은 사색에 빠졌다. 그 무엇이 그렇게 감성적인 조 교수를 이성적인 사고로 유도했을까? 그 어떤 힘이 동動과 정靜, 낭만과 이성 등 서로 상반되는 요소들을 조교수의 내면에서 교묘하게 융합시켜, 이토록 빛나는 논문을 완성하게 했을까? 오늘에 이르러서야 문득 그 힘은 바로 철저한 깨달음과 지혜에서 나온 것임을 비로소 알게 되었다. 즉, 조 교수 자신이 사물의 내부에 깊이 파고 들어가 정밀한 관찰을 수행하고, 다시 먼 거리에서 그것을 내려다보면서 대상을 초월하는 지혜를 갖게 된 것이다. 한국의 조 교수 같은 분을 절친이자 스승으로 두게 된 것을 이루 말할 수 없는 행복으로 느끼는 것도 바로 그 때문이다.

올해 8월말, 조 교수는 정년을 맞는다. 내가 그동안 20년

교분을 맺어온 조 교수에 대한 추억들을 소재로 이 글을 쓰는 것은 지금까지 짊어지고 살아온 학술과 교육의 무거운 짐을 벗고 앞으로 자유롭고 행복한 인생을 보내실 것을 진심으로 기원하기 때문이다. "석양은 더없이 아름답다(夕陽無限好)"고 말한 당나라 이상은의 시구詩句처럼 큰 업적을 쌓아놓고 퇴장하는 조 교수의 정년 이후의 삶은 매우 아름다울 것이다. 조 교수의 앞날에 무궁한 행운이 함께 하기를 빈다.

♣

누가 내 손에 금화를
쏟아 부어 주었을까?

김병학(월곡고려인문화관장)

2007년 여름이 끝나갈 무렵 사진작가 최경자 누님의 소개로 중견 학자 한 분을 만났다. 나는 그때까지 중앙아시아 카자흐스탄에서 15년째 살고 있었는데, 고려인 구전가요를 책으로 펴내는 작업을 하기 위해 2월 초에 귀국하여 꼬박 반년을 보내다가 슬슬 출국 준비를 하던 참이었다. 그 무렵 나의 어머니는 상서로운 꿈을 하나 꾸었다고 말씀해주셨는데 그것은 누군가가 내 손에 금화를 가득 쏟아 부어 주더라는 것이었다. 어머니는 아마 내게 좋은 일이 생길지도 모르니 가서 열심히 살아보라고 격려해주셨다. 돌아가는 발걸음이 가벼웠다.

그때 금화를 쏟아주셨던 분이 바로 조규익 교수님이었을

거라는 생각을 오래전부터 해왔다. 제도권 학자도 아닌 내가 그때 조규익 교수님을 만난 덕분에 고려인 관련 서적들을 연달아 펴낼 수 있었고, 그래서 지금 내 사회적 페르소나의 대부분을 차지하고 있는 '고려인 연구가' 또는 '고려인 전문가'라고 불리는 '나'가 생겨날 수 있었으니…… 나는 2007년 만남 이후 교수님이 깔아주신 숭실대학교 한국문학과예술연구소라는 멍석 위에서 부끄러움도 모른 채 마음껏 춤을 추었다. 그때 펴낸 10여 권의 책들이 지금 내게 마르지 않는 지식의 수원이 되어줌과 동시에 나와 관계를 맺는 이들이 가장 일반적으로 나를 인지하는 통로가 되어주고 있으니, 돌이켜보면 교수님과의 만남은 참으로 놀랍고 감사하다는 생각뿐이다.

조규익 교수님도 2007년 이후 카자흐스탄을 비롯하여 중앙아시아와 러시아를 여러 번 방문하셨다. 교수님이 카자흐스탄에 오시는 날이면 그곳에서는 지성의 향연이 펼쳐졌다. 그때까지 생존해 활동하고 계시던 카자흐스탄의 고려인 문인, 예술인, 언론인 등과 여러 가지 주제로 유익한 대담이 이어졌고 수백 킬로를 달려 고려인 최초의 강제이주지 우스또베를 찾아가는 여정에서는 민족과 문학의 경계, 우리나라 인문학이 나아가야 할 방향 등 평소에 교수님이 고민하고 숙고해오셨던 사색의 실타래가 이야기로 슬슬 풀려나와 멀고도 황량한 중앙아시아 초원길이 인문학의 꽃으로 가득 채

워지곤 했다.

2017년 여름에는 교수님과 함께 시베리아 횡단열차를 타고 블라디보스토크에서 이르쿠츠크를 지나 노보시비르스크까지, 그리고 거기서 투륵시브 열차(*카자흐스탄과 시베리아를 종단하는 열차)로 갈아타고 카자흐스탄으로 들어가 고려인 최초 강제이주지 우스또베를 거쳐 옛수도 알마틔까지 2주간을 달렸다. 고려인 강제이주 80주년을 기념하여 국제한민족재단이 준비한 것으로 고려인의 아픈 역사를 돌이켜보고 우리가 해외 한민족과 함께 나아가야 할 방향을 진지하게 고민해보자는 취지의 여행프로젝트였다. 그 긴 여행에서 고려인에 대한, 고려인의 문학과 예술에 대한, 나아가 인문학 전반에 대한 교수님의 이런저런 구상과 단상을 들을 기회는 또 얼마나 많았던가.

그때는 전혀 인지하지 못했었는데 지금 이 글을 쓰면서 생각해보니 2017년 여름은 내가 교수님을 만난 지 정확히 10년이 되는 해였다. 하나님이 여전히 건강한 지상의 삶을 허락해주신다면 2027년 여름에는 교수님을 모시고 만남 20주년 기념 여행을 떠나보고 싶다.

교수님한테서 늘 본받고 싶은 것이 있다. 바로 절제되고 정제된 언어사용능력이다. 교수님과 만나 이야기를 나누다보면 어느 순간 연배도 한참이나 어리고 모든 것이 미숙하기 짝이 없는 내가 늘 교수님보다 몇 곱절 더 많은 말을 뱉어내고 있음을 발견하곤 한다. 말을 절제할 줄 아는 능력은 가장 중요한 지적 능력 중 하나라는데, 또 학문을 이루기보다 인격을 수양하기가 훨씬 더 어렵다는 것은 주지의 사실인데 교수님은 어떻게 그걸 체현해오셨을까? 이렇게 교수님은 학문뿐만 아니라 인간으로 갖춰야 할 기본 소양에서도 늘 모범을 보여주셨다.

나는 내 인생에서 정말 중요한 시기에 교수님을 만나 헤아릴 수 없이 큰 은혜를 입었다. 생각해보면 그저 모든 것이 감사할 따름이다. 인생의 제1막을 접고 제2막을 열어나가실 교수님께 무한한 기쁨과 평안과 행운이 가득하기를 두 손 모아 기원한다. ♣

늘 시대에 예민했던 지식인, 백규 선생님
- 조규익 교수와의 인연 -

김기철(조선일보 학술전문기자, 전 문화부장·논설위원)

조규익 교수님과의 인연을 떠올렸다. 필자의 문화부 기자 생활 25년 중 적잖은 몫을 차지했다. 조선일보 기사 DB를 확인했더니, 21년 전으로 거슬러 올라갔다.

2001년 5월8일자 문화면 '明관리 만나려 겨울 바닥 엎드려'. 1624년 인조 책봉을 청하러 간 사신使臣 이덕형 일행의 대명對明굴욕외교 현장을 담은 '죽천행록' 발굴기사였다.

한 나라의 외교관 대표가 길바닥에 엎드려 담당관리 만나기를 청하고, 관아의 섬돌을 붙잡고 '적선'積善을 애원했다. 첫 한글사행록이란 사실 못잖게 약소국의 굴욕적인 외교현장을 적나라하게 기록하고 있어 자료로서의 가치가 높았다.

그해 국어국문학회 학술대회에서 조 교수님이 발표한 '죽천 행록'연구는 문화면 톱기사로 다뤘다. 많은 독자들이 의견을 제시할 만큼, 반향이 뜨거웠던 기사로 기억한다.

독립운동가 김경천의 일기 '경천아일록' 발굴 기사도 기억에 남는다. 2012년 3·1절 기획으로 다룬 '日軍이 벌벌 떤' 백마 탄 장군 '육필일기 나왔다'는 문화면 톱 기사였다. 1911년 일본 육사를 졸업하고 소위로 임관한 김경천은 3.1운동을 계기로 마주로 망명, 무장투쟁의 길에 뛰어들었다. 하지만 1942년 소련 강제노동수용소에서 숨지는 비극적 결말로 끝났다.

김경천 장군은 1998년 대한민국 건국훈장 대통령장을 받았다. 하지만 대중에겐 낯선 인물이었다. 조 교수님이 소개한 '경천아일록'의 생생한 육성 덕분에 국민들이 김경천 장군을 기억하는 데 결정적 역할을 했다. '경천아일록'은 조 교수님이 소장으로 있던 한국문예연구소 학술자료총서 첫째 권으로 발간됐다.

일본 육사를 최우등으로 졸업해 출세의 길이 보장된 엘리트 군인이 독립이 곧 오지 않을 거란 사실을 알면서도 그 길에 몸을 던지는 결단을 내리기까지의 고민과 사분오열된

독립운동현장에 대한 자아비판...

앞서간 세대의 실존적 고민과 성찰이 담긴 기록이었다. 훌륭한 기사 감이었다.

필자가 조 교수님 덕분에 쓴 기사는 이외에도 여럿 있다. 이런 인연 덕분에 필자 동료들도 조 교수님 연구를 주목하고, 기사를 썼다. 필자가 몸담은 신문이 조 교수님 기사를 이례적으로 많이 쓴 이유는 독자들에게 알릴 가치가 있는 뉴스였기 때문이다.

조 교수님은 조선일보 칼럼니스트였다. 90년 넘는 전통의 문화면 칼럼 '일사일언'부터 학술대회 르포, 북 리뷰, 시론, 기고에 이르기까지 교수님이 쓴 원고는 30여 편에 이른다. 학술 연구뿐 아니라 시대의 질문에 답하는 지식인으로서 눈, 귀를 열어놓고 긴장을 늦추지 않았다는 얘기다. 필자도 이런저런 글에 관여하면서 교수님과 인연을 이어왔다. 늘 성실하고, 시대상황을 주목하고 있는 연구자셨다.

요즘은 좀 뜸했는데, 1년 전 신문을 읽다 어딘가 많이 본 얼굴이 떠올랐다. 2021년 7월21일자 '넥타이도 못 매는 이 남자, AI혁명 최전선에 서다'는 조경현 뉴욕대 교수.

그해 호암상을 받은 조교수님 교수 아들이었다. 이 아들이 작년 어머니 이름으로 카이스트에 1억을 기부하고, 올해는 아버지 명의로 숭실대에 장학금 1억을 내놓았다는 얘기를 듣고 자식 농사까지 성공한 교수님이 정말 부러웠다.

언제까지나 학교 연구실을 지킬 것 같은 교수님이 정년을 맞는다니, 낯설다. 정년 후 제2의 인생도 풍성할 것 같다. 자동차로 유럽을 일주하고, 여행기까지 낸 분이니까. 뭔가 새롭고 빛나는 모델을 보여주리라 기대한다. ♣

서늘했던 그러나 따뜻했던
한 시절을 추억하며

우대식(시인)

조규익 선생님께서 80년대 중반 숭실대로 부임하시면서 지금의 남성역 부근 아파트로 이사를 하실 때 학부생이었던 나는 별 도움도 되지 못하면서 이사를 도왔던 것이 선생님과 첫 만남이었다. 부임하신 이후 늘 꼿꼿한 자세로 수도하듯이 학문에 임하셨다. 더러 삭발을 하신 채 연구에 몰두하기도 하셨다. 연구실은 당시 최첨단의 컴퓨터가 있었으며 수많은 메모와 연구 관련 쪽지들이 책상과 벽면을 가득 채우고 있었다. 돌이켜 혼자 생각해보면 선생님께서는 여러 작업을 동시에 진행하고 계셨던 것 같다.

그 와중에 학부생 몇몇에게 한문 원전을 함께 공부할 것을 제안해주셔서 나도 함께 공부했던 기억은 두고두고 잊을 수 없다. 그 때 공부한 소학언해와 논어집주는 지금도 큰 자산으로 남아 있다. 그 수업을 위해 뒤적인 옥편을 아직도 가지고 있고, 더 열심히 공부하지 못한 것이 참으로 아쉽다. 80년대 중반이니 학교는 어수선했으며 연일 시위가 이어지는 시절이었다. 지금도 그렇지만 나는 국문과생답게 술잔을 올려놓을 받침만 있으면 술을 마신 탓에 늘 수업 준비가 게을렀고 선생님께서 언제 지적하시나 콩닥거리는 가슴을 안고 수업에 참여하곤 하였다. 제발 아는 부분을 시켜주기 바라며 수업에 참여했던 그 때를 생각하면 웃음이 나오곤 한다. 현대문학을 전공했지만 지금도 더러 대학원생들에게 어쭙지 않게 논어집주를 강독하는 것도 그 때 공부한 영향이 컸다.

그 뒤 졸업을 앞두고 선생님께서 모일 저녁 식사를 같이 하자고 초대해 주셔서 신림동 방면의 선생님 집에 방문한 적이 있다. 사모님께서 진수성찬에 술까지 내주시고 선생님께서도 파탈하시고 흥겹게 자리를 이어가다 대학원에서 함께 공부하면 어떻겠냐고 제안을 해주셨다. 아마 두루 좋게 보아주셨던 것 같다. 그러나 젊은 날 나는 시를 쓰고 싶다는 열망에 사로잡혀 있었으며 공부를 한다면 당연히 현대문학 시를 전공해야겠다고 다짐했던 탓에 선생님의 제안을 조심스럽게 거절했던 기억이 있다. 가끔 그 때 선생님의 제안에 따라 고전시가를 공부했으면 어땠을까 하는 상상을 해보고 한다. 그리고 그 때 선생님 댁에는 초등학교에 다니던 자제

둘이 있었다. 아직도 기억이 남는 일은 아마도 쉬는 날이었을 터인데 어떤 연유로 아이들을 데리고 학교에 오셨고 급한 일을 처리하기 위해 나에게 아이들을 잠시 맡긴 일이 있었다. 집에도 한번 갔던 터이니 아이들은 제법 잘 따랐다. 그중 큰 자제가 AI분야의 세계적인 권위자인 뉴욕대의 조현경 박사이다. 물론 조현경 박사는 생각도 못하겠지만 이런 인연의 끈이 있다는 것이 내게는 매우 즐거운 일이다. 그는 아마 우리나라는 물론 인류를 위한 큰 업적을 남길 것이다.

이제 선생님께서 정년을 하시고 초야로 돌아가시고자 한다. 정안 어디쯤에 거처를 마련하시고 가시를 베고 풀을 깎아 터를 닦으신다는 소리도 들었다. 선생님께서는 사대부의 기상이 있으시다. 세상에 나와 학문적으로 큰 업적을 이루시고 이제 다시 은거하여 스스로를 다스리고 도모하는 일과 함께 세상에 이로운 사업을 펼치실 터이다. 늘 건안하시기를 기원하며, 정안의 어느 달밤 선생님과 약주를 나누는 먼 기약을 혼자 해보는 것이다. ♣

백규열차와 함께한 추억 여행

김난주 (시인/김난주국어논술스피치학원장)

    '백규열차'는 이 글을 쓰면서 은사님이신 조규익 교수님의 호를 붙여 새롭게 지어낸 열차 이름이다. 38년이라는 시간이 흐르는 동안 백규열차는 스무 살부터 이어온 소중한 인연을 고스란히 담고 힘차게 달리고 있다. 이 열차 안엔 나를 비롯해 교수님을 아끼고 존경하는 수많은 승객들이 탑승해 있을 것이고, 나는 지극히 그들 중 한 사람일 테지만 내게 있어 교수님은 내 인생의 밤바다를 밝혀준 등대와도 같은 분이셨기에 교수님의 정년을 기념하며 이 지면을 통해 그간 쌓아온 사제지정을 나누고자 한다.

스무 살에 만난 스물여덟 살의 최연소 교수님

    어느덧 내 나이 쉰여덟, 교수님을 처음 만났을 무렵은 내 나이 겨우 스무 살이었다. 당시 나는 경남대학교 사범대학 국어교육학과 1학년에 재학 중이었는데 진해 해군사관학교에 계시다 우리학교로 부임해 오신 교수님은 우리 대학에서 최연소 교수님으로 우리와 겨우 여덟 살밖에 차이가 나지 않는 20대 교수님이셨다. 나는 지금도 교수님의 나이를 계산할 땐 내 나이에서 항상 더하기 8을 한다. 어떻게 하면 20대에 교수님이 될 수 있었는지 그게 몹시 궁금해 여고시절부터 단짝이었던 같은 과 친구 선애와 교수님 연구실 문을 두드렸다.

　우리 대학은 학교 정문과 직진 방향의 언덕에 중앙도서관이 있고 도서관 위층엔 교수님들의 연구실이 있었다. 가운데를 비워낸 중정 건축물 구조로 빛과 바람이 들어오게 설계되어 고층 빌딩은 위에서 보면 마치 사각형의 도너츠 같았다. 교수님의 연구실은 6층에 위치해 있었는데 창틀이 넓어 걸터앉기에 참 좋았다. 거기서 교수님이 건네주시는 차를 두 손에 받아들고 따스한 기운을 느끼며 내려다보았던 풍경을 나는 지금도 잊을 수 없다. 정문으로 길게 뻗은 한마로와 멀리 바라다 뵈는 마산 합포만의 쪽빛 바다, 그리고 황금빛 예복을 갈아입은 은행나무의 구도와 색감은 눈부시도록 아름다웠다. 나와 친구는 권정생 동화작가의 그림책 <황소 아저씨>에 나오는 새앙쥐들처럼 틈만 나면 연구실을 들락거렸다. 그런 새앙쥐들을 교수님은 황소 아저씨처럼 반갑게 맞아주시고 우리의 이야기에 귀 기울여 주셨다.

고전문학을 가르치셨던 교수님의 연구실엔 '백규서옥'이라는 글씨가 한쪽 벽에 걸려 있었는데 '백규'는 교수님의 호이기도 했다. 당당한 걸음걸이와 맑은 얼굴빛, 깔끔하고 단정한 외모, 말끝이 살짝 올라가는 서울 말씨가 퍽 인상적이었다. 투박하고 직설적인 경상도 말씨에 익숙한 내게 교수님의 말투와 톤은 들을수록 생소하고 신선해 이야기를 주고받는 내용보다 음성을 듣는 그 자체가 신기하고 즐거웠던 기억이 난다. 그랬던 교수님이 3학년이 되었을 무렵 서울로 초빙되어 가셨다는 소식을 들었다. 어디로 가셨는지 당시엔 알지 못했던 것 같다. 교수님과의 추억은 그것으로 일단락되었다.

수필집 『꽁보리밥만세』가 맺어준 인연

그 후 나는 대학 졸업반 때 가나안농군학교를 통해 '농촌복음화'라는 새로운 비전을 발견하고 교직이 아닌 학원 강사의 길로 접어들었다. 1년 직장생활 끝에 선교후원을 하고 있던 친구의 소개로 농촌 총각인 남편을 만나 1989년 5월 5일 충남 태안으로 시집을 왔다. 남편은 서른세 살에 장로임직을 받을 정도로 믿음이 신실하고, 경제적으로도 부유했으며 건강하고 착했다. 그러나 이상과 현실은 다르다며 결혼을 반대하셨던 아버지 말씀대로 농촌에서의 삶은 녹록하지 않았다.

그러던 어느 날, 까마득하게 잊고 있었던 조규익 교수님의 소식을 알게 된 사건이 있었다. 그것은 바로 우리교회 새로

오신 목사님의 딸 '세리'로 인해서였다. 숭실대학교에 다녔던 세리는 공부도 잘했지만 그림도 곧잘 그렸다. 자신의 컷이 담긴 책이 나왔다며 보여주었는데 1992년 8월 31일 태학사에서 출간한 『꽁보리밥만세』라는 수필집이었다. 지은이의 이름이 낯익었다. 동명이인인가 의아해 하며 프로필을 살펴보았더니 세상에나, 대학 재학 중 홀연히 자취를 감추셨던 바로 조규익 교수님이셨던 것이다. 그보다 더 놀라운 사실은 내가 살고 있는 태안이 바로 교수님의 고향이었던 것. 어쩌면 이런 인연이 또 있을까 싶었다. 그 후로 연락이 닿아 교수님은 물론 사모님과도 친분을 쌓으면서 아름다운 만남을 이어가는 기쁨과 축복을 누리게 되었다.

태안도서관에서 가진 문학 강연회

교수님은 두 차례 태안도서관에 오셔서 특강을 하고 가셨다. 사임당독서회 주관으로 한 번은 2001년 12월 8일 『천자만홍』제2호 출판기념회 및 문학 강연회에서 '21세기의 시대정신과 독서문화'라는 주제로 특강을 하셨고, 또 한 번은 2007년 4월 14일 독서특강으로 지역주민들과 저자와의 만남을 가졌었다. 교수님은 2005년 9월 1일부터 2006년 2월 2일까지 잃어버린 나를 찾아 동방을 여행한 헤르만 헤세처럼 자아를 찾기 위해 사모님과 함께 유럽여행을 다녀오셨다. 자동차를 타고 120개가 넘는 도시를 여행하면서 현재의 나를 확인하고, 미래의 나를 설계하기 위한 나름의 목표와 포부를 갖고 계셨던 교수님은 여행을 마치고 돌아와 사모님과 공저로 '그, 세월 속의 빛과 그림자를 찾아'라는 부제가 붙은 여행기 『아, 유럽!』을 2007년 1월 25일 푸른사상사에서 출간하셨다. 강연 후 독서회 식구들과 몽산포에서 점심식사를 하고 방파제를 거닐었는데 포구의 바닷바람을 쐬노라니 마치 내가 교수님이 안 계신 태안을 지키고 있는 등대지기 같다는 생각이 들었다.

교수님은 내가 교수님의 고향으로 시집 와 산다는 말을 듣고 그동안 잊고 있던, 아니 잃어버린 지 오래였던 고향을 다시 찾게 되었다고 말씀하셨다. 척박한 고향 땅에서 문화의 불씨를 지키고 있는 내가 대견하다며 칭찬과 격려를 아끼지 않으셨다. '책 읽기'와 '여행하기'의 두 영역을 오가며 교수님은 강연장에 함께한 어린이들과 학부모, 지역주민들에게 '자식을 성공시키려면 일찍부터 여행을 시키라'고 강조하셨다. 여행을 떠나기 전 준비를 철저히 하고, 뚜렷한 목표를 세워야 한다는 것도 잊지 말라고 하면서

"차를 타고 떠나든, 책 속으로 떠나든 여행은 즐겁고 가슴 설레는 일이다. 새로운 사람들, 새로운 문화를 만나게 되고, 나와 다른 그것들을 통해서 나의 자아를 깨닫는다는 점에서 여행만큼 위대한 선생님도 없다. 역사상 위대한 사상가, 문학가, 예술가, 정치가 등은 모두 여행에 나선 사람들이었다.

그들은 여행을 통해 자아를 깨닫고 거듭 날 수 있었다." 라는
말씀도 잊지 않으셨다.

그 후로 나는 태안이 고향인 교수님의 제자로서 부끄럽지
않은 삶을 살리라는 다짐과 긍지로 항상 먼 데서 지켜 봐
주시는 교수님의 시선을 의식하며 누구보다 더 열심히 태안
의 교육과 문화 발전을 위해 일익을 감당하고자 애썼다.

백규서옥과의 두 번째 만남

2002년 1월 5일, 숭실대 근처에 사는 문단의 선배 시인과
함께 숭실대학교 옛 연구실을 방문한 적 있었다. 매월 첫 주
토요일마다 서울 혜화역 근처 카페에서 한국순수시낭송회
가 열렸었는데 지리를 잘 모르기도 했거니와 교수님을 뵙고
픈 마음에 동행을 부탁했다. 지금과는 달리 당시 숭실대학교
연구실은 나지막한 붉은 벽돌 건물이었던 걸로 기억하는데
연구실은 낡은 빌라 건물 같았다. 100년이 넘는 오랜 역사를
지켜온 학문의 구심점이었기에 낡고 오래된 그 느낌이 오히
려 정겹고 깊은 역사를 지닌 대학교의 연구실을 찾았다는
그 사실만으로도 가슴이 벅찼다. 아니나 다를까 교수님의 연
구실은 책으로 빽빽하게 둘러싸여 있었는데 마치 울창한 숲
을 이룬 산 같았다. 교수님의 책상 앞에 간신히 두 명 정도
앉을 수 있는 기다란 나무의자 하나가 고작이었고, 나머지는
모두 도서관을 축소시킨 것처럼 책숲을 연상하게 했다. 등을

맞댄 책장과 책장, 그 사이를 한 사람이 겨우 다닐 만큼의
공간만 남기고 책장 위아래까지 빈틈없이 책이 쌓여 있었다.
단짝인 친구와 대학시절 즐겨 찾았던 교수님의 연구실과는
달리 세월이 많이 흐른 탓인지 훨씬 더 많은 책과 고풍스러
운 분위기가 그곳에 들어가면 뭔가를 연구하지 않으면 안
될 것 같은 중압감까지 느끼게 했다.

언젠가 우리 마을에 사는 국 씨 할머니가 급히 찾으셔서
남편과 댁에 방문한 적이 있었다. 그분의 집 뒤란엔 대나무
숲이 바람막이 역할을 해주고 있었는데 대나무가 뿌리를 뻗
어 보일러실까지 점령한 것이었다. 시골집이 그렇듯 옛날 황
토집을 개조해 바닥공사를 해서 보일러를 들여놓긴 했지만
보일러실은 바닥이 얇았는지 대나무 뿌리에서 싹튼 대나무
가 어느 틈에 자라 천장까지 닿은 데다 더 자랄 수 없게 되자
다시 아래로 휘늘어진 채 보일러실을 가득 메우고 있었다.
입이 쩍 벌어진 남편과는 달리 나는 그 장면이 신기하기도
하고, 그 모습을 보면서 숭실대 연구실에 자리한 백규서옥과
너무나도 흡사해 절로 웃음이 터져 나왔다.

'백규서옥'은 그때나 지금이나 나로 하여금 언제나 책을
가까이하게 만들어준 원동력이었고, '난주서옥'을 꿈꾸게 한
씨앗이기도 하다. 지금도 내가 일하는 곳 책장 한가운데는
책상 앞에 앉아 연구에 몰두하고 계시는 교수님의 모습을
담은 사진이 액자에 담겨 있다. 그것을 볼 때마다 태안 사람

으로서의 자긍심과 교수님의 제자라는 사실에 어깨가 으쓱
해진다.

영혼이 맑으시고 품격을 잃지 않는 분

교수님은 마음이 참 따뜻한 분이시다. 어쩌다 안부전화를
드리면 으레 교수님은 내게 "어이, 난주! 잘 지내? 별일 없
어?"하신다. 그런 교수님이 20년 전 우리 집에 다녀가신 적
이 있었다. 당시 우리 가정은 남편이 하던 농산물 생산과 유
통 사업이 IMF를 지나며 바닥을 치는 바람에 경제적으로 몹
시 힘든 지경에 이르렀다. 어둡고 길었던 터널을 지나기 위
해 우리는 어쩔 수 없이 시아버님께서 지어주신 기와집과
전답을 팔아야 했고, 한여름 땡볕에 피와 땀과 눈물을 쏟아
가며 손수 통나무와 황토로 집을 짓느라 무척 힘든 시간을
보냈다.

1999년 12월 10일 새 집을 지어 이사한 후, 2001년 7월 10
일 교수님께서 우리 집을 다녀가셨다. 어떻게 그 날짜를 정
확하게 기억하는지 궁금해 할 사람이 있을지도 모르겠다. 교
수님은 우리 집에 오시면서 그 당시 12살이었던 장남 한솔이
에게 수채화 물감을 선물하시면서 그 안에 메모지 한 장을
남겨 두셨다.

"조한솔 시인! 더욱 밝고 건강하게! 더욱 맑은 시를 위해!
2001. 7. 10 조규익 드림"

우리 아이는 아직도 책상 유리 밑에 메모지를 넣어두고 엄마의 은사님이 남겨 주신 문장을 기억하며 그 바람대로 살고자 힘쓰고 있는 듯하다. 유럽여행을 다녀오셨을 땐 사모님과 함께 태안을 찾으셨는데 그땐 작은아들 새힘이와 함께 태안 화림관광농원에서 함께 식사한 적이 있었다. 대화 중 우리아이가 외국돈 수집이 취미인 것을 아시고는 마치 준비해 오시기라도 한 듯 동전주머니에서 외국돈을 좌르르 쏟아 몽땅 선물로 주셨다. "미리 알았더라면 더 챙겨올 수 있었을 텐데"라며 오히려 미안해 하셨다. 지금도 가끔 우리아이들은 교수님과 사모님 이야기를 나누노라면 그때 일을 떠올리며 들뜬 표정을 짓는다.

교수님은 영혼이 맑으시고 언제 어디서나 품격을 잃지 않는 분이시다. 2012년 11월 17일, 서울 천주교 반포성당에서 교수님의 둘째 아들 결혼식 있었는데 나는 그 결혼식을 통해 교수님의 신앙심과 그 가정의 품격을 느낄 수 있었다. 결혼식에 초대받은 나는 그날의 풍경을 이렇게 기록으로 남겼다. "가장 아름답고 성스러운 결혼식이 오늘 있었다. 대학시절 고전문학을 가르쳐 주셨던 조규익 교수님 차남 조원정 군과 신부 김미언 양이 단풍 곱게 물든 늦가을에 웨딩마치를 울린 것이다. 사회, 주례, 혼배 미사, 스테인드글라스 창을 통과해 들어오는 정오의 햇살은 참으로 따사롭고 은혜로웠다. 성당에서 최경자 사진작가도 만났다. 마이데일리 김 웅

대표를 소개해 주셨다. 명함을 주고받고. 낮 12시에 시작된 혼배 미사는 1시 30분이 되어서야 끝났다. 지하 식당에 차려진 뷔페가 어찌나 맛있던지 두 차례나 갖다 먹었다. 오늘 태안초, 태안도서관, 이미지업 8시간의 수업을 모두 남편에게 맡기고 홀가분하게 서울 나들이를 했다. 서울을 잊고 살았는데…… 순전히 숭실대 인문대학장이신 은사님 덕분이다. 교수님의 고향인 태안에 지금은 내가 시집와서 산다."

받은 사랑과 은혜, 고마움을 어떻게 다 갚지?

돌이켜 보니 교수님께 받은 사랑과 은혜, 고마운 일이 한두 가지가 아니다. 2005년 가을, 두 번째 시집『29번 가포종점』의 출간을 앞두고 어느 출판사에서 출간해야 좋을지 몰라 고민할 때 출판사도 소개해 주시고, 시에 대한 해설을 부탁드렸는데 유럽 여행을 앞두고 있는 시점이라 어렵다며 세 번째 시집은 반드시 해주겠다는 약속과 함께 해설을 써 주실 평론가를 소개해 주셨는데 그분이 바로 엄경희 교수님이시다. 교수님은 내 시집에 '꽃빛, 눈물, 당신'이라는 제목의 해설을 써 주셨다. 그리고 많은 세월이 흘러 15년 만에 충남문화재단 문예창작지원금으로 세 번째 시집『상처와 무늬』가 출간될 땐 기꺼이 '되새김하기·비워내기·응시하기'라는 제목으로 추천사를 써 주셨다. 최근에 내 시집을 읽은 독자 중 한 분은 추천사가 너무나 감동적이어서 육필로 필사까지 했다며 공책을 보여주었다.

2013년, 현모양처를 꿈꾸며 책 속에서 지혜를 구하는 사임당독서회가 태안도서관에서 발간하는 <천자만홍> 제10호를 출간하면서 이를 기념하고 독서진흥에 앞장서기 위해 서산과 태안에서 태어났거나 거주하시는 분 가운데 일곱 분을 선정해 '책 속으로 난 길을 걸어간 사람들-책이 만든 인생, 인생을 바꾼 책 이야기'라는 주제로 특집 인터뷰를 한 적이 있었다. '유년시절의 책 읽기, 독서량과 요즘 읽는 책, 내 인생을 변화시킨 책, 소장하고 있는 책 중 가장 아끼는 책 3권, 책을 가까이 할 수 있도록 영향을 끼친 분, 특별한 나만의 독서비법, 책을 읽지 않는 이들에게 해주고 싶은 말이 있다면' 등의 주제로 질문과 답을 주고받았는데 책 속으로 난 길을 묵묵히 걸어간 이들의 삶에선 묵향이 배어났다. 겨울 밤하늘에 빛나는 별처럼 맑은 영혼으로, 올곧은 신념으로 훌륭하게 제 길을 밝히며 뜨겁게 살아온 사람들 가운데 한 분으로 교수님께 인터뷰를 요청했을 때도 기꺼이 응해 주셨다. 분주한 삶 가운데서도 늘 손에서 책을 놓지 않았던 가슴 따뜻한 교수님의 책 이야기에서 많은 것들을 공감하고 아울러 섬광과도 같은 지혜를 발견할 수 있었는데 '책을 읽지 않는 이들에게 해주고 싶은 말이 있다면'이라는 물음에 대한 답이 가장 기억에 남아 인용해 본다.

"인생에는 몇 개의 고비가 있는데, 그 고비를 만날 때마다 책을 읽지 않은 자신의 삶을 후회하게 될 것입니다. 가장 중요한 고비는 자식들에게 무언가를 건네주어야 할 때입니다. 돈을 한 아름 줄 수도 있으나, 그다지 고마워하지 않을 것입니다. 자식들에게 책 읽는 부모의 모습을 보여주는 것만큼 큰 선물은 없다고 생각합니다. 스스로가 게을러서 자식들에게 그런 선물을 줄 수 없다면, 어찌 인생을 가치 있게 살았다고 하겠습니까."

그렇다. 나의 은사님이신 백규 조규익 교수님은 영혼이 숭고하고 심성이 따뜻하며, 의지가 굳건하고 학문 연구에 대한 열정이 남다르시다. 인연을 귀히 여기시고 약속한 것을 반드시 지키시는 분이다. 자식이 잘 되길 간절히 바라는 아버지의 마음으로 제자를 품어주시고, 작은 성공에도 진심으로 기뻐해 주시며 한결같은 마음으로 지켜봐 주신다. 상대방의 처지를 배려하면서 친절함을 베푸시고, 올곧은 신념으로 평생 학자로서의 기품과 학문의 즐거움을 잃지 않으신다. 어떤 부탁도 거절하지 않으시고, 부득이 거절할 수밖에 없는 상황엔 다른 방안을 제시해 주면서 함께 고민해 주신다.

무엇보다 부모로서의 삶도 존경스럽다. 2021년 6월 1일 제31회 삼성호암상 공학상을 받은 AI 분야 세계적 석학이자 미국 뉴욕대 장남 조경현 교수를 배출한 명문 가문답게 받은 상금을 모교인 KAIST에 '전산학부 임미숙 장학금'이라는 이름으로 1억원 장학금을 기부하고, 나머지 상금도 핀란드 알토

대학이 운영하는 여학생 지원 장학금(4000만 원)과 백규고전
학술상 신설(1억 원)에 기부했다는 소식을 들으면서 얼마나
기쁘고 놀랐는지 모른다. 부모로서도 으뜸이요, 귀감이 되는
삶을 사신 교수님과 사모님을 보면서 절로 고개가 숙여졌다.

하늘을 두루마리 삼고 바다를 먹물 삼아도

찬송가 304장 '그 크신 하나님의 사랑'엔 이런 가사가 있다.
"하늘을 두루마리 삼고 바다를 먹물 삼아도 한없는 하나
님의 사랑 다 기록 할 수 없겠네."
지금 내 심정이 그러하다. 어떻게 이 좁은 지면에 그간 누
렸던 사랑과 은혜를 받아 적을 수 있단 말인가. 교수님을 처

연구실에서 새로 나온 책에 헌사를 쓰고 계시는 백규 교수님

음 만난 지 38년이 된 지금, 언제 그 많은 시간이 흘러가버린 건지 도무지 믿을 수가 없다. 숭실대학교 국어국문학과 학과장으로, 인문대학장으로서의 소임을 모두 마치고 무사히 정년을 맞이할 수 있게 되어 감격스러우면서도 너무나 긴 시간이 순간처럼 느껴져 퇴임하신다는 그 사실 또한 믿겨지지 않는다.

또한 교수님의 첫 수필집 『꽁보리밥만세』가 아니었다면 어떻게 스승과 제자의 인연이 다시 이어질 수 있었을까? 참 고마운 책이다. 혹시나 구입 가능한가 하고 교보문고에 들어갔더니 절판이란다. 다행히 중고서적에서 한 권이 남아 있어 주문해 두었다. 오늘 도착한다는 택배 문자를 받았는데 이 책도 계기가 되어 내가 운영하는 별이되는집 출판사에서 개정판이 나왔으면 좋겠다. 앞으로 공주시 정안면 '에코팜'에서 자연과 더불어 누리게 될 교수님과 사모님의 인생후반전이 무척 기대된다. 오랜 기간 지켜왔던 한국문학과예술연구소는 물론 교수님이 꿈꾸고 소망하는 모든 일들이 아름답게 열매 맺길 기도해 본다. 백규열차는 오늘도 기적을 울리며 쉼 없이 달려간다. 나는 오래오래 이 열차와 함께하고 싶다. 조금은 따분하고 또 조금은 치열한 삶의 연속일지라도 간이역에서 쉬어가기도 하고, 함께하는 여정 가운데 만나는 인생 이야기에 귀 기울이면서 나누고 베푸는 기쁨으로 행복하게 살아가고 싶다. ♣

조규익 교수님과의 추억

윤세형(세명대 강사)

조규익 교수님 하면 세 곳의 장소가 생각난다. 교수 연구실, 학술회의 장소, 선생님 댁이 그것이다. 연구실을 찾아가면 항상 연구에 몰두하시는 모습을 볼 수 있다. 학기 중이든 방학 때이든 언제나 연구실을 지키고 계셨다. 아침부터 저녁 늦게까지 이어진다. 나는 일찍 학교에서 나가기 때문에 얼마나 늦게까지 계시는지는 알지 못하였다.

연구실에서는 늘 책에 둘러싸여 공부하시고 글을 쓰고 계셨다. 이런 치열한 연구정신이 수많은 논문과 저서로 증명하고 있다. 교수님은 나에게 부단히 연구하는 학문 자세를 몸소 보여주신 분이다. 선생님 말씀 중에 '샘물을 파면 팔수록 물이 더 나온다'는 말이 생각난다. 정말 귀담아 들을 말이었다.

학술회의 장소에서 교수님은 항상 열성적이시었다. 맨 앞자리에 앉으셔서 회의 시작에서부터 끝날 때까지 발표자의 발표를 집중해서 들으셨고, 종합 토론 시간에는 예리한 질문을 던져서 많은 가르침을 주셨다. 나는 박사 과정만 교수님께 수업을 들었기 때문에 교수님 수업을 그리 많이 듣지 못하였다. 그렇지만 몇몇 학우와 함께 한 교수님의 깊이 있는 명강의는 기억에 남아있다.

선생님이 사시는 아파트를 학우들과 함께 몇 번 같이 찾아간 일이 있다. 사모님께서 정성스럽게 음식을 준비하시었고, 덕분에 맛있는 식사를 하며 즐거운 시간을 보냈다. 화려함은 하나도 없었고 사방의 벽면에는 책들이 가득히 꽂혀 있었다. 댁에서나 학교에서나 책을 사랑하시는 교수님의 면모를 확인할 수 있었다.

교수님과 함께 한 몇 번의 여행도 추억으로 남아 있다. 학문을 떠나 개인적으로도 교수님은 매우 자상하신 분이었다. 겉으로 친밀함을 별로 드러내지 않으셨지만, 제자를 깊이 사랑하시는 교수님 마음을 때때로 살포시 느낄 수 있었다.

어느덧 교수님께서 정년이 되어 정든 캠퍼스를 떠나시게 되었다. 공주에 거처할 공간을 만드셨다는데 아직 가보지는 못하였다. 기회가 되면 제자들이 같이 한번 찾아뵙고 싶다. 그곳에서는 학술연구에 너무 몰두하시지 마시고 때로는 자연과 벗하며 여유롭게 지내셨으면 좋겠다. ♣

맨발의 백규 교수

김대권(숭실대 독어독문학과 교수)

　교수로 임용되어 숭실대에 온 지 얼마 되지 않아 대학신문인 『숭대시보』를 읽게 되었다. 『숭대시보』에서 즐겨 읽은 부분은 지금으로 보면 <월요시평> 코너에 실린 여러 교수님의 글이었다. 신문을 읽다가 한 글에 매료된 적이 있었는데, 처음에는 단순히 '글을 참 잘 쓰시는구나'라는 느낌을 받았다. 그러다가 또 다른 글을 읽게 되었을 때는 필자를 개인적으로 알고 싶은 마음이 커졌다. 이렇게 해서 조규익 교수님과의 인연이 시작되었다.

　한번은 대학신문에 실린 글을 쓱 읽고서 마침 연구실에서 나오시는 교수님께 "선생님, 좋은 글 잘 읽었습니다."라고 말을 건넸다. 그런데 갑자기 화를 내시며 "김 교수님, 그 글에서 오자誤字를 못 봤습니까?"라고 반문하시는 것이었다.

교수님의 글에 관심을 표명하는 나에게 "고맙습니다"라고 대답하실 줄 알았는데, 이해보다는 핀잔을 듣는 듯해서 좀 무안했다. 나중에 알고 보니 대학신문사에서 마감 시간이 임박한 가운데 급히 원고를 청탁하여 글을 보내셨는데, 그만 편집과정에서 오자가 나왔던 것이다. 그걸 읽고 화가 나신 교수님이 마침 그때 글을 꼼꼼하게 읽지 않고 섣불리 칭찬한 나를 꾸짖으셨던 것이다. 물론 처음에는 잠시 난처하기는 했지만, 글에 대한 교수님의 진정성을 알게 된 계기가 되었다.

기억에 남는 일이 또 하나 있다. 연구관에서 지냈을 때다. 지금이야 연구관에도 냉난방시설이 갖춰져 있었지만, 당시에는 그런 시설이 없었다. 특히 겨울에는 석유난로를 피워 연구실의 차가운 공기를 데우던 시절이었다. 그런데 조규익 교수님은 더울 때뿐 아니라 추울 때도 맨발로 실내화를 신고서 자주 복도를 다니셨다. 처음에는 이런 모습을 보고 '그래도 교수님인데, 어떻게 맨발로 다니시지? 그리고 춥지도 않으시나?'라고 의아해했다. 나중에 이야기를 나누면서, 이게 선생님의 열정과 활력이 밖으로 표출된 것임을 알게 되었다. 이제는 나도 가끔은, 비록 교수님만큼의 열정과 활력은 없지만, 양말을 벗고 복도를 거닌다. 앞으로는 교수님의 그런 모습을 볼 수 없을 것 같아 못내 아쉽다. ♣

저의 선생님, 백규 조규익 교수님

정영문(숭실대 국어국문학과 연구교수)

대학 입학 후 첫 강의시간. 젊은 교수 한 분이 강의실로 들어오셨다. 그분이 오랜 시간 존경하며 믿고 따랐던 백규白圭 조규익曹圭益 교수님이시다. 그분을 처음 만난 시기는 1987년. 그 해는 어느 때보다 민주주의에 대한 사회적 열망이 높았고, 그 열망이 넘치다 못해 학교는 하루하루가 전쟁터와도 같았다. 수업 시작을 알리는 종소리와 동시에 최루탄이 터지면서 수업이 끝나기도 했다. 그때 막 숭실대학교에 부임하셨다 하니, 교수님과 내가 스승과 제자의 인연으로 맺어진 시기도 바로 그때였다. 열정적인 강의를 들으며 시간 가는 줄 몰랐다. 그 수업 시간은 짧았으나 그때의 감동들은 오랫동안 남아 현재까지도 나는 고전문학의 그늘에서 벗어나지 못하고 있다.

강의실 뒷문을 열고 들어오던 여자아이를 따라다니며 시작된 나의 청춘 시대. 열정의 그 시간은 사라지고, 샛노란 신입생이던 나는 선배가 되고 선생이 되었다. 그동안 교수님께서는 35년의 세월이 흐르는 동안 항상 내 옆에서 함께 해 주셨다. 시간이 길었던 만큼 개인적으로는 많은 일이 있었지만, 교수님께서는 못난 제자를 만나셨으니, 참으로 제자 복은 적으신 것 같다.

신입생에서 복학생, 대학원생이 되면서 고전문학을 전공하게 된 것은 물이 흐르는 것처럼 자연스러운 일이었지만, 개인적으로는 학교를 벗어난 적이 없었던 만큼 세상 경험이 짧고 만사에 서툰 학생이었다. 공부를 하고 싶어 했으면서도 무엇을 어떻게 해야 하는지조차 몰랐고, 그분 옆에 서 있고 싶다는 생각만 했다. 시간이 지나도 변하지 못하는 제자의 모습을 지켜보셨던 교수님께서는 참으로 애가 많이 타셨을 것 같다.

대학원에 들어와 교수님이 시조학회, 화곡동 서당 등 공부에 필요한 여러 곳을 안내해 주시면, 줄레줄레 교수님을 따라다니면서 세상을 경험하였고, 그러한 경험들을 통해 공부는 글로만 하는 것이 아님을 알게 되었다. 벌써 이십 년이나 지났지만, 화곡동 서당에서 일평 조남권 선생님을 만난 일이 생각난다. 항상 열심이셨던 교수님께도 모시고 공부하시는 선생님이 계시다는 사실에 놀랐고, 그때의 인연으로 화곡동 자택에서 명동의 한서대학교 연구소로 옮겨가며 일평 선생님께 한문을 배우기도 했다. 교수님께서는 고전문학을 공부하기 위해서는 민족문화추진회에서 한학을 공부해야 한다고 하셨지만, 지식이 짧아 석사와 박사과정을 마무리할 때까지 한학에 제대로 입문하지도 못하였다. 이처럼 매사에 서툰 제자를 옆에서 지켜보셨던 교수님께서는 답답도 하셨겠지만, 그분은 개의치 않고 아직도 나이 많은 제자가 나갈 길을 밝히고 계신다.

박사과정에 들어갔을 때, 처음으로 강의를 하였다. 그때는 강의에 대한 열망이 컸지만, 강의법에 대한 막막함으로 괴로워하며 시간만 허비할 뿐이었다. 급기야 교육대학원에 진학한 것도 그 때문이었다. '교육'이라는 글자가 들어있으니, 갈증을 해소해 줄 것이라 믿었던 것이다. 이 일을 두고 어떤분은 '참으로 이해할 수 없다'고 하셨지만, 당시의 선택을 끝까지 지지해 주고 밀어주신 분이 교수님이시다. 교육대학원을 다니면서 비로소 강의법은 스스로 찾아야 한다는 깨달음을 얻었다. 그 깨달음을 얻을 때까지 제자의 '무지함'에 답답하셨겠지만, 믿음을 놓지 않으셨던 교수님 덕에 무사히 여기까지 이르게 된 것이다.

박사과정을 수료한 후, 학위논문에 관한 주제를 확정하지 못한 채 심적으로 좌충우돌하는 상황이 이어졌고, 논문의 방향이 정해지지 않은 상태에서 '논문은 어떻게 쓰는 것인가'

에 대한 의구심이 짙어져만 갔다. 오랜 방황을 끝내 주신 분도 교수님이시다. 어느 날엔가 연구실로 찾아뵈었을 때, 그동안 한일관계사에 관한 연구가 진행되어 왔지만 『해행총재』에 대한 학계의 관심은 아직도 빈약하다고 비판하시며 책장에서 책을 찾아 건네시던 모습이 아직도 기억에 생생하다. 얼마나 많은 공부를 축적하셨기에 오랜 방황을 끝낼 비책을 단번에 제공하시는가. 지금 생각하면 참으로 송구하고 당돌했던 시간이었던 것 같다.

학위를 받은 지 벌써 20년이 지나가고 있지만, 아직도 공부가 빈약하니, 학자의 길이란 참 쉽지 않은 일이라 생각된다. 교수님께서는 이런 공부를 끊임없이 하시는 모습을 보면, 학자로서 존경하지 않을 수 없다.

혼자서 밤늦게까지 연구실을 밝히시던 모습. 설과 추석에도 학교로 출근하시며 공부하시던 그 모습을 보며, '저런 분이 학자로구나'라는 생각을 많이도 했다. 그런 교수님께서

답사를 떠나기 전, 교수님 연구실에서   학술대회(『조천일록』) 기념사진

벌써 정년을 맞이하신다고 하시니, 참으로 세월은 빠르기만 하다. 대학교를 벗어난 뒤 무엇을 하실 생각이신지 여쭈어 보면, 그때마다 몇 년 동안의 연구계획을 말씀하신다. '공부는 일생을 두고 하는 것'이라는 생각을 지울 수 없다.

대학교에 입학하여 처음 만나 뵌 날로부터 얼마 되지 않은 것 같은데, 벌써 35년이나 지났다니 '시간은 화살 같다'는 말이 정확하다. 조규익 교수님, 아니 나의 스승이자 선생님이신 백규 선생님. 항상 '사제동행'을 말씀하시지만, 그것도 학문이 비슷할 때나 가능한 말일 것이다. 곁에서 함께 걸으며 든든한 버팀목이 되어 주셨고, 참으로 많은 일들에서 모범을 보여주셨던 선생님께서 이제 정년을 맞이하신다. 공부의 장소는 달라지겠지만, 새롭게 시작하시는 선생님께서는 또 다른 꽃들을 왕성하게 피워 내시리라 굳게 믿으며, 그간의 가르침에 진심으로 감사드린다. ♣

존경하는 조규익 교수님께

박은미(건국대 강사)

선생님, 안녕하세요. 밖에는 아직도 겨울바람이 차갑습니다. 그래도 입춘이 지나서인지 간간이 순한 바람이 불고 있습니다. 코로나로 세상이 너무 어수선합니다. 봄이 오듯이 코로나도 끝났다는 소식이 들려오기만을 고대하고 있습니다.

선생님, 시골 생활은 어떠신지 참 궁금합니다. 가끔 선생님의 커뮤니티 공간에 연서처럼 올라오는 시골 소식을 반갑게 읽고 있습니다. 오늘은 개울물이 어떠하였는지, 바람소리가 어떠하였는지, 겨울이 와서 눈 덮인 길이 어떠한지 모두가 한 편의 시 같은 시골 생활을 잘 읽고 있습니다. 그래도 건강하신지 코로나인데 수업하러 서울은 어떻게 오시는지 늘 궁금합니다.

저는 잘 지내고 있습니다. 코로나 때문에 수업도 집에서 하고 있고 조용한 삶을 살고 있습니다.

선생님 얼마 안 있으면 퇴임이시죠! 세월이 유수 같다고 하더니 시간이 왜 이리 빨리 가는지 모르겠습니다. 선생님은 늘 연구실에서 수업 준비를 하시고, 좋은 글을 쓰시고, 한켠에서는 벼를 키우실 거라고 생각하였습니다. 정말 친정아버지 만나러 가는 기분으로 늘 거기 가면 선생님이 계실 거라고 생각하였는데 이제는 떠나신다고 생각하니 너무나 섭섭합니다. 나이가 들면서 하나하나의 인연이 얼마나 소중한지 알아가고 있습니다. 선생님 늘 감사했습니다.

선생님을 생각하면 제일 먼저 떠오르는 것은 일본 학회에서 뵈었던 인상입니다. 선생님의 책을 많이 보았던 터라 저자를 직접 볼 수 있다는 생각에 무척이나 설레며 갔던 곳입니다. 그때 발표하시던 모습, 다정하고 따뜻한 미소, 먼 이국에서의 만남이라서 그런지 마치 저도 출연한 한 편의 영화같이 그때의 일을 지금도 기억하고 있습니다.

그리고 『숭실대 한국문학과예술연구소』에서 '2020년도 춘계 학술발표 겸 보허자 학무 복원공연'을 진행하시던 모습, 그때 '보허자'를 공연도 하고 거기에 대해서 그 공연의 학술적 의의까지 같이 보여주셨는데 그날 정말 많이 배웠습니다. 안다는 것이 단순히 지식의 전수만이 아니라 현장으로까지 연결되어 우리의 삶을 풍성하게 해 줄 수 있다는 것을 깨달았습니다. 저도 선생님을 본받아 열심히 공부해야겠다는 생각을 했습니다. 선생님 늘 많은 가르침을 주셔서 감사합니다.

선생님이 퇴임을 하셔서 아쉽지만 에코팜에 둥지를 트셔서 좋은 글로 선생님을 뵐 생각을 하니 많은 기대를 갖게 됩니다. 코로나가 끝나면 에코팜으로 한 번 찾아뵙겠습니다. 선생님이 좋아하시는 칠장주 막걸리를 꼭 챙겨들고 찾아뵙겠습니다. 선생님 늘 건강하시고 학회에서 다시 뵐 날을 손꼽아 기다리겠습니다. ♣

문사철文史哲의 학구열
-조규익 교수와의 학문 인연

김경록(군사편찬연구소 선임연구원)

역사학을 공부하며 참으로 많은 학자들을 만났다. 한국사의 다양한 분야를 열정적으로 탐구하는 선후배 학자들은 늘 나 스스로의 나태함을 일깨우고 자극한다. 일국사의 한정된 시각을 뛰어넘도록 많은 가르침을 주는 동양사학의 선생님들도 계신다. 인문학으로 역사학이 중요함에도 불구하고 사회과학적 관점에서 학술교류를 말씀해주신 정치학, 국제정치학, 외교학, 해양학, 교육학 학자들의 고마움도 있다. 한국사의 여러 분야에도 불구하고 정치외교사를 공부하는 입장에서 미술사, 문화사, 국문학사, 한문학 등 다양한 분야의 학자들이 가르쳐주시는 자료와 관점은 거듭 감사함을 표하기 부족함이 많다. 나름 역사학을 공부한다고 지내온 30년 시간 동안 모자란 개인능력을 가르침과 배려를 주었던 많은 학자들이 소중하다.

이메일 주소록에 새겨진 많은 학자들, 주변에서 지인이란 범주로 모시는 학자들이 참으로 많다. 많은 학자들 가운데 유독 나의 공부에, 나의 삶에 떠오르는 학자이자 스승, 한 분이 이번에 40여년의 학교 교수생활을 마무리하신다. 전공하신 분야가 역사학도 아니다. 물론 학문에 전공이 어떤 의미가 있는가에 대한 오래된 질문이 있을 수 있지만, 역사학과 국문학의 간극이 엄연히 존재한다. 조규익 교수님이 특별한 학문적 인연으로 존재하는 이유이다.

학부시절 공부를 처음 시작하며, 많은 선생님들이 공부의 범주를 넓혀야 한다고 지도해 주셨다. 한국사를 공부하고, 조선시대를 공부하고, 한중관계사를 공부한다고 공부의 폭을 스스로 한정해서는 안 된다는 가르침이었다. 학문적 깊이를 위해 학문적 넓이를 포기해서는 안 된다는 절대적인 가르침이었다. 공부를 시작하는 모든 이들이 당연히 직면하고 경계하는 바이다. 그럼에도 이에 매몰된 주변의 학자들을 많이 본다. 매몰되는 학자가 많은 것은 경계하고 탈피하려는 노력이 쉽지 않기 때문이다.

한국사의 조선시대 한중관계사 공부에 가장 큰 걸림돌은 나 스스로의 학문적 능력의 부족과 함께 사료의 수집, 해석, 분석이었다. 이전의 선학들이 높은 학술적 능력으로 수집하고 분석한 주 사료는 『조선왕조실록』과 같은 연대기사료였다. 물론 지금도 『실록』 사료를 꼼꼼하게 읽고 해석하고 분석하는 능력도 부족한 것이 현실이지만. 본격적으로 전공이란 이름으로 공부하며 연대기사료의 한계를 넘고자 외교문서, 사행기록에 주목하여 자료를 수집, 정리, 분석하는 작업을 시작했다. 그 짧은 성과로 조선시대 사행기록, 외교문서 등에 대한 몇몇 결과물이 학술논문으로 나왔다. 보잘 것 없는 결과물에 주목하여 학제 간 연구를 제안한 분이 조규익 교수님이었다.

공군사관학교 교수부에서 교육하던 시기, 조규익 교수님으로부터 사행기록에 대한 총서를 기획한다고 참여할 수 있느냐는 제안을 받았다. 무엇보다 이제 갓 두 세편의 논문을 내놓은 신출내기 연구자에게 직접 연락해주신 점에 감사하여 제안을 받아들였다. 문제는 과연 조 교수님의 기획에 참여할 수준이었는가 하는 점이었다. 조 교수님은 사행에 대한 관심과 연구 성과를 종합하여 사행기록 연구의 토대를 세우는 쉽지 않은 작업을 추진했다. 국문학, 역사, 미술, 음악, 한문 등 다양한 분야에서 사행에 대한 연구 성과를 집대성하여 연구자들에게 총서형태로 제공한다는 점은 매우 의미 있는 기획이었다. 의미 있는 만큼 쉽지 않은 작업이었을 것이다. 총서를 기획, 분류하고, 다양한 연구자를 섭외하고, 편집·발간하는 과정이 어려운 작업임은 분명하다.

조 교수님과 함께 하였던 많은 분들의 헌신적인 노력으로

10권의『연행록연구총서』가 나왔다. 다섯 권의 문학, 한 권씩의 역사, 정치/경제/외교, 사상/의식, 복식/건축/회화/지리로 구성된 총서는 기존 사행기록의 연구 성과를 집대성하였다는 점에서 연구사적으로, 출판 관점에서 학계에 크게 기여하였다. 문학을 평생 전공하신 분이 문학, 역사, 정치, 경제, 외교, 사상, 의식, 복식, 회화 등 다양한 학제 간 연구의 필요성을 몸소 총서 출판으로 보여주셨다. 학제 간 소통과 협업을 통해 한국문화와 역사, 문학을 살펴보는 방법론을 소개하고 실천하였다는 점에서 본 역사학도의 입장에서 큰 가르침을 주신 학자이자 스승이라 할 것이다. 이 점이 많은 학자 가운데 조규익 교수님을 우선시하는 이유이다.

공부를 하고 수업을 하는 과정에서 늘 당면하는 문제가 공부의 수준이 낮다는 점이다. 자료를 읽다가, 어떤 현안을 전체적으로 이해하지 못하고, 세부적인 사실관계를 미처 모르는 경우가 많다. 이런 경우, 전문가에게 물어보면 된다. 물어볼 때 나는 대부분 나보다 선학에 해당되는 학자에게 물어본다. 그럼 만족하게 답변을 얻어 기쁘기도 하지만, 그렇지 못하고 문제의식을 공유하기도 한다. 문제는 그런 전문가가 주변에 많지 않다는 것이다. 연구자로 다양한 학자들을 알지 못하는 기본적인 한계 때문이겠다. 적지 않은 기회에 조 교수님으로부터 전화를 받았던 기억이 있다. 한참 후학인 나에게 공손히 당신이 궁금한 점을 물어보시는 전화를 접하면 분명 만족스럽게 답변이 가지 않았을 것임에도 많이 배우셨다는 말씀을 주셨다. 후학에 대한 배려와 학문적 겸손을 또 배우게 된다. 이 점이 조규익 교수님이 우선하는 또 다른 이유이다.

역사학을 공부하며 당장 눈앞에 놓인 역사과제의 해결을 위해, 논문을 쓰기 위해, 의뢰받고 나태하게 미루었던 발표를 위해 늘 사학적 사료읽기와 글쓰기가 몸에 익숙하다. 그러다보니 자연 역사를 크게 보고, 그 시대에, 그 공간에 살았던 인간에 대한 고민과 공감은 부족하다. 한중관계사를 한다며, 정작 조선시대 조선, 명, 청의 인간이 어떠한 시대공간에서 시대정신으로 시대상황을 엮어 갔는가에 대한 답변은 내놓지 못하는 실정이다. 처음 공부를 시작하며, 나름 문사철文史哲을 통해 현재의 내 모습이 되지 않고자 했는데 그러하지 못했다. 주변에 많은 학자들을 대하고 배우며 문사철을 중용中庸하시는 분이 사실 많지 않다고 느낀다.

드물게 문사철을 늘 함께하며, 그 중용을 취하는 학자로 조규익 교수님이 계시기에 그 분을 우선하는 또 다른 이유이다. 사실 사행기록을 통해 사행을 연구하며, 많은 국문학자들을 대한다. 학문적인 높은 연구수준으로 많은 배움이 있는 것도 사실이다. 그러나 역사학도의 입장에서 아쉬운 점도 많다. 그 중 가장 대표적인 것이 전통시대의 고전문학, 사행기록, 사행을 언급하며 전혀 역사적 검토와 고려가 부족하다는 것이다. 옛 사람들의 삶은 해당 시기의 시간과 해당 지역의 공간과 해당 인물 및 연관된 사람의 인간이 씨줄과 날줄로 엮어내는 복합적인 것이다. 그럼에도 인간 사이의 치열한 관계라 할 정치, 제도, 관례 등이 자칫 간과되고 특정 인물의 특정 자료에 기재된 문구에 집착하여 누구누구의 사행인식, 사행경험 등으로 발표된다. 이는 문文에 고착된 미학적 분석이라 할 것이다.

열린 마음으로 문, 사, 철을 균형 있게 연구하고, 종합하여 큰 학자의 면모를 보여주는 조 교수님의 공부를 통해 많은 가르침을 받았다. 적지 않은 기회의 학술회의 및 공동 작업에 매번 문사철의 균형을 강조하셨다. 학술적으로 후학들에게 이러한 균형을 강조하기 위해서는 스스로 문사철을 배우고 익히는 과정이 선행되어야 한다. 문사철의 중용으로 당신의 학술적 성과를 내시고, 후학 및 학계를 지도하였던 점은 나의 공부하는 자세를 되돌아보게 한다. 근 20여 년간 조 교수님과의 만남과 배움에서 느껴지는 문사철에 기반한 학구열은 후학으로서 당신을 기억하는 상징일 것이다. 강의와 연구에 매진하셨던 40여 년을 정리하며 정년하시는 조규익 교수님께 감사와 경의를 표하며, 후학이 배우고 공부하도록 앞으로 여전히 큰 가르침을 주시길 기대한다. ♣

성실하고 한결같은 큰 학자

박수밀(한양대학교 연구교수)

어느 날 문득 지난 시절을 떠올리면 세월의 빠름을 실감한다. 매서운 가르침을 주셨던 은사님들은 어느 사이 보이지 않고, 정다웠던 선배 학자들도 하나 둘 떠나간다. 그리고 여전히 외모는 그대로인 것만 같은 한 분이, 아름다운 정년을 기다리고 있다.

삼십 대 학자 시절의 나는 눈치가 없고 거리낌이 없었다. 학술 토론의 장이 열리면 누구든 가리지 않고 궁금한 것은 서슴없이 질문했다. 돌이켜보면 상대 학자가 언짢아했던 장면도 희미하게 떠오른다. 한 학술대회에서 토론자의 임무를 맡아 선배 학자에게 또 예의 눈치 없이 당돌하게 질문했다. 토론이 끝나고 나서 발표자 선생님이 다가오더니 질의에 대해 따뜻하게 격려를 해주셨다. 백규 선생님과의 직접적인 인연은 그렇게 시작되었다.

이후 온지학회를 매개로 선생님과의 인연은 계속 이어졌다. 곁에서 지켜보는 백규 선생님은 곧고 성실하며 한결같고 열정적인 분이었다. 말씀은 명쾌하고 논리는 조리가 깊었다. 성산 학술상, 도남 국문학상 등 명망 높은 상을 받은 것이 결코 공치사가 아님을, 꾸준한 연구 실적과 굵직한 발자취로 증명해 보이셨다. 만횡청류 연구와 조선조 악장 문학에 깊은 족적을 남기고, 10권의 『연행록 연구총서』를 발간하고, 해외 한인 문학에 깊은 관심을 가져온 것은 내 기억에 또렷하게 남는 선생님의 자취가 될 것이다.

대화를 나누는 자리에선 대학 사회의 기득권과 인문학의 미래에 대해 걱정을 하셨다. 대학과 학계가 학맥과 지연을 넘어 능력과 실력에 따라 평가하는 공간이 되길 바라셨고 인문학자가 시대에 편승하지 않으면서도 시대에 뒤처지지 않는 균형 감각을 갖출 것을 말씀하셨다. 다양한 공동체가 함께 어울려 공존하기를 바라셨다. 이러한 가르침은 지금도 내 마음에 각인되어 있다.

백규 선생님은 온지학회 회장을 맡으면서 전국 학회지로서의 위상을 높이는데 밑거름을 만드셨다. 학문의 본질을 견지하면서 학제 간 연구를 도모하는 학회로 만들기 위해 애쓰셨고 외부의 뛰어난 학자를 적극적으로 섭외하여 학회 외연을 넓히는 데 힘쓰셨다. 그와 같은 선생님의 노력과 후속 학자들의 적극적인 참여에 힘입어 온지학회는 전국 학회지로서 부족함 없는 역량과 인프라를 갖추게 되었다. 이제 시간은 속절없이 흘러 부족함 많은 내가 학회를 책임진 무거운 임무를 맡게 되었으니, 전임 선배 학자들의 노력이 헛되지 않도록 성심껏 뒷받침할 것을 다시금 다짐하게 된다.

선생님은 근래 충남 공주의 에코팜으로 이사하여 새로운 인생을 설계 중이시라고 한다. 집의 이름은 백규서옥白圭書屋. 간간이 온라인을 통해 에코팜에서 생태적 삶을 실천하고 계신 일상의 소식을 듣곤 한다. 하고 싶은 일을 실컷 하겠다는 욕심조차 버리고 자연을 배우며 욕심 없이 사는 삶을 꿈꾸고 있으시다. 그러나 왠지 세속에 대한 욕심은 버릴지언정 학문에 대한 욕심만큼은 버리지 못할 것 같은 예감이 든다.

미래가 막막하고 힘겨울 때, 실력에 대해 의문이 들 때, 선생님의 신뢰와 격려는 자신을 믿고 나아가는 데 큰 위로가 되었다. 그 격려의 말씀을 떠올리자니 가슴이 따뜻해진다. 이제 곧 선생님은 분주한 도시를 훌훌 떠나 자연의 공간으로 옮기실 것이다. 에코팜에 들러 자연의 소리를 들으며 선생님과 즐거이 담소를 나눌 날을 기다려 본다. ♣

세상 구경 좀 하고 오게

서지원(숭실대학교 문학박사)

우리는 살아가면서 다양한 만남의 기회를 갖는다. 그중에는 지극히 평범한 만남도 있고, 한 사람의 삶에 큰 영향을 미칠 수 있는 특별한 만남도 있다. 이것을 구분하는 기준은 개인의 상황과 인식에 따라 다를 것이다.

나는 청소년 시절, 선생님과의 특별한 만남이 계기가 되어 꿈을 품고 성장할 수 있었다. 그 후 직장생활을 하다가 대학에 진학했지만 의욕만큼 잘 적응하지 못했다. 그러던 중 교수님의 강의를 들으면서 흔들리는 마음을 바로잡게 되었다. 나는 고전문학을 전공하기로 마음먹고 진학했기 때문에 교수님을 롤 모델 삼아 공부하면 될 거라고 생각했다. 어느 날 교수님께서 강의 시간에 이렇게 말씀하셨다.

"책상에 앉아서 하는 공부는 살아 있는 공부라고 할 수 없네. 발로 뛰고 눈으로 직접 봐 가면서 하는 것이 살아 있는 공부야. 그러니 가만히 앉아서 책만 파겠다는 생각을 버리게."

이 말씀은 그때까지 직장인의 티를 벗지 못한 채 지쳐 있던 마음에 파문을 일으켰다. 그 후부터 나는 학부는 물론 대학원 재학 중에도 꼬박꼬박 '학술답사'에 참가했고, 전공과 관련 있는 장소를 방문할 때면 더 꼼꼼하게 살피곤 했다.

대학원 시절, 학교 도서관에서 늦은 시간까지 공부하다가 폐관 시간이 되어 밖으로 나오면 연구동 건물에 불이 켜져 있는 방이 있었다. 어느 날 그 방의 주인이 교수님이라는 사실을 알게 되었고, 이 사실은 누군가를 통해 대학원생들 사이에도 소문이 났다. 이와 관련하여 잊을 수 없는 에피소드가 있다. 연구동은 도서관 뒤편에 있어서 밤에는 몇 걸음만 가면 불이 켜진 방의 위치를 확인할 수 있다. 이를 잘 아는 대학원생 중 누군가 도서관 폐관 시간과 연구동에 불이 꺼진 시간을 비교해 보자는 제안을 했다. 이 소박한 제안은 은근히 우리의 경쟁심을 자극했다. 그리하여 폐관 시간까지 도서관에 남아 있었던 사람은 다음날 누구는 어제 교수님보다 더 늦게 귀가했고, 누구는 더 일찍 귀가했다고 보고했다. 당사자인 누구는 괜히 뿌듯한 표정을 짓기도 했고, 누구는 반성하는 모습을 보이기도 하였다. 이 일화는 서로에게 자극제 역할은 했고, 동시에 자긍심을 안겨주었다. 물론 늦게까지 도서관에 있었다고 해서 공부를 더 많이 했다는 뜻은 아니지만, 그 시절 무료한 일상에 활기가 되었던 것만은 틀림없다. 이처럼 당시 우리의 롤 모델은 교수님이셨다. 교수님은 우리에게 학문하는 자세를 실천을 통해 보여주신 것이다.

이보다 더 인상 깊고 내 삶에 큰 변화를 가져다준 일화를 소개한다. 2013년 1월 겨울방학이 중반으로 접어들 무렵, 최종 학위를 마치고 본국으로 새 학기를 앞두고 있었는데, 학위를 마치고 귀국하여 대학에 자리를 잡은 유학생 후배가 찾아왔다. 오랜만에 만난 기념으로 함께 저녁 식사를 하게 되었다. 그 자리엔 교수님과 유학생 후배, 그리고 또 다른 후배와 나, 네 명이 함께였다. 식후에는 대화의 방향이 대학에 자리 잡은 후배의 근황으로 흘렀다. 후배는 귀국 후 몇 개 대학을 거쳐 현재의 대학 한국어학과[朝鮮語系]에 자리를 잡았다고 한다. 후배가 그 대학에 자리를 잡기까지의 과정은 길게 설명하지 않아도 짐작이 갔다. 어쨌든 대단하다고 칭찬하며 대화가 무르익어갈 즈음, 후배가 갑자기 이런 제안을 했다. 자신이 근무하고 있는 학교에 한국어 원어민[外敎] 자리가 하나 비어 있는데 건너오지 않겠느냐는 거였다. 한 번도 생각해 본 적이 없었던 터라 진심인지 인사말인지 속으로 따져보는 사이 옆자리에 계시던 교수님께서 흔쾌히

"자네 가서 세상 구경 좀 하고 오게."

라고 대답하셨다. '앗, 이게 아닌데.' 나는 이번에도 대답하지 못했다. 내가 대답하는 것과 교수님께서 대답하시는 것은 무게가 다르기 때문이었다. 잠깐의 고민 끝에 내일 당장 출국하는 것도 아니었으므로 얼떨결에 '알겠습니다!' 라고 대답하고야 말았다. 그리고는 불안정한 시기에 취업을 제안해준 제자에게 고마운 마음에서 호응해 주신 인사말이셨을 거라고 생각했다. 후배랑 헤어진 뒤에는 이러저러한 사정으로 까맣게 잊은 채 겨울방학을 보냈다. 그런데 새 학기가 시작되고 얼마 지나지 않아 후배로부터 연락이 왔다. 대학에 정식으로 추천해서 자리를 마련해 놓았으니 학교에서 요구하는 서류들을 보내 달라는 거였다. '진심이었구나. 그냥 인사말이 아니었어.' 나는 어떻게 해야 할지 고민 끝에 교수님께 연락을 드렸다. 교수님은 쿨하게 '준비해서 보내지 뭐.' 라고 말씀하셨다. 그날부터 나는 기대 반 의심 반 심정으로 서류를 준비해서 보내기 시작했다.

나는 대학원 재학 중에 조교로 근무했고, 가끔 연구 보조를 겸하기도 했다. 연구 보조를 할 때 교수님께서 국외로 출장을 다녀오곤 하셨는데, 그때마다 연구 자료를 챙겨 오시던 모습이 생생하다. 교수님께서는 프로젝트 수행 중일 때나 안식년에 해외로 가셨을 때도 어김없이 자료를 구해오셨다. 그리고는 해외 체류 경험을 정리하여 책으로 묶어내셨다. 그 시절 교수님의 활동 하나하나가 인상 깊게 남아 있다. 교수님께서 출국을 앞두고 여행사에 비자를 대행하셨는데, 그때 내가 서류를 들고 여행사에 다녀왔다. 몇 번 다니다 보니 대표님과도 친분을 쌓게 되었다.

이러한 경험들이 해외 체류에 대한 호기심과 기대감을 갖게 한 배경이 된 것 같다.

후배가 재직 중인 대학으로 서류를 보낸 지 5개월 만에 그 대학에서 보낸 초청장이 도착했다. 나는 초청장을 가지고 친분을 쌓아두었던 여행사 대표님께 취업비자 대행을 의뢰했다. 길고 지루한 기다림이 끝나고 드디어 중국행 비행기에 오를 수 있었다. 나는 그때까지 타국으로 여행을 가본 기억이 없다. 따라서 중국행은 그야말로 모험과 도전 그 자체였다. 그렇게 겁 없이 건너간 타국 생활에 적응하기까지 수많은 감정의 변화가 찾아왔지만, 그 와중에도 틈틈이 답사할 장소를 물색했다. 내가 여행지보다 답사 장소를 물색했던 건, 무의식의 작동이었을 것이다. 하지만 아쉽게도 한 학기가 훌쩍 지나버렸고, 내가 얻은 수확이란 현지 학생들과 격의 없이 보낸 시간과 수업이 없는 날 어학원에서 약간의 중국어를 배운 것이다. 겨울방학에는 일시 귀국했다가 설이 지나고 다시 대학으로 복귀했다. 나는 첫 학기에 시도하지 못했던 현지 답사를 하기 위해 동료 선생님과 함께 뜻이 맞는 학생들을 모집했다. 타 도시로 이동하기 위해서는 청명절이나 단오 등 휴강일을 이용하는 수밖에 없었다. 우리의 계획을 반장을 통해 공지하자 본과 2, 3학년 학생들이 적극 참여 의사를 밝혔다. 우리는 인원을 선별하고 커피숍에 모여 도시 선정과 일정표를 작성했다. 학생들과 세 차례에 걸쳐 타 도시로 여행을 갔다. 주로 산동성 일부 도시와 북경이다. 산동성에서 기억에 남는 곳은 곡부와 태안시에 있는 태산이다. 태산을 오르면서 '태산이 높다하되'를 읊조렸고, 곡부에서는 공자와 관련된 유적지를 꼼꼼하게 살폈다. 단오 연휴를 맞아 여행했던 곳은 북경과 제남이다. 3학년 학생 3명이 함께 했다.

북경에서는 이동거리를 꼼꼼하게 체크하여 동선을 최대한 줄인 후 천안문과 자금성, 이화원을 방문했다. 자금성을 걷던 중 오문午門이란 현판이 걸린 건물 앞에 서자 최현이『조천일록』에서 오문을 지나며 심정을 기록한 장면이 떠올랐다. 나는 여행객으로서 설

북경여행에 동행했던 학생들

레는 감정을 안고 방문했지만, 최현은 공무를 띤 사신의 신분이었기에 복합적인 감정이 교차했을 것이다.

다음은 천주당으로 향했다. 천주당은 조선 사신들이 가보고 싶어 했던 장소 중 하나다. 이 때문에 나도 적극적으로 방문하자고 추천했다.

동천주당 외부   동천주당 내부

우리가 찾아간 날은 마침 일요일이었고, 안에는 신자들로 가득했다. 표석을 보니 동천주당이었다. 예배드리는 장면을 보니, 감회가 새로웠다. 그 당시에도 천주당에서 예배를 드렸을 터인데 사신들은 어떤 감정으로 바라보았을까. 서학의 하나로만 생각했을까. 기록에 남아 있지 않은 그들의 속마음은 어땠을까.

천주당 방문을 마친 후 우리는 서둘러 차를 타고 이동했다. 만리장성에 오르기 위해서다. 마침 장성으로 가는 시외버스에 빈 좌석이 남아 있어서 기다리지 않고 탈 수 있었다.

버스에 오른 뒤 얼마 지나지 않아 모두 깊은 잠에 빠졌다. 아침 일찍 서둘러 숙소를 나섰고, 계속해서 이동했기 때문에 피곤할 만도 했다. 한참을 정신없이 자다가 깨어보니 웅장한 성벽을 지나가고 있었다. 직감적으로 '아, 만리장성이구나!' 싶었고, 순간 그 웅장함에 압도되어 잠이 번쩍 달아났다. 만리장성을 오르는데 그 길고 가파른 자태와 견고함에 감탄이 절로 나왔고, 켜켜이 쌓인 세월에 숙연한 마음이 들었다. 한편으로는 이름도 남기지 못하고 스러졌을 인부들이 떠올랐다. 그들로 인해 세워진 성벽이기에 만리장성은 관광지 이상의 존재로 남아 있는 것이다.

우리는 '빠다링八達嶺'에 올라 마오쩌둥의 글이 새겨진 비석 앞에서 사진을 찍고 하산했다. 체력도 시간도 모자랐기 때문이다. 지친 몸으로 겨우 차를 타고 다시 북경역에 도착했다. 북경역에는 과거와 현재가 공존하듯 익숙하면서도 낯선 분위기를 품고 있었다. 인근에서 저녁을 먹고 밤기차를 타기 위해 역사 안에서 쪼그리고 앉았다. 밤 기차를 타고 제남으로 가야 했기 때문이다. 긴 기다림 끝에 자정 무렵에야 기차를 타고 새벽녘에 제남에 도착했다. 제남에서는 드넓은 대명호와 표돌천 등을 관람했다. 1631년 정두원이 남긴 『조천기지도』에는 제남의 대명호를 바라보며 고향을 그리는 마음을 기록한 대목이 있다. 그 장면 때문인지, 나는 제남에 가면 꼭 대명호에 가봐야겠다고 생각했었다. 그밖에도 내가 중국에서 경험한 일상생활의 여러 부분들이 정두원의 기록과 겹친다. 21세기에도 변하지 않고 이어져 오고 있는 것이다.

나는 지금까지 직장인의 삶과 대학에서 연구자로서의 삶을 경험했다. 두 환경은 전혀 다르지만 서로 영향을 주었다는 점에서 하나로 통한다. 이처럼 다양한 환경에서 생활했던 경험이 내 안에 축적되어 있었기 때문에 타국에서 견딜 수 있는 힘이 되었다고 생각한다.

교수님의 퇴임이 얼마 남지 않았다는 소식을 들었을 때만 해도, 실감이 나지 않아 덤덤했다. 하지만 이 글을 쓰면서 돌이켜 보니 아쉬움과 죄송함이 동시에 밀려온다. 교수님께서 변함없이 보여주신 학문하는 자의 자세와 실천력을 닮기 위해 더 노력하지 못한 데 대한 깊은 반성과 수면 시간을 줄여서라도 목표한 일을 완성하라고 하셨던 말씀들이 가슴을 친다. 지금은 학교 밖에서 전공 외의 일을 하고 있지만, 교수님께서 보여주신 삶의 자세와 말씀들을 잊지 않고 어디에서든 실천하며 살고자 한다. ♣

좌고우면하지 않고, 학문으로 세상과 소통하신 조규익 교수님

김용기(중앙대 강사/신천고 교사)

조규익 교수님을 처음 뵌 것은, 2012년 제3회 전국해양문화학자대회였다. 엑스포의 도시 여수에서 목포대 도서문화연구소, 여수지역사회연구소, 전남대지역사회발전연구소가 주관이 되어 열렸고, 여수시에서 재정적 지원을 했던 것으로 기억한다. 당시 전남도지사였던 이낙연 전 국무총리가 축사도 했었던 상당히 큰 규모의 학술행사였다.

이 학술대회에서 조규익 교수님과 나는 '해양문화분과'에 같이 배정되어 발표와 토론을 진행했다. 내가 발표했던 논제는 '<태원지>의 표류담과 천명실현의 의미'였는데, 이때 조규익 교수님께서 좌장을 겸하여 좋은 말씀으로 토론을 해주셨던 것으로 기억을 한다. 사회를 보실 때는 매우 근엄하시고 위압적인 부분도 있어서 아직 초학자의 티를 벗지 못한 나는 살짝 겁도 났었다. 발표 후 주최 측에서 준비한 만찬을 함께 먹을 때까지만 해도 상당히 조심스럽게 교수님을 대했을 정도로 교수님의 표정과 말 한마디에 신경을 쓰곤 했다. 나는 맛있는 음식을 먹을 때면 사이다로 그 기분을 배가시키곤 하는 버릇이 있어서, 교수님께 내가 좋아하는 사이다를 권하면서 친해지려고 했다. 그랬더니 교수님은 그냥 물을 드시겠다면서, 그 맛있는 사이다를 사양하셨다. 나는 살짝 민망했지만, 교수님은 별로 개의치 않는 눈치였다.

식사 후 우리 분과 몇몇 분과 조규익 교수님이 함께 여수 시내 관광을 나갔다. 저녁이 꽤 깊은 시간이어서 여름철의 후텁지근했던 열기는 많이 누그러졌다. 일행 중에는 중앙대 이명재 교수님도 계셨다. 여수 시내 안내는 전남대 여수캠퍼스 교양학부 교수님께서 해주셨던 것으로 기억한다. 명함을 받았었는데, 세월이 지나 어디에 있는지 찾지를 못하겠고, 이름도 연락처도 분실하고 없어서 다소 아쉽다는 생각이 든다. 여수에서 볼만한 곳 몇몇 곳을 둘러보고, 우리는 숙소에서 가까운 호프집에서 2차 뒷 풀이를 했다. 이때 이명재 교수님께서 조규익 교수님께 한 잔 사시기를 권했던 것 같다. 조규익 교수님께서는 흔쾌하게 맛있는 안주와 함께 시원한 맥주를 넉넉하게 사주셨다. 여름철 늦은 저녁의 열기를 식히기에 양도 충분했고, 인심도 넉넉했다.

맥주를 마시면서 조규익 교수님께서는 그동안 마음에 두고 계셨던 학자로서의 서운한 마음을 토로하셨다. 중앙대와 숭실대가 지척에 있는데, 학술 행사에 한 번 불러주시지 않음에 대한 서운함이었다. 이명재 교수님께서는 특유의 너털웃음으로 눙치며 넘기셨지만, 조 교수님은 정말 진심이었던 것 같다. 다만, 그러한 학연, 지연에 얽매이지 않고 스스로 학문적 성취와 학자로서의 위치를 점하신 대학자의 여유가 묻어나는 자리였다.

이때 나는 생각했다. 학연, 지연으로 똘똘 뭉친 대한민국 학계에서 조규익 교수님처럼 외길로 자타가 공인하는 학문적 성취와 사회적 성공을 거둔 학자들이 몇이나 될까 하고 말이다. 앞으로 후학들은 조규익 교수님을 본받아서 학연, 지연에 얽매이지 않고 순수한 마음으로 자기 자리를 위치 잡을 수 있도록 노력했으면 한다. 우리 주변에는 정당하지 않은 힘에 기대어 엉터리 학문으로, 설익은 학문으로 세상을 호령하려는 사이비 학자들이 너무나 많다. 각 대학 학과마다 조 교수님 같은 분들이 한 명씩만 있는 세상이 된다면, 대한민국의 학문적 역량이 엄청 크게 성장하게 될 것이라 확신한다.

이후 조규익 교수님께서는 옥고가 출간될 때마다 책을 보내주셨고, 나에게 좋은 일이 생기면 진심으로 축하의 말을 아끼지 않으셨다. 평소 친하다고 생각하는 동료들도 내가 큰 상을 받거나 성취를 이루면, 진심으로 축하해 주기보다는 시기와 질투가 묻어나는 억지 축하를 하곤 한다. 요즘 세상에는 '나의 성공과 기쁨은 내 친구의 질투를 불러 온다.'는 말이 있다. 그릇의 크기가 작고, 실력으로 세상과 승부할 자신이 없는 소인배들이 하는 짓이다. 그러나 조규익 교수님께서는 한마디 한마디에 진심이 묻어나는 축하 메시지를 주시고, 격려를 해 주셨다. 그 말 한마디가 고맙고 에너지가 되었다. 이런 분이 정년을 마치신다니 많이 아쉽다. 현역 학자 중에서 본받고 기댈 거목 하나가 사라지는 느낌이다. 그러나 같은 하늘 아래 함께 한다는 것만으로도 고맙고 감사할 일이다.

좌고우면하지 않고, 자신만의 색깔과 걸음으로 학문적 성취를 이루고, 세상과 소통하신 조규익 교수님, 좋은 기운 주셔서 늘 감사했습니다. 존경하고 사랑합니다~^^ ♣

마음 속 따뜻한 차 한 잔

이금란(숭실대학교 강사)

 선생님 정년퇴임을 기리기 위한 추억담을 써달라는 청탁을 받고, 숭실에서의 많은 것들을 떠올리게 되었다. 어느 순간 교수님은 나에게 선생님이 되었고, 앞으로도 영원히 선생님으로 기억될 것이다. 조규익 선생님 하면 나는 눈물부터 나온다. 선생님을 뵐 때마다 고마움과 죄송함이 항상 교차하기 때문이다. 나에게 보여주신 관심과 배려에 항상 감사했고, 작은 것도 지나치지 않고 신경 써 주시는 마음이 늘 고마웠다. 그것에 보답해드리지 못한다는 마음, 늘 부족한 학자로서의 내가 그래서 더 죄송했다.

 학생들에게 강의를 하다보면 가끔 안타까운 마음이 들 때가 있다. 수업에서 발표라도 할라치면 기존의 자료를 정리해서 발표하는 경우가 대부분이다. 발표가 끝나면 항상 나는

"그래서 너의 생각은 어떤 것이니? 너는 이것에 대해 어떻게 생각하니?"라고 묻곤 한다. 모두가 머리를 긁적긁적. 지금은 정제된 지식이 아닌 서로의 어설픈 생각이라도 마음껏 나눠보는 과정인데. "나는 결과를 가르치는 게 아니라 너희들에게 과정을 가르치는 거야. 이 과정을 통해서 너희가 앞으로 살아갈 방향을 잡아가는 것이고. 그러니 제발 너희의 목소리를 내줬으면 좋겠어." 나는 항상 학생들에게 지금 나에게 배우는 것은 분야의 한 의견일 뿐이라는 말을 하곤 한다. 그러니 너희들의 생각을 마음껏 이야기해보라고. 내가 생각하는 대학에서의 학생과 교수는 누가 누구에게 일방적으로 가르치고 배우는 관계가 아니라 자신의 의견을 개진하고 논의하면서 서로가 성장하는 관계이다. 나도 그것을 대학에서 배웠다. 조규익 교수님은 항상 나에게 "왜"를 물으셨다. "왜 그렇게 되었니? 넌 왜 그렇게 생각하니? 그래서 너의 생각은 뭔데?"

선생님과의 첫 만남은 대학 2학년 때, "고대시가론" 강의에서였다. 뭐 국문과 학생이니 그 전에 뵙기야 했지만 직접적인 수업을 듣기는 2학년 때부터이다. 수업은 고시가의 특성이나 형태에 대해 학생들이 조사해서 발표하는 형식이었다. 친구들의 발표가 이어지고 선생님의 호된 질타가 뒤따랐다. 핵심은 왜 스스로 자료를 조사하고 연구해보지 않고 여기저기서 짜깁기를 해왔냐는 것이었다. 내 차례가 되었고,

비슷한 상황이 연출되었다. 가끔 나는 그럴 때 엉뚱한 아이이기도 했다. 선생님의 질타에 눈물을 보이고 들어가던 친구들과는 다르게 나는 "부족하니까 여기서 제가 배우는 거죠. 앞으로 열심히 준비하겠습니다." 이렇게 답을 하고는 들어왔다. 그때 선생님의 표정을 생각하면 지금도 웃음이 나온다. 아마 그때 선생님께서 뭐 저런 놈이 다 있나 하셨다면 아마도 나의 대학생활은 달라졌을지도 모르겠다.

  직접 부딪히는 공부를 그때부터 하기 시작한 것 같다. 스스로 자료를 분석하고 그 분야의 전공 선배들을 찾아다니며 직접 물어서 답을 얻으려 노력했다. 『청구영언』 뒷부분의 "만횡청류" 200수를 그런 식으로 모두 해석하기 시작했고, "시조가사론" 수업에서 선생님이 그런 나의 노력을 제대로 평가해주셨다. 수업 시간 발표를 하다가 "이건 모르겠으니 교수님이 좀 설명해주시면 안 될까요." 이렇게 말하면 아무런 말씀 없이 "그렇구나. 알았다." 하시면서 설명해주셨다. "시조가사론" 기말시험은 대면으로, 자신이 준비해 제출한 레포트의 내용을 토대로 교수님이 질문하면 학생이 답변하는 형식이었다. "만횡청"을 분석해서 준비하던 나는 마무리를 제대로 짓지 못했다. 한 달여의 준비기간 동안 200수의 작품을 일일이 해석하고, 분석·분류한 다음 주제를 정해 보고서를 작성하다보니 뭔가 허술할 수밖에 없었다. 대학 3학년생이 준비해봤자 수준이 얼마나 높았겠는가마는. 많은 시간 준비했음에도 마무리를 제대로 못한 원고지를 손에 쥐고 학교를 향해 뛰었다. 학교 근처에서 자취하던 때라 보고서를 마무리하는 중에 시험 시간이 임박한 것을 깨닫고 뛰다보니, 머리는 산발한 채로 세수도 못하고 교수님 앞에 앉았다. 부족한 보고서를 받은 교수님께서 이런 저런 질문을 하시고는 "정말 열심히 준비했구나. 잘했다."라고 말씀하시는 게 아닌가! 미련하고, 고집스러운 나의 공부 방식을 알아주신 교수님이 그때 정말 너무 고마웠다. 이렇게 하면 되는구나! 하는 성취를 오롯이 느꼈던 경험이다.

대학 내내 교수님들께 신년 카드를 보내드렸다. 그것은 학점 관리 차원이 아니다. 누군가가 스승의 날 카네이션을 사들고 교수님들을 찾아뵙는 나를 보고 "넌 참 학점 관리를 잘하는 구나"라고 하는 말을 들었기 때문이다. 나는 부모님께 선생님을 공경해야 한다고 배웠다. 그래서 내가 할 수 있는 수준에서 카네이션 한 송이를 교수님들께 드렸던 것이다. 새해가 되면 세배를 드리는 차원에서 새해 인사 편지를 드린 것이다. 조규익 선생님은 그 편지에 단 한 번도 빼놓지 않고 답장을 주셨다. 지금도 메일이나 카톡을 보내면 꼭 답장을 주신다. 당연한 것 아니냐고 말할지 모르지만 그렇지 않은 경우도 많이 있다.

관계는 "주고 받음"에서 형성된다. 선생님은 그런 관계의 형성을 나에게 보여주셨다. 세상에 당연한 것은 없다. 누군

가는 당연히 그래야 하고, 누군가는 그러지 않아도 되고는
없다는 말이다. 어느 한쪽이 어떤 행동을 하면 열에 한 번이
라도 그에 대한 반응을 보여줘야 관계는 유지된다. 그런데
열에 한 번도 반응하지 않고 기존의 관계가 유지되기를 바라
는 사람들이 있다. 그런 사람들 대부분은 상대의 행위를 자
신이 당연히 받아야 할 것으로 착각한다. 그것은 당연한 것
이 아니라 한쪽의 일방적인 희생이나 불평등 관계에서 오는
경우가 많다. 우리가 왜 타인의 대소사에 시간을 쏟는 지를
생각해보면 알 것이다. 그것은 곧 관계 형성, 유지의 방법이
기 때문이다. 그런 면에서 선생님은 상하관계로 나뉘는 스승
과 제자의 관계가 아닌 인간 대 인간으로서의 관계를 보여주
셨다.

"경황이 없겠구나! 뭐라 위로를 해야 할지……."

느닷없는 엄마의 비보에 정신이 나가 빈소도 꾸미지 못한
장례식장에 우두커니 서 있던 나에게 들린 선생님의 음성이
다. 빈소를 꾸미느라 상조회에서 파견 나온 사람들이 분주히
움직이고 있는 가운데 빈소 입구로 선생님이 황급히 들어오
셨다. 항상 바쁘신 분이라 어디를 급히 가셔야 해서 연락 받
은 즉시 오셨다고 하신다. 선생님은 항상 그러셨다. 셋째 오
빠가 돌아가셨을 때도 공항이라며 전화를 주셨다. 공항에서
비행기를 기다리는데 연락을 받아 가보지 못해 미안하다시
며, 마음 잘 추스르라는 위로를 건네셨다. 굳이 모른 체 하셔

도 되는데. 대부분의 선생님들이 그러시는데 조규익 선생님만은 항상 남다르셨다. 그래서 선생님을 뵐 때마다 고맙고 죄송한 마음이 앞선다.

매번 선생님은 그러셨다. 나의 결혼식에도 사모님과 함께 오셔서 축하한다는 말씀을 건네주셨고, 첫째를 낳았을 때는 예쁜 옷 한 벌을 챙겨 주셨다. 또 그 아이의 돌잔치에는 어떠셨는가. 그 날은 전국 한자능력검정시험이 있었다. 그 전 시험이 있을 때 나도 감독을 하고, 채점을 하느라 저녁 늦도록 참여했던 적이 많아서 얼마나 정신없이 바쁜 날인지 안다. 선생님은 숭실대에서 치러지는 시험의 총감독이셨다. 손님들도 한 분 두 분 돌아가시고 이제 올 손님은 없겠거니 하고 정리를 하려는 찰나에 선생님이 한 부대를 이끌고 오시는 게 아닌가. 음식도 제대로 남지 않은 상황이었다. 같이 감독을 하고 채점을 하던 다른 대학원 선·후배들과 채점을 빨리 끝내고 부랴부랴 오신 것이다. 저녁 8시 30여분이 막 지난 시간이었다. "선생님 어쩌죠. 음식도 제대로 없는데." "뭐 우리 현진이랑 너 보러 왔으니 그건 걱정하지 마. 채점 끝냈으니 책정된 저녁 식사비가 있어 그걸로 하면 되니까. 좀 더 빨리 오려고 서둘렀는데도 이렇게 늦어 내가 더 미안하구나." 그러시면서 현진이 손가락에 반지를 끼워주시고는 돌아서서 가셨다.

나에게 항상 선생님은 그러셨다. 제자의 개인사에 몸소 찾아주시고 축하와 위로를 하신다. 숭실대에 입학해 지금까지 대학과 대학원, 그리고 시간강사로 벌써 30여 년의 시간이 흘렀다. 그 세월 동안 "情"이 무엇인지를, 학문하는 자세를, 삶의 자세를 몸소 보여주신 선생님이 계셔서 마음 한켠이 늘 따뜻했다. ♣

봄날의 사제동행

양훈식(숭실대 강사)

고전문헌을 연구하면서 문헌연구자와 문헌수집가와의 만남은 특별한 인연이라 하겠다. 스승이신 백규白圭 조규익 교수님(이하 백규 선생님)과 인산 박순호 선생님께서 이에 해당한다. 백규 선생님께선 국문학계에서 악장분야 연구자로서 명성을 얻으신 분이고 인산 선생님께선 고전 자료를 수집 및 보관·분류하시고 이를 필요로 하는 연구자들에게 제공하시며 일명 "박순호본"이라는 명칭을 통해 널리 알려진 분이다. 인산 선생님은 몇 년 전 백규 선생님께 한양가(박순호본)를 제공해 주셔서 그 이본 자료를 접할 수 있었다. 이러한 스승과 그분의 인연을 함께 뵌다는 것은 연구자로서 얻을 수 있는 행운 중의 하나일 것이다. 특히 학문에 갈피를 잡지 못해 우왕좌왕하고 전전하며 돌아다닌 나로서는 더욱 더 갚진 일이었다.

인산 선생댁에서 자료를 살펴보시는 백규 교수님

한번은 숭실대 한국문학과예술연구소에서 주최한 학술행
사에 모셔서 인산 선생님의 고견을 듣는 자리를 마련한 적이
있었다. 이 때 각고의 노력을 통해 고전 자료를 모으시고 이
를 연구자들에게 제공하면서 보람을 느끼신다는 점을 알고
뭉클하였다.

2016년 4월 봄에 있었던 일이다. 그해 봄날 나들이에 백규
선생님께선 후배와 함께 군산에 좀 다녀오자고 제안하셨다.
흔쾌히 동행하겠다며 말씀드렸다. 그날 내 작은 방 창 너머
로 이제 제법 봄기운이 완연하여 따사로운 햇살이 문을 넘어

들어옴을 느꼈다. 당일에 우리는 함께 떠나며 차 속에서 정담을 나누었다. 마치 아지랑이에 새순이 돋아 나오듯 대화가 곁가지를 치고 이어졌다. 당시 우계 성혼 시의 도학적 성향과 풍격미로 학위논문을 완성한 터라 그 논문을 챙겨서 뵈러 가는 중이었고, 한편 계녀가사에 대해 연구 중인 후배 최연 선생은 가사자료 목록 조사를 겸해서 내려간 셈이었다. 우리들의 대화는 상기된 듯 들떠 보였다. 이따금 내다 본 차창 밖으로 보이는 풍경은 차 위를 스치며 몰아내 듯 쏜살처럼 사라졌다.

인산 선생님 댁으로 향하는 발걸음은 가벼웠다. 오기 전부터 소장 고문서 및 각종 자료를 직접 볼 수 있다는 생각에 내심 기대가 커서 그런지 내내 설레는 마음이었다. 차에서 내린 우리를 반갑게 맞으러 나오신 인산 선생님과 백규 선생님, 두 분의 거리는 무척 가까워 보였다. 반갑게 인사를 나눈 것에서부터 등에 손을 더하며 집으로 안내하시는 품에서 그간 학문적·정서적으로 교유해 오신 깊이가 두 분의 뒷모습에서 배어 나왔다. 한 걸음 떨어져 걷던 우리는 가벼운 눈짓으로 싱긋 웃으며 뒤따랐다. 낮은 층고의 아파트로 기억하는데 인산 선생님 댁은 소박한 살림살이였다. 그러나 각 방에 소장된 자료들이 서가에 켜켜이 쌓여 있었고, 특히 서적과 표구한 자료 등을 하나씩 보여주실 때 목소리는 낮은 톤이었으나 진중하셨다. 또 그 소장 자료들을 안내한 순간에 눈에서 광채가 나실 정도로 당시 수집하던 모습을 떠올리시는 듯했다. 문헌과 자료의 문외한인 내가 보기에도 가치 있는 자료라 할 만하고 수집 및 보관하는 노고를 짐작할만하였다. 둘러보고 나서 자료 수집에 필요한 정보를 간략히 종이에 나눠 쓴 뒤 몇몇 소중한 자료를 받을 수 있었다. 백규 선생님께선 필요한 자료를 고르셨고, 나는 한시 자료를, 최연 선생은 가사자료를 받았다. 이후 근처 압강옥이라는 한정식 집에서 따뜻한 식사를 대접받고 인산 선생님 댁을 나올 수 있었다. 이후 군산의 새만금 간척지 인근을 돌며 드라이브를 즐겼고, 뒤풀이를 백규 선생님과 셋이서 함께 하면서 조개구이를 먹고 근처 숙소에 여장을 풀고 하루를 마감하였다. 밤이 소리 없이 내려와 따스하게 우리를 감싸 주는 듯했다.

스승과 제자의 아름다움을 나타낸 말 들이 있다. 그 중에 '하루의 스승이라도 백년의 어버이다'(一日之師 百歲之父)라는 말처럼 짧은 가르침을 받더라도 평생의 어버이처럼 소중하게 간직해야 한다는 뜻이다. 이는 스승의 가르침이 얼마나 중요한지 전적으로 보여준 글이다. 또 스승과 제자의 인연이야말로 '사제삼세'師弟三世라고 하여 소중한 인연을 오래 간직해야 함을 역설한 표현도 있다. 사자상승師資相承처럼 스승의 가르침을 제자가 잇는다는 말도 있다. 이 표현은 현대에는 쉽지 않겠지만 그래도 스승의 가르침을 제자가 이어가야 한다는 의미라 하겠다. 더군다나 백규 선생님처럼 덕망과 재능을 겸비하신 분 밑에서 글을 배운 나는 참스승을 만난 셈이라 이보다 더 바랄 게 없다.

스승으로서 제자들에게 아무런 말씀 없이 연구자의 길을 실천으로 보여주신 그 날의 일은 아름다운 봄날의 사제동행이었다. 그곳에서 식사를 나누며 이런 저런 대화들이 오갔는데 취중이라 꿈인지 생시인지 알 수 없을 정도로 좋았는지 구체적인 내용이 기억나지 않는다. 그러나 이런 소중한 경험을 하게 해주신 이후 삶의 자세에 조그만 변화가 생겼다. 이제는 이러한 멋진 연구자와 문헌수집가의 만남이 언제 어디서 다시 이뤄질지 알 수 없다. 아니 점차 발달되어 가는 미디어와 인공지능, 메타버스 환경으로 직접 발품을 파는 소중한 만남이 점점 더 어려워질 것이다. 하지만 그 날의 사제동행의 경험은 스승과 연구자, 인생 선배와 후배의 모습을 한 공간에서 보여주시며, 늘 그랬지만 언제나처럼 그 자리에서 묵묵히 수행하는 구도자처럼 연구에 몰두하시는 스승의 표상을 발견할 수 있었다. 이제 정년퇴임하시는 백규선생님의 노고에 경하 드리며 연구자의 길을 걷도록 해주신 인연에 감사할 따름이다. ♣

등대로소이다

학문이라는 깊은 바다를 헤엄칠 수 있도록 단단한 등대로서 계신 선생님. 그러한 선생님이 벌써 정년을 맞이하신다. 선생님과의 만남은 책과 논문 즉 글을 통해서였다. 학문의 길로 들어서면서 글로 만나 뵈었던 선생님들을 직접 학회에서 만나게 되면서 감동하기도 하고 실망하기도 하였다. 글이 사람보다 멋있는 경우도 있었고, 사람이 글보다 멋있는 경우도 있었다. 백규 선생님은 글과 사람이 모두 멋있는 경우였다. 2014년 온지학회에서 중봉 조헌의 『조천록』을 가지고 논문을 발표할 때 처음으로 선생님을 뵙게 되었다. 간결하고 힘 있는 문체와 선생님의 모습이 닮아 있었다.

사실 선생님의 첫인상은 글만큼 단단해 보였다. 선생님의 단단함과 강함이 어디에서 연유하는지 학회 뒤 회식 자리에서 뵙고 알게 되었다. 회식 자리에서 뵌 선생님의 강인함은 후학들의 이야기를 경청해주시는 부드러움과 열린 마음에서 오는 것이었다. 사실 연구하는 사람으로서 나이 어린 후학의 이야기에 귀담아 준다는 것이 얼마나 어려운지.

그렇기에 선생님은 최대한 후학들에게 연구하게 하고 연구한 것을 발표하게 하며 다듬어 논문이 되도록 힘써 주신다. 엉뚱한 아이디어일지라도 귀담아 들어 주셔서 늘 새로운 시도를 해볼 수 있도록 해주셨다. 선생님의 강함은 여기에 있었다. 그렇게 열린 마음으로 후학들의 이야기를 경청해주시기에 선생님은 늘 멈추지 않으시고 학문의 영역을 더 넓히고 후학들의 길을 만들어 가신 것이리라.

선생님. 늘 고맙습니다. 등대의 불빛처럼 아직 학문의 바다에서 헤매고 있는 저희를 잘 인도해 주셔서. ♣

나에게 영원한 멘토이신 조규익 교수님!

김성훈(숭실대 강사)

때는 2005년 어느 날, 숭실대학교 도서관 뒤편에 자리한 연구관을 찾았다. 이날은 바로 조규익 교수님을 처음 찾아뵙던 날이다. 건물 앞에 잠시 서성거리며 자못 떨리는 마음으로 목소리를 가다듬고 옷매무새를 바로잡고 나서야 건물 안으로 들어섰다. 교수님의 연구실 위치를 확인하고는 이내 뚜벅뚜벅 발걸음을 옮겼다. 한 걸음 한 걸음 연구실 위치에 가까워지고, 드디어 교수님 연구실 문 앞이다. 보통은 문이 닫혀서 똑똑! 문을 두드리고 나서야 들어서게 되는 것이 일반적일 텐데. 문이 활짝 열려있고, 발이 쳐져 있었다. 왠지 이것부터 교수님께서는 열린 마음으로 항상 누구나 받아주시겠다는 넓은 마음을 가지신 분이 아니실까? 그렇게 자의적으로 해석해보았다. 다시 한 번 옷매무새를 고치고 열려 있는

문을 가볍게 노크했다. 똑똑! "교수님 계십니까? 인사드리러
온 김성훈이라고 합니다." 잠시 후 반갑게 맞아주신 교수님.
처음 뵙는 교수님의 첫인상이 참으로 좋으셨다. 옅은 미소로
맞아주셨지만, 그 온화한 미소 속에 교수님의 중후한 멋이
느껴졌다. 연구실을 꽉 채운 수많은 서적은 교수님의 손때가
곳곳에 묻어난 세월의 흔적들이리라. 은은한 향이 좋았던 차
를 내주셨고, 덕담을 해주셨다. 짧지만 나에게는 매우 강렬
하게 남아 있는 교수님과의 첫 만남이었다.

 그렇게 나의 대학원 생활은 시작되었다. 그리고 교수님께
서 나에게 주신 첫 프로젝트! 잊을 수 없는 추억이다. 바로
최현의 <조천일록> 텍스트 입력 작업. 지금은 아주 오래전
일이지만 떠올리면 소중한 시간들로 남아 있다. 교수님께서
발굴하신 귀중한 자료를 파일로 입력하는 작업이기에 더욱
그러했으리라. 처음 교수님께서 제안하셨을 때, 일전에 한자
입력하는 일을 많이 했기 때문에 어렵지 않다고, 아니 지금
생각해 보니 '자신 있다'는 뉘앙스였던 것 같다. 그렇게 작업
이 시작되었고 한동안은 내 책가방 속에 늘 <조천일록> 복사
본을 넣고 다니게 되었다. 이체자, 뭉개진 글자 등을 판독해
야 하는 일은 고전번역원을 다니며 한자에 능통한 학우들에
게 자문을 구하기도 했다. 기일에 맞춰 보내드리기 위해 뜬눈
으로 밤을 지새우기도 했던 참으로 힘들었던 작업이었지만,

지금에 와서 생각해 보면 그런 고생이 나에게 더 큰 힘이 되었다. 이 또한 결국은 교수님께 감사해야 할 일이리라.

교수님은 훌륭한 학자이자 참스승의 표상이셨기에, 나에게는 늘 따라 하고 싶은 멘토이시기도 했다. 홈페이지에 소소한 글이나 질문이 올라와도 꼼꼼하게 답해 주시는, 그런 작은 것에도 항상 열정적인 모습은 귀감이 되셨다. 그리고 무엇보다 교수님과 함께 했던 수업 시간은 하나하나가 소중하고 행복했던 시간으로 남아 있다. 지금 그 소중한 시간들을 하나하나 되뇌어 보고자 한다. <고전문학사연구> <고전문학세미나> <고대시가연구> <고전문학자료연구> <문학사방법론연구> <한국한문학연구> <고전시가특수연구> 등등. 이렇게 떠올려 보니, 교수님과 학우들 간에 즐거웠던 대화들이 오가던 모습이 눈앞에 선하고 그때로 다시 돌아가고 싶은 마음이다.

교수님은 무엇보다 항상 따뜻한 마음으로 학생들을 대하시는 온돌과도 같이 훈훈한 분이셨다. 언제나 나직한 목소리로 말씀하시지만 그 목소리에 담긴 이면의 힘은 죽비와도 같이 깊이 가슴에 와 닿았다. 또 교수님은 항상 학생들을 진심으로 대하셨다. 그 말씀 속에 진정성의 알맹이가 담겨있고, 교수님이 하신 말씀은 늘 실천으로 보여주셨다. 수업 시간에는 제자들에게 문학에 대해 깊이 알게 해 주셨고, 또 강의를 통해 역사를 보는 눈을 밝혀 주셨다. 이러한 교수님을 보면서 항상 닮고 싶었다. 교수님이 지닌 온화함 속의 카리스마를 닮고 싶고, 학자로서의 열정을 닮고 싶고, 냉철하면서도 객관적인 시각을 닮고 싶다. 그렇게 참으로 많은 부분을 Ctrl-V하고 싶은 그런 분이 바로 조규익 교수님이시다.

교수님의 정년 퇴임을 진심으로 축하드립니다! ♣

백규 선생님과의 인연

김일환(동국대학교 교수)

대학원에 입학한 2000년 1학기에 백규 선생님을 처음 뵈었다. 그때 세 과목을 수강했다. 윤주필(단국대) 선생님께는 우언寓言을, 김헌선(경기대) 선생님께는 민속학 중 구비문학을, 백규 선생님께는 고전시가를 배웠다. 40대 초반의 세 분 선생님은 스타일은 달랐지만, 열정적으로 가르쳐주셨다. 덕분에 나를 비롯해 물색 모르던 석사 1학기 동기들은 매주 정신없이 과제와 발표를 준비했다. 백규 선생님은 고전시가 연구사를 장르별, 시기별로 찬찬히 훑어볼 수 있도록 지도해주셨다. 고전산문 전공자로서 <공무도하가>로 시작하는 한국문학사나 국문학개론 과목을 어렵지 않게 강의할 수 있던 것은 혹독했던 석사 1학기 과정이 있기 때문이다. 백규 선생님께서는 수고롭게 남산의 동국대로 오셔서 강의를 해주셨다. 학기 말에 숭실대의 백규서옥(연구실)으로 찾아뵈었는데, 서기와 문향이 가득한 방에서 좋은 차와 따뜻한 격려를 들었다.

백규 선생님을 다시 만난 것은 이듬해 여름 서울대에 있던 국어국문학회 학술대회였다. 선생님께서는 당시 '최초의 한글 사행록'인 『죽천행록』을 소개하고, 그 사행문학적·역사적 의미와 가치를 밝히셨다. 그런데 이날 백규 선생님보다 먼저 발표하시던 분들의 발표가 길어지면서, 선생님에게 주어진 발표 시간이 10분도 안 되는 상황이 발생했다. 사행록 (연행록) 연구의 새로운 자료를 최초로 소개하는 자리였음에도 불구하고, 백규 선생님께서는 짧은 시간 동안 발표의 핵심을 짚어내면서 발표를 마치셨다. 설상가상 토론자로 나선 어떤 교수님께서 7페이지가 넘는 질의문을 가지고 오셔서 강의하듯 읽어 내리셨다. 하나하나 짚어가면서 토론을 벌이는 순간 학술대회는 한정 없이 길어질 판이었다. 발표할 때와 마찬가지로 백규 선생님께서는 역시 핵심적인 몇 마디로 답변을 하셨다. 원로 선생님들의 지리번쇄한 논의를 알렉산더가 단칼에 고리디우스의 매듭을 끊어버리듯 풀어내는 모습이었다. 이 발표문은 『국어국문학』 129호에 「『죽천행록』의 사행문학적 성격」이라는 논문으로 수록되었고, 다시 그 이듬해 1월 1일 『17세기 국문 사행록-죽천행록』에 번역본과 함께 세상에 나왔다. 이때 『죽천행록』은 곤편(이현조 소장본)만 수록되었음에도 불구하고, 인조반정 이후 왕위 승계를 인정하는 문제로 발생한 명나라와의 복잡다단한 외교 관계와 이를 둘러싼 다양한 논의와 입장을 알려주는 중요한 자료였다. 이때 수록되지 못한 건편(국립해양박물관 소장본)은 2018년『한국문학과예술』27집과 28집(숭실대 한국문학과예술연구소)에 영인되었다. 이처럼 백규 선생님께서는 좋은 자료를 발굴·소개하는 데서 머무르지 않으셨다. 학인들이 자유롭게 연구할 수 있도록 자료를 공유하는데 적극적이셨다. 2020년에 펴낸 인재 최현의『조천일록』번역본과 연구서도 학문 공동체에 대한 선생님의 열의와 실천의 산물이라 하겠다.

백규 선생님과의 인연은 연행 노정답사와 연구로 이어졌다. 2002년 12월부터 이듬해 11월까지 한국연구재단에서 지원받은 <중국내 연행록 노정 답사 연구> 프로젝트에서 공동연구원과 연구보조원으로 다시 만났다. 지도교수인 김태준 선생님께서 연구책임자셨고, 돌아가신 성오 소재영 선생님께서도 공동연구원이셨다.(그때 숭실대 연구팀은 홍대용의『을병연행록』주해본(1997)과 서유문의『무오연행록』(2002) 주해본을 냈고, 백규 선생님은 한글 사행록 연구에 박차를 가하고 계셨다.) 한양대 이승수 선생님과 수원문화재단 최진봉 선생님이 전임연구원이었다. 우리 답사팀은 2003년 2월에 단동부터 북경까지, 8월에는 열하를 경유하여 북경까지

가는 대장정을 단행했다. 도강처渡江處를 찾아 압록강변을 걸었고, 태자하·요하·대릉하를 건넜고, 산해관과 북경의 성문을 관통했다. 천산千山과 의무려산醫巫閭山, 각산角山을 오르내렸고, 백이숙제의 사적과 수양산首陽山을 찾아다녔다. 어느 날은 밤 10시까지 덜컹이는 버스로 '들판에서 해가 떠올라 다시 들판으로 해가 지는' 연행로를 달렸는데, 백규 선생님께서는 씩씩하게 노래를 부르시기도 하셨다.

백규 선생님께서 이 프로젝트의 결과물로 내신 것이 그 유명한 「연행록에 반영된 수양산·의무려산·천산의 내재적 의미」라는 논문이다. 수양산을 이념적 정체성을 회복하는 제의적 공간으로, 의무려산과 천산을 '깨달음'을 통해 새로운 세계에 진입하는 입사入社의 공간으로 정위正位함으로써, 연행 노정 연구자들에게 중요한 준거틀을 제시해주셨다. 이 논문은 단행본 『국문 사행록의 미학』(2004)에 실렸는데, 이 책 역시 한글 연행록 연구자에게는 필독서가 되었다. 백규 선생님께서는 이와 별도로 『연행노정, 그 고난과 깨달음의 길』(박이정, 2004)이라는 공동 단행본 작업을 주도하셨다. 이 책에는 나의 첫 번째 논문인 「삼학사의 길, 연행노정에 새긴 고난의 역사」(원제: 고난의 역사를 기억하기)가 실려 있다. 나는 여전히 백규 선생님께서 의무려산에서 찾은 '깨달음'과 내가 쓴 삼학사 논문의 '고난'을 합쳐서 만드신 제목이라고 생각하고 있다.

2018년 봄 숭실대에서『죽천행록』건편을 소개하는 발표를 했다. 2002년 박사 과정에 다닐 때, 연행록 노정 답사 프로젝트 지원서를 준비하던 그 때, '임오년 가을'에 백규 선생님께서 주신, 내지에 '白圭'라는 큼직한 주인朱印이 찍힌『죽천행록』을 가지고 가서 청중들에게 보여드리면서, 소중한 학연學緣을 말씀드렸다. 2020년 3월에 나는 모교의 전임교원이 되었고, 그 학기에 백규 선생님께서는 최현의『조천일록』을 연구한 박사학위 논문심사에 참여하게 하셨다. 석사 1학기 학생과 소장학자로 만난 인연이 이렇게 이어진 것이다. 그 인연이 지속된 데는 사행록(연행록)이라는 연구 대상이 있었고, 학문 공동체를 만들어 나가는 백규 선생님의 열정이 있었다.

백규 선생님께 정년停年이란 대학교수로서의 정년이리라, 선생님께서는 여전히 '현역' 연구자로 활동하실 것이라 생각한다. 백규 선생님의 방대한 학문 영역 중에 적어도 연행록 분야에서는, 앞으로도 계속 함께 공부하고 연구할 것을 다짐해 본다. ♣

되돌아온 선물과 몰래 스승

강희진(시인, 한국연구재단 학술연구교수)

몰래 스승, 바로 조규익

SNS로 맺어진 인연이 있습니다. 물론 고전문학과 해외한 인문학 연구의 큰 업적을 이룬 교수님의 명성이야 익히 들어 알고 있었습니다. 그러나 개인적인 친분은 전혀 없었습니다. 특히나 저는 전라도 저 먼 곳에서 지내고 있고 교수님께서는 서울의 대학교에 재직 중이셨으니 시간을 내어 만나기도 힘들었습니다. 그러다 어찌어찌 페이스북의 친구가 되었습니다. 공통점은 단 두 가지. 고려인 문학에 대한 관심과 충청도가 고향이라는 것뿐이었습니다. 그런데 의외로 교수님께서는 당시 제가 키우던 달팽이 '상추'의 이야기를 보시고는 늘 상추의 안부를 궁금해 하셨습니다. 오죽하면 저는 한 달 여행을 떠나기 전 상추를 데리고 가 교수님께 맡길 생각까지

했을까요? 솔직히 연세가 많으신 분과의 친구라니, 불편하지 그지없지요. 그런데 교수님께서는 너무나도 유쾌한 댓글들로 저를 웃게 하셨습니다.

제게는 스승이 없습니다. 대학 시절 큰 가르침을 주셨던 조태일 스승은 안타깝게도 제가 대학원에 다닐 때 갑작스레 돌아가셨습니다. 이후 저는 제 공부의 길에 대해 어디에 물어볼 곳도 없고 날카롭고 따스한 조언을 들을 수도 없었습니다. 어느 날 연구재단에서 학술연구교수 프로젝트 공고가 났습니다. 해외한인문학의 대가이신 교수님께 염치 불구하고 도움을 청했습니다. 제자도 아닌 제게 교수님께서는 너무나도 친절하게 조언을 해주셨습니다. 시간을 내서 제가 쓴 부족한 기획서를 꼼꼼하게 살펴주시기도 했습니다. 연구 방향도 제대로 잡지 못하고 있던 제게 교수님께서는 큰 힘이 되어주셨습니다. 비정규직인 제가 그나마 연구재단의 프로젝트에 선정되어 좋아하는 해외한인문학에 대한 연구를 지속적으로 할 수 있게 도와주신 분이 바로, 조규익 교수님 입니다. 지금 생각하니, 아, 나는 복도 많은 사람이구나 싶네요.

편지 한 장과 되돌아온 선물

교수님께 감사한 제 마음을 어찌 전해야 할까 고민을 했습니다. 교수님의 연구실 주소를 찾아 작은 선물을 보냈습니다. 도움을 받았으니 당연히 무언가로 갚아야 한다는 생각이었습니다. 그런데 정확히 나흘이 지난 후 편지 한 장과 선물이 되돌아왔습니다. 제가 보낸 그 선물이었습니다. 그간 교수님께 받은 마음에 비하면 사실 큰 선물도 대단한 것도 아니었습니다. 그런데 그 선물을 다시 돌려보내시다니 사실 속이 상했습니다. 이게 뭐지? 뭐가 부족했나? 참 유별나기도 하시네, 싶기도 했습니다.

그러나 편지를 펼쳐 읽으며 깨달았습니다. '아, 이게 교수님의 본 모습이구나. 나는 교수님을 몰라도 한참 몰랐구나. 나는 이 나이 먹도록 세상을 살아가는 방법을 몰라도 한참 모르고 있구나.'

참 스승이란 무엇인가, 그리고 올바른 교육자의 길을 걷는다는 것은 무엇인가? 반성의 시간이었습니다. 저 역시 대학에서 학생들을 가르치는 일을 하고 있습니다. 강직하면서도 부드러운 교수님의 그 마음을 헤아려 저도 학생들에게 좋은 스승이 되고자 노력하고 있습니다.

난초는 부드러우나 단단하고 깊이 있는 향기를 갖고 있지요. 수수하나 강직한 난을 닮은 교수님, 정년 후에도 건강히 오래오래 학문의 여정을 뚜벅뚜벅 걸어가시기를 기원합니다. 마음 깊이 감사드립니다. ♣

제주도의 푸른 밤

이경재(숭실대 교수)

조규익 선생님과 숭실대 국문학과라는 공동체에서 함께 지낸 지도 어느새 만으로 11년이 되어 간다. 10년이면 강산이 변한다는 말이 있을 정도이니, 결코 짧다고는 할 수 없는 세월이다. 선생님은 내가 처음 임용되었을 때부터 숭실대 국문학과의 최고 원로였던 만큼, 인간적으로 가까이 할 기회가 그렇게 흔하지는 않았다. 숨죽이며 지켜본 조규익 선생님의 모습은 언제나 뜨거움 그 자체였다. 늘 범인이 흉내낼 수 없는 열정으로 무언가를 생산하고, 도전하고, 만드는 역동적인 모습의 원로교수가 바로 조규익 선생님이셨다. 선생님과의 인간적인 교류를 떠올릴 때면, 가장 먼저 5년 전 봄밤에 제주도에서 함께 걸었던 바닷길이 떠오른다.

모두가 알다시피 대부분의 국문학과는 일기一氣 좋은 봄

철에 답사를 가는 것이 하나의 관행이다. 숭실대 국문학과도 매년 봄이면, 학생회의 주도로 전국의 유서 깊은 곳을 찾아 학술답사를 떠나고는 한다. 답사는 학생 때도 그렇고, 교수가 된 지금도 늘 설레는 일이다. 연구실에서만 탐구하던 흑백의 국문학을 총천연색으로 배우는 시간이기 때문이다. 더군다나 학생들과는 물론이고 함께 근무하는 교수님들과도 인간적으로 어울릴 수 있는 기회이기 때문에 더욱 뜻 깊은 시간으로 다가온다.

그 때는 학생회장이 큰 뜻을 품고 무려 제주도 답사를 기획하였다. 그 당시에는 바다 건너 제주도에 가는 것이 지금보다는 흔치 않은 일이었고, 100명이 넘는 학생들이 제주도로 학술답사를 가는 것은 더더욱 흔치 않은 일이었다. 무슨 이유였는지는 기억나지 않지만, 어느 날인가 저녁을 거의 굶다시피 한 적이 있었다. 지금 돌이켜보면 선생님과의 추억을 만들라는 거대한 섭리가 작용한 것이 아닌가 하는 생각도 든다.

그 당시 같은 방을 쓰던 선생님과 나는, 공식 일정도 모두 끝난 밤에 허기를 달랠 식당을 찾아 제주도 해안가를 무작정 걷기 시작했다. 식당을 찾아가는 여정은, 수 십 년간 학계에서 누구보다 정열적으로 학문 탐구를 해온 조규익 선생님의 애기를 들을 수 있는 귀한 깨우침의 시간이었다. 늘 학문에 마음을 기울이고 사시는 분답게, 이때도 역시나 한참 후배 교수인 나에게 공부에 대한 여러 가지 이야기를 해주셨다. 특히나 인생 최초의 해외 연수를 앞두고 있는 나에게, 연구 년과 관련한 여러 가지 귀한 조언을 해주신 것이 지금까지도 내 머릿속에 남아 있다. 덕분에 가족까지 모두 데리고 간 연구년에서 무탈하게 소기의 목적을 달성하고 귀국할 수 있었다.

이제야 고백하자면, 사실 마음속으로는 마지막까지 문을 연 식당이 나타나지 않기를 바랐다. 식당이 나타나면, 들어가서 식사를 해야 갈 거고, 식사를 끝마치면 귀한 대화의 시간이 끝날 것이기 때문이었다. 다행히도(?) 마지막 순간까지 허기를 달래줄 식당은 나타나지 않았다. 그 시간은 육신의 배고픔이 지속되는 고통의 시간이기도 했지만, 그 고통에 비례하여 정신의 허기를 채울 수 있는 기쁨의 시간이기도 하였다. 후배교수를 생각하는 조규익 교수님의 마음과 수 십 년 내공에서 우러난 학문의 정수가 가득했던 그 제주도의 푸른 밤은 언제까지나 내 가슴속에 남아 있을 것이다.

마지막으로 퇴임 후에도 늘 건강하시고 건필하시기를 빈다. 그리하여 나를 비롯한 수많은 후학들에게 또 다른 '제주도의 푸른 밤'을 선사해주시기를 마지막으로 부탁드린다. 선생님 그동안 정말 수고 많으셨습니다. 그리고 감사드립니다. ♣

귀한 인연에 감사하며

하경숙(선문대학교 교수)

스승은 다양한 의미를 갖지만, 대체로 "덕을 갖추고 자기를 가르쳐 인도하는 사람"이라고 한다. 오늘날 참스승을 만날 기회는 그리 많지 않다. 그러나 나는 운이 좋게도 참으로 훌륭한 스승 조규익 교수님을 만났다. 교수님께서는 내가 가진 학문성취의 가능성과 희망, 학자로서의 자세를 알려주셨다. 고전문학뿐만 아니라 학제를 아우를 수 있는 다양한 방법들을 배울 수 있었고, 학문에 대한 성실한 태도와 열정을 알려주셨다. 이를 바탕으로 나는 학문에 대한 다양한 연구방법들을 터득하게 되었고, 그에 따른 결과물들을 도출할 수 있었다.

불교 경전 『법망경』에 "일만겁의 인연으로 스승과 제자가 된다"는 말이 나온다. 육신은 부모가 낳아주지만, 마음이 새로 눈을 뜨게 하는 데에는 스승의 가르침이 필요하기 때문이다. 이렇게 보면 스승의 존재나 만남 자체가 기적이라 할 만큼 소중한 것이다. 나는 참으로 운이 좋은 사람이다. 한없이 부족하고 보잘 것 없는 나를 위해 조규익 교수님께서는 기꺼이 스승이 되어 주셨고, 언제나 격려와 칭찬으로 묵묵히 지켜봐 주시고 응원해주셨다. 힘든 일이 생기면 언제든 상의드리고, 훌륭한 가르침을 얻을 수 있었다.

교수님께서는 틈틈이 요가와 수영 등의 운동을 하시면서 심신의 안정을 도모하고 계신다. 또한 열정을 지닌 정직한 땀의 소중함을 아는 농부로 에코팜을 지키신다. 요즈음은 '주경야독'의 모범을 보여주신다. 교수님께서는 건강한 신체와 정신이 학자의 기본임을 알려 주었고, 학문에 대한 열정과 모범적이고 올바른 삶의 가치가 무엇인지도 몸소 보여주셨다. 또한 교수님과 「한국문학과예술연구소」 여러 선생님을 통해 진실로 아름답고 귀한 인연이란 무엇인지를 알게 되었다. 감사하게도 나를 공동체의 구성원으로 기쁘게 받아주셨다. 궁극적으로 살아가면서 '사람이 가장 소중한 자산'이라는 사실을 알게 되었다. 내 삶은 교수님과 여러 선생님들을 만나기 이전까지는 늘 어둡고 막혀 있었다. 그러나 연구소 선생님들과 신뢰 속에서 함께 노력하다 보니, 나는 어느새 밝고 온유하며 열정을 가진 사람이 되었다. 그리고 크게 성장할 수 있었다.

조규익 교수님을 떠올리면 입가에 미소가 번진다. 언제든 뵙고 싶은 스승이기 때문이다. 내가 성격이 급해 불쑥 한마디를 드려도 언제나 온화하게 깊은 깨달음을 주신다. 교수님께 그저 감사하고 송구스러울 뿐이다. 교수님이나 연구소 선생님들과 내가 공유하는 아름다운 추억들은 참으로 많다. 어느 여름 바닷가를 걸으며 나누었던 이런저런 이야기들, 깊은 산속을 거닐며 나누었던 소중한 이야기들, 학술대회 후 학교 주변을 걸으며 나누던 잔잔한 이야기들이 아련히 떠오른다. 돌아보면 참으로 아름답고 빛나던 순간들이었다.

정년을 맞으신 교수님께 마음 가득 축하와 감사의 말씀을 드리고 싶다. 교수님께서 떠나시면, 여전히 나는 일상에 시달리며 전투적인 나날을 보내겠지만, 결코 두렵지 않다. 늘 뒤를 돌아보면 커다란 나무이신 조규익 교수님께서 그 자리에 계실 것이라 믿기 때문이다. 그래서 그 어떤 어려움이 와도 무섭고 힘들지 않을 것이다. 세상을 뒤덮는 폭설이 내려도, 살을 에는 혹한이 와도 그 나무는 늘 그 자리에서 한결같이 우리를 지켜보고 계실 것이다. 언제든 그 나무를 찾아가서 이런저런 말씀을 듣고, 지혜도 얻을 것이다.

언젠가 청년 같은 걸음으로 걸어가시는 교수님의 뒷모습을 뵌 적이 있다. 앞으로도 그처럼 건강한 모습으로 열정적으로 연구하시며, 나약한 제자에게 큰 가르침 주시기를 간청한다. 나 자신도 교수님께 얻은 좋은 가르침을 바탕으로 이를 실천하고 더욱 발전할 수 있기를 진심으로 기원한다. ♣

학술대회 후 교수님을 모시고 카페테리아에서 한 컷

인생의 힘을 불어 주신 그 시간들

최연(중국 루동대학교 교수)

한국에서 박사과정을 마치고 학위를 받은 것이 바로 어제 일 같은데, 교수님께서 정년퇴임을 하신다니 놀란 마음이 크다. 조규익 교수님과 나의 관계를 회상하면서 그 분에 대한 고마움과 그리움을 꺼내 보고자 한다.

중국 산동성 루동대학교 한국어학과 조교수로 재직하다가 2012년 8월에 숭실대학교로 박사 공부를 떠나게 된 것은 연변대학교 서동일 교수님의 추천이었다. 서동일 교수님께서는 숭실대에 가면 조규익 교수님을 지도교수로 모시고 학위 공부를 하라고 조언해 주셨다. 대학원 개강파티에서 교수님을 처음 뵐 때는 너무 젊으신 게 아닌가 하는 생각이 들었다. 그 뒤로 조규익 교수님의 열강熱講을 들으면서 지도교수로 모시고 공부하려는 생각을 점점 더 굳히게 되었다. 하지만 중국에서 한국으로 공부하러 갔고 다른 학생들보다 공부를 잘하지 못하는 자신인지라 감히 말을 꺼내지 못하고 뒤로 미루었다. 시간이 꽤 오래 지난 뒤 지도교수님을 확인하라는 학교 측의 공지문을 받고야 교수님 연구실에 찾아가서 조심스럽게 말씀드렸다. 그랬더니, 예상외로 교수님께서는 흔쾌히 승낙하시고 제자로 받아주셨다.

솔직히 나는 공부를 잘하지 못했다. 열심히 하느라고 했지만, 기초적인 부분부터 새로이 학습해야 할 정도로 허점들이 너무 많았다. 매일 도서관 문이 닫힐 때까지 몰두했지만, 별로 진전 없는 자신이 원망스러워 눈물을 쏟을 때도 있었다. 교수님께서는 엄격하게 가르쳐 주시고, 가끔씩 엄한 꾸중을 내리기도 하셨지만, 또한 많은 도움도 주셨다. 학위논문 제출과 답변의 마지막 단계에서는 선배님들까지 동원하셔서 논문 수정을 도와주셨다.

세 살 난 아들을 부모님께 맡겨놓고 멀리 떠나와 있어야 했던 힘든 시간 속에서 조규익 교수님께서 도와주시지 않았더라면 아마도 주저앉아 버렸을 것이다. 교수님께서는 당당하게 박사학위를 받고 중국으로 돌아가는 일만 생각하며 피나는 노력으로 어려움을 극복해야 한다고 늘 격려해 주셨다. 중국의 대학교에서 프로젝트를 신청할 때마다 교수님께 경험 전수와 도움을 청했다. 2019년 국가 급 프로젝트 신청에 성공했을 때 조규익 교수님께서는 당신의 일처럼 기뻐해 주셨다.

2012년부터 현재까지 나의 인생에서 제일 중요한 역할을 해주신 분이 바로 조규익 교수님이시다. 교수님께서는 엄격한 스승님이셨고, 또한 위로를 베풀어 주시는 아버지 같으신 분이었다. 중국인 제자에게 학문을 전수해주시고 삶의 현실적인 어려움을 이겨 가도록 도와주신 분이 바로 아름다운 교수님이시다. 이 외에도 조규익 교수님은 훌륭한 후진들을 양성하셨을 뿐만 아니라 원만한 인품으로 중국 대학교의 많은 교수님들과 폭넓은 친분과 교류를 유지하고 있다는 점을 이야기하고 싶다.

벌써 10년이란 시간이 훌쩍 지났다. 스승님과 같은 길을 가고자 하는 일념으로 나도 좋은 후학을 길러내기 위해 많이 노력하고 있다. 또한 조규익 교수님께서 걸어오신 길을 표본으로 삼아 그 분을 닮고 싶은 열망도 갖고 있다. 스승님을 생각하는 마음은 한국에서 유학을 하던 시절이나 지금이나 마찬가지로 애틋하다. 오늘 수년간 마음에 간직하고 있던 지난 일들을 회상하면서 스승님의 사랑과 은혜를 되새겨 본다.

조규익 은사님! 감사드립니다. ♣

조규익 교수님께 드리는 감사의 글

김자영(성신여자대학교 강사)

조규익 교수님을 처음 뵈었을 때가 숭실대학교 대학원에 입학한 2007년이었습니다. 벌써 15년이 되었습니다. 15년 동안 교수님과 함께 한 시간이 지금 이 글을 쓰면서 떠오릅니다. 항상 밝고 건강한 모습의 교수님이셨고, 따뜻한 격려와 세심한 조언을 아끼시지 않은 분이셨습니다. 교수님으로부터 학문적 조언과 가르침을 받으면서 저 또한 15년이라는 시간 동안 성장하였습니다. 항상 제게 격려와 응원을 보내주시는 교수님의 모습이 지금도 눈에 그려집니다. 어느덧 교수님께서 정년을 앞두셨고, 지금 저는 교수님의 은혜를 생각하며 이 글을 씁니다.

설레면서도 두려웠던 대학원 시절, 교수님은 제게 학문이란 자신의 생각과 에너지를 모두 쏟아 내어 전념하면서 마주

해야 하는 공부라고 하셨습니다. 교수님 수업을 들으면서 매 순간 학문에만 전념하시는 교수님이 너무 대단해 보였고 멋있어 보였습니다. 그래서 외롭고 힘든 대학원 시절을 학문에만 전념하시는 교수님을 보면서 저 또한 열정을 가질 수 있었습니다. 때로는 교수님을 보면서, 종일 연구실에만 계시면 힘드시지 않을까? 하는 생각을 가져보기도 했습니다. 그러나 제가 본 교수님의 모습은 온종일 연구에 몰두하시면서도 틈틈이 운동을 하시는 분이셨습니다. 아침 일찍 학교 체육관에서 땀 흘리시면서 운동하시는 교수님의 모습 속에는 건강한 에너지와 긍정의 에너지가 함께 자리하고 있다는 느낌을 받았습니다. 언젠가 이런 교수님의 모습을 보면서 저도 한번 따라 해보려고 시도한 적이 있었습니다. 하지만 교수님과 같은 삶의 태도는 아무나 하지 못하는 것이라는 생각이 들었습니다. 그만큼 조규익 교수님은 학문에 대한 열의와 삶을 대하는 시각이 남다른 분이시라고 생각합니다. 어쩌면 교수님과 같은 분이 계시기에 저도 교수님을 따라 지금 이렇게 고된 외길을 걷고 있는 것인지 모르겠습니다. 20대 후반 교수님을 처음 뵈었을 때 교수님에게서 뿜어져 나오는 에너지와 열의를 보며 성장한 저를 다시 한 번 되돌아보게 됩니다.

조규익 교수님을 떠올릴 때면 항상 '미소'가 생각납니다. 웃음소리는 거의 들어본 적이 없는데 교수님의 미소는 항상 얼굴 가득 활짝 피어 있었습니다. 교수님께 전화를 드릴 때도 전화기 너머에서 들리는 교수님의 목소리에서도 얼굴 가득한 미소가 저절로 그려집니다. 소리 없이 항상 활짝 웃어주시는 모습에서 저는 대학원 시절 내내 뭔지 모를 안도감과 편안함을 느끼며 생활할 수 있었습니다. 교수님의 얼굴에 핀 미소는 위에서 언급했듯이 교수님 내면에 자리하고 있는 학문적 열정과 건강함의 에너지에서 발현된 미소라는 생각이 듭니다. 또한 교수님의 미소는 제자들에게 배려와 인정을 주시는 의미로도 느껴집니다. 교수님의 제자인 저에게는 좀 더 친근하고 용기 있는, 그리고 더 열심히 공부를 할 수 있는 힘이 되어주었습니다. 그래서 항상 고마운 마음을 지니고 있습니다.

어느덧 교수님께서 정년을 앞두고 계십니다. 그래서 저도 지금껏 하지 못했던 교수님에 대한 마음을 이렇게 글로 쓰게 되었습니다. 연구실의 책들을 하나씩 자택의 서재로 옮기시는 교수님의 모습을 보면서 마음 한편에 그리움과 서운함 등 여러 감정이 교차되었습니다. 교수님을 바라보는 저도 이러한 감정이 생기는데, 30년이 넘는 긴 시간 동안 숭실대학교에서 모든 에너지와 열정으로 후학을 양성하고 연구에 전념하신 교수님 마음은 어떨까 생각해 보았습니다. 하지만 그누구도 교수님과 같은 길을 걸으신 분이 없기에 아마 교수님의 마음을 헤아리기에는 한계가 있을 것 같습니다. 교수님께서 그동안 베풀어 주신 은혜 잊지 않겠습니다. 고맙고 또 고맙습니다. 그리고 항상 환한 미소 기억하겠습니다. ♣

말은 노래가 되고 걸음은 춤이 되는
고전시가의 학자를 그리며
—백규 조규익 선생님과의 추억 되새김—

김용선(한양대 동아시아문화연구소)

샘이 깊은 물은 가말에 아니 그츨 새 내히 일어 바랄에 가느니
-〈용비어천가〉

나는 늦깎이로 국문학도가 되어 간신히 석사를 취득하고 박사과정을 밟으며 여기저기 학회에 고개를 내밀곤 했다. 이 것은 '온지학회'가 '숭실대 부설 한국문학과예술연구소와 공 동으로 숭실대에서 학술대회를 했던 어느 날의 일이다. 나는 그곳에서 백규 선생님을 처음으로 뵈었다. 어릴 적 영화《스 타트랙》에 나오는 거대 우주선 '엔터프라이즈호'의 장 뤽 피 카드 선장(패트릭 스튜어트)을 연상케 하는 모습이 첫 인상 이었다. 베레모를 쓰고 계셨는데 그 모자 아래의 시선이 국

립고궁박물관 서실에서 만났던 매월당의 시선과도 흡사했다. 그 시선에는 일종의 서기瑞氣가 깃들어 있었는지도 모른다.

여느 학회와 마찬가지로 장시간의 학술발표와 열띤 토론이 학술공간을 가득 채우고 있어 어딘가 숨이 턱 막히는 느낌마저 들 때였다. 고대가요古代歌謠와 만횡청류蔓橫淸類 등에 대해 어떤 발표자 분에게 청중의 한 분으로 토론시간에 말씀을 시작하시면서 목소리를 처음 듣게 되었는데 하얀 구슬[白圭]이 꿰어가는 고대 시가의 말씀을 듣고 있으니 폭포수를 맞는 기분도 들었다. 막힌 숨이 뻥 뚫렸다. 혈을 찌른 바늘처럼. 아, 공부란 이런 것이지! 과정생의 학도로 머릿속에 들어온 메시지는 고전시가의 지식정보가 아닌 학문을 대하는 자세에 관한 것이었다.

장구하고 복잡한 주석으로만 정체성을 드러낼 수 있는 〈용비어천가〉의 장르적 성격을 규명하고, 가락과 춤이 엮일 때 본체의 미학을 드러내는 조선조 악장에 관한 '악장다운' 연구를 시도한, 고전시가 속의 자연 심상을 세련되게 풀어낸, 만횡청류의 미학자美學者이기 이전에 장학금 등을 통해 어려움을 겪는 제자와 후학들에 대한 애정도 멈추지 않는 큰 스승임을 알게 된 것은 후일의 이야기이다.

서달산 자락 숭실대 인근의 카페에서 밥과 술과 커피를 나눌 수 있던 학회 회식자리에서도 선생님께서는 고전 고문과 관련한 이야기를 뜨문뜨문 들려주셨다. '살피재'라는 상도동 지명처럼 선생님은 우리 고전문학이 얼마나 '살필' 것이 많고 '살펴볼' 것이 많은지를 말씀으로 보여주셨다. 그렇게 살피고 살펴야 학도로서 옛 문학을 잘 보살필 수 있을 것이었다. 옛 노래의 보고寶庫를 손쉽게 훔칠 수 있을 거라 생각한 작은 도적을 살피게 한 분. 〈용비어천가〉에 나오는 고마ᄂᆞᆯᄀ가 있는 곳에는 백규서옥白圭書屋도 자리한다. 그곳에 가본 적은 없지만 나는 이미 그날 학회 날에 백규서옥을 다녀온 것은 아니었을까.

악무樂舞의 춤사위와 가락은 고요하고 고즈넉한 학문의 지면紙面 사이에도 얼마든 깃들 수 있는 것임을. 공부를 고되게만 대하고 할 것이 아니라 얼마든 공부가 악장이 될 수 있고 시름을 덜어주는 향가鄕歌도 될 수 있음을 나는 그날 학회장에서 조금이나마 느낄 수 있었다. 논문을 쓰다가 펼쳐 볼 책의 목록이 하나 늘었으니 『만횡청류의 미학』(1996)이다. 그것은 『청구영언』의 귀퉁이가 아닌 것이다. 그 서사의 담대한 저항력처럼 나는 백규의 물줄기를 거슬러 올라가 보련다. 한 마리 연어가 되어 가락과 춤에 몸을 내맡겨보리라. 첨벙! 덩더쿵! ♣

존경하는 조규익 교수님께

이기주(숭실대 예술창작학부 교수)

조규익 교수님을 처음 뵌 때는 여느 제자들과 마찬가지로 대학을 입학하고 나서였습니다. 누구나 그렇듯 그때에는 대학 생활에 대한 무한한 환상이 있었죠. 처음 교수님 강의를 들어가던 날이 생각납니다. 제가 그동안 생각했었던 교수님들의 모습처럼, 교수님께서는 인자한 미소로 학생들의 인사를 받아 주셨습니다. 저는 이때 수강한 <전통시가론>, <시조가사론> 등의 강의를 통해 지금까지 추상적으로만 인지했던 우리 고전문학의 아름다운 정신과 멋을 구체적으로 느낄 수 있었습니다.

학부를 졸업하고 대학원에 진학하면서 교수님을 더욱 가까이서 뵐 수 있었습니다. 지금까지 제가 이십 여 년 동안

학교에서 교수님을 따르며 배운 것은 학문만이 아니었습니다. 저는 언제나 교수님께서 열정적으로 연구에 매진하시는 모습만을 보아 왔습니다. 오로지 학문만을 위해 노력하시며 자기관리에 열중하셨습니다. 이렇게 교수님께서는 제게 학자의 능력은 영민한 지능이나 번뜩이는 상상력도 중요하지만, 그보다 성실함에서 더 크게 비롯된다는 사실을 몸소 가르쳐 주셨습니다. 저는 교수님의 가르침과, 학문에 대한 열정과 성실함을 기억하면서 열심히 살아가고자 합니다. 어디에서 무엇을 하든지 교수님의 말씀을 잊지 않겠습니다. 교수님! 감사합니다. 건강하십시오. ♣

따뜻한 차가 있는 풍경

박소영(숭실대 베어드교양대학 교수)

조규익 교수님께서 정년을 맞이하신다는 사실이 실감이 나지 않습니다. 제가 숭실대학교에 입학한 스무 살 때부터 지금까지 '학자'는 어떤 사람인가에 대한 답으로 항상 조규익 교수님을 떠올려 왔습니다. 교수님을 찾아 뵐 때마다 연구실의 수많은 책들에 둘러싸여 계시던 모습이 생생한데, 이제 학교에서는 뵙기 어려워졌다는 사실이 믿어지지가 않습니다.

제가 숭실대학교에 입학하여 제일 처음으로 전공한문의 기초 수업을 교수님께 들었던 기억이 납니다. 수업 시간마다 학생들에게 던져주시던 예리한 질문에 긴장을 하며 마음속으로나마 어설픈 대답을 해 보기도 하고 열심히 메모를 하며 생각을 정리해 보기도 했었습니다. 대학에 입학한 1학년 때부터 조규익 교수님의 수업을 들을 수 있었던 것은 저에게 큰 행운이었습니다. 고등학교까지 기존의 틀에 맞추어 공부를 하곤 했는데, 교수님의 수많은 질문들은 굳어 있던 제 사고의 틀을 깨고 더 넓은 시각으로 학문을 바라볼 수 있게 도와주셨습니다. 현재 강의를 하면서 논문을 작성하는 게 저의 일상이 되었는데요. 교수님께서 학부 때부터 보여주신, '선생님으로서의' 그리고 '학자로서의' 면모가 얼마나 대단하고 어려운 것인지를 새삼 실감하고 있습니다. 교수님께서는 저에게 연구자의 길을 보여주신 분이십니다.

교수님께서는 저에게 어려운 순간이 있을 때마다 중요한 말씀을 해 주시기도 하셨습니다. 석사와 박사 논문을 쓸 때에 문장이 잘 써지지 않거나 앞으로 어떻게 내용을 전개해야 하는지 고민이 될 때가 많았습니다. 마침 그럴 시기에 조규익 교수님께서는 (어떻게 아셨는지!) 종종 연구실에서 손수 맛있는 차를 내어 주시곤 하셨습니다. 따뜻하고 향 깊은 차와 함께 연구자의 태도에 대해 많은 가르침을 받았습니다.

"학자는 언제나 새로운 연구 주제를 가지고 있어야 한다."

교수님께서는 끊임없이 연구 주제에 대해 탐구해야 하고 다음 연구 주제에 대해서도 생각하면서 '생각의 샘'이 마르지 않게 해야 한다는 가르침을 주셨습니다. 한 가지 주제에만 매달리느라 넓은 시야에서 연구 주제를 바라보는 게 부족했던 저에게, 교수님의 말씀은 연구자에게 중요한 것이 무엇인지를 다시금 고민하도록 이끌어 주셨습니다. 지금도 교수님을 떠올리면 맛있는 차와 따뜻한 격려가 먼저 생각이 납니다.

　제가 교수님께 차만 대접받은 게 아니라는 것도 꼭 알리고 싶습니다. 지금은 없어진 막걸리집인 '희망주립대'에서 모두가 화기애애하고 유쾌하게 막걸리를 마셨던 풍경이 떠오릅니다. 교수님께서는 대학원생들에게 막걸리를 한 잔씩 따라주시며 덕담도 건네주시고 안부도 다정스레 물어봐 주셨어요. 책을 읽고 논문을 쓰면서 저도 모르게 경직된 채로 지내던 나날이었는데, 그 긴장감이 기분 좋게 풀리는 순간이었습니다. 아직도 학교 앞 '희주'를 지나갈 때면, 교수님께서 가득 따라주시던 그 뽀얀 막걸리가 생각이 납니다.

　예리한 감각으로 연구 주제를 탐구하시는 교수님의 문장도 존경하지만 저는 교수님의 에세이 속 문장도 좋아합니다. 교수님께서는 일상에서 또는 해외의 낯선 장소에서 느끼신 여러 생각들을 차곡차곡 담은 책을 종종 선물해 주셨습니다. 어린 시절을 떠올리며 쓰신 이야기들, 해외의 여러 지역에서 힐링을 하시거나 깨달음을 얻으신 이야기들도 재미있게 읽었고, 인문학에 대한 교수님의 생각을 소중하게 읽곤 하였습니다. 이렇게 교수님께서는 직접 가르침을 주시기도 하고 책을 통해 여러 말씀을 전해주시기도 하셨습니다.

　곧고 바른 분을 오래도록 뵐 수 있어서 저에게는 큰 행운이었고 늘 감사한 일이라고 생각합니다. 안식년에도 미국으로 가서서 연구하시는 모습은 당시 한곳에 앉아 매일 비슷한 생각만을 하던 저에게 큰 깨달음으로 다가왔습니다. 제게 중요한 순간이 있을 때마다, 앞으로 잘 나아갈 수 있게 도와주신 교수님의 따뜻하고 밝은 음성을 기억하고 있습니다. 학교에 가면 언제나 교수님의 연구실에는 불이 환하게 켜져 있었기에, 그 빈자리가 너무 크게 느껴질 것 같습니다.

한 명의 제자로서 정년을 맞이하시는 교수님을 생각하면 아쉬운 마음뿐이지만, 또 한편으로는 교수님께서 새로운 터전에서 또 어떤 도전을 하실지 궁금하고 기대가 되는 것도 사실입니다. 앞으로 교수님께서 보여주실 삶의 모습도 가르침으로 삼고 살아가겠습니다.

교수님, 언제나 건강하시고 행복하시기를 기원하겠습니다. ♣

겸허한 스승께 바치며

박동억(문학평론가/숭실대 강사)

조규익 교수님을 처음 뵈었던 강의실과 목소리, 그리고 저희를 바라보시던 두 눈을 떠올립니다. 그로부터 벌써 열다섯해가 지났다는 사실이, 또한 교수님께서 숭실대학교를 떠나신다는 사실이 믿기지 않습니다. 조규익 교수님, 그 긴 시간 동안 가르침을 주셔서 감사드립니다. 학교를 떠나서도 교수님께서는 언제나 스승이실 것입니다. 무엇보다도 교수님께서는 언제나 자신이 머무시는 곳이 강의실이 되고 학교가되는 그런 분이셨기 때문입니다.

그 많은 수업들을 기억합니다. 또한 아마도 저만이 간직하고 있을 소중한 배움의 순간도 있습니다. 이제 막 박사과정에 들어온 미숙한 제게 교수님께서는 다소 어려운 질문을 던지신 적이 있습니다. 그것은 제가 생각하는 사회적 정의가 무엇인지 솔직하게 말해달라는 취지의 질문이었던 것 같습니다. 카페에 단둘이 앉아서 나누었던 대화의 세부는 이제 어렴풋하지만, 하나 뚜렷하게 기억하는 것은 어린 학생의 말을 경청하려는 교수님의 겸허한 자세였습니다.

어떻게 교수님께서는 그러실 수 있으셨을까요. 어떤 마음으로 자신보다 삶에 대한 식견도 지니지 못했고 깊은 고통도 들여다보지 못하는 청년의 목소리에 두 귀를 기울이실 수 있었을까요. 실은 저명한 사회학자 지그문트 바우만 또한 세상을 떠나기 직전 마지막 실천으로서 손주뻘의 저널리스트와의 대담을 행한 적이 있습니다. 바우만은 세대마다 다른 속도로 세상을 살아가는 이 시대를 이해하려면 세대를 넘어선 대화가 필요하다고 믿었던 것 같습니다. 마찬가지로 교수님께서 가르치신 것은 우리 시대의 학자가 지녀야 할 겸허하게 듣는 자세가 아니었을까요.

때론 강의실의 낡은 벽을 손으로 더듬던 순간을 떠올리고, 때론 뒤따르던 저희들의 소란스러움을 떠올리기도 하시겠지요. 교수님의 퇴임을 축하하는 꽃다발도 시들 것입니다. 그러나 교수님께서 남기신 정신만은 숭실대학교에 지속할 것입니다. 저희는 때에 맞춰 수시로 울리는 종소리처럼 그것을 듣겠습니다. ♣

옛 기억을 찾아 떠나는
여행자의 순례길에서
- 백규 조규익 선생님께 바치는 헌사獻辭 -

박소영(이화여대 박사 졸)

'거울이 없을 때, 사람들은 어떻게 자신의 얼굴을 보았을
까?'

- 위기철, 『아홉살인생』, 1999.

오늘날 사람들은 고전을 중요하게 생각하지 않는다. 그러
니 빠르게 변화하는 현대 사회에서 국문학도로 살아가는 일
은 여간 쉽지 않다. 그렇기에 누군가 나에게 국문학도 15년
차, 내 인생에 가장 후회하는 일을 꼽으라면 고전 문학을 전
공으로 삼은 것이요, 가장 잘한 일을 꼽으라면 고전 문학을
전공으로 삼은 것이라고 대답할 것이다. 앞서 이 어려운 길
을 헤쳐나간 선생님과 선배들의 뒤를 밟으며 나선 여행길은

고되기만 하다. 박지원朴趾源의 『열하일기熱河日記』를 모르는 이 누가 있으랴. 그 옛날 박지원이 밟은 여행길을 함께 나란히 걷는 학자들이 이른바 오늘날 '고전 문학' 전공자가 아닐까 생각한다. 4차 산업 혁명 시대에 디지털 문화와 새로운 양식의 문학이 넘쳐나는 가운데 옛것을 공부한다는 것은 쉽지 않다. 그럼에도 불구하고 오늘날 우리에게 '고전'이 주는 가르침과 교훈은 여전히 유효하다. 그렇기에 소수의 연구자들이 이 순례길에 함께 오르는 것일 터. '거울이 없을 때, 사람들은 어떻게 자신의 얼굴을 보았을까?'라는 질문을 던지고 싶다. 어제의 고전이 없다면 오늘의 현대는 어떻게 존재할 것이며 내일의 미래를 어떻게 예견할 수 있을까.

백규 조규익 선생님을 떠올리자면, 『조천일록朝天日錄』을 비롯한 연구 업적들을 언급하지 않을 수 없다. 사행록使行錄을 비롯한 사행문학의 범위를 개진하시고, 악장 연구를 비롯하여 시가문학까지 다양한 고전 작품을 연구하셨으며 그 연구 성과 또한 후배 고전 문학 연구자들에게 미친 영향이 적지 않다. 나 또한 한문학을 전공한 연구자로서 『조천일록』에 대한 관심을 갖고, 조규익 선생님의 논고들을 살펴보면서 오랜 기간 학자로서의 경의를 표하고 있었다. 특히, 그간 학계에서 주목한 17~18세기 김창업, 홍대용, 박지원으로 대표되는 보편적 개념의 사행 문학 연구를 확장시켜, 공사公私를 겸하는 글쓰기와 눈앞에 생생한 현장감이 느껴지는 듯한 구체적인 글쓰기가 인재訥齋 최현崔晛에게서 시도되었다고 보았다.

백규 조규익 선생님께서 제시한 『조천일록』과 관련한 논의는, 올해 초 학위를 수여 받은 나의 박사논문 『관암冠巖 홍경모洪敬謨 문학의 문사일치文史一致 경향 연구』에서 주목한 '공적인 글쓰기와 사적인 글쓰기' 이론 정립에 큰 영향을 주었다고 해도 과언이 아니다. 자신이 쓴 기록물 전체를 역사 사료로 삼을 수 있다고 본 홍경모의 문학 특성은 1, 2차 연행을 다녀오면서 시로 기록한 「사상운어槎上韻語」(1830)·「사상속운槎上續韻」(1834)에서도 확인된다. 공사를 겸한 글쓰기는 백규 조규익 선생님께서 제시한 '사적인 글쓰기가 주로 노정을 위주로 약간의 정서적 측면을 고려한 글쓰기였다면, 물상들의 제도적인 측면을 상세히 탐사하여 기록함으로써 나라의 이익에 기여하고자 한 공적인 글쓰기'와도 통하는 부분이다. 직접적인 연관성을 밝히기엔 아직 학식이 부족한지라 그저 구상에 도움을 받았다는 정도로만 표현할 수밖에 없겠다. 그간 남몰래 흠모해왔던 백규 조규익 선생님께 이 자리를 빌어 감사 인사를 올린다. ♣

평생 딱 한 분을 롤모델로 삼는다면

김용진(상해외국어대학교 교수)

"나는 단지 네가 어떻게 사는지 궁금했을 뿐이야!"
늘 이런 식이셨습니다. 전혀 예상치 못한 것도 아니지만,
교수님의 입을 통해 흘러나오는 말씀들은 항상 자상하신 웃
음의 온도마냥 따뜻하게 얼어붙은 마음을 녹여주곤 했습니
다. 매번 한국에 가서 교수님을 찾아뵐 때마다 받는 응원 메
시지였지만, 이번만은 오로지 저를 지지해주는 "내편"이 되
어주셨으므로 더욱 강렬하게 제자에 대한 교수님의 사랑을
느낄 수 있었습니다.

이렇게 교수님과 깊은 소통을 할 수 있었던 것은 2019년,
제가 절강대학교에서 포닥을 하고 있을 때, 교수님을 일본연
구소에서 개최하는 "동아시아 필담 연구" 포럼에 모실 수
있었던 기회에서 비롯된 것입니다. 흔쾌히 회의 참석 의향을

메일로 답장해주신 교수님께서는 며칠 후 항주로 오셨는데, 회의 조직에 정신이 없었던 탓으로, 그때만 해도 교수님을 여느 학자 분들 모시듯 호텔로 안내해드렸습니다. 물론 그 사이에 간단한 안부 인사나 학회의 진행 사항에 대해 말씀은 드렸지만, 오랫만에 뵙게 되는 터라 반가움에 넘치는 회포를 어떻게 풀 것인가에 대한 고민만 머릿속에서 빙빙 맴돌았습니다.

절강대학교 소속 호텔은 비교적 큼직한데다 투명한 유리 창문 쪽에는 책상 하나와 소파 두 개가 놓여 있었는데, 교수님께서는 저에게 잠깐 대화를 할 수 있겠냐는 말씀을 건네셨습니다. 그리고 하신 말씀이 서두에서 제가 적은 구절입니다.

전에 출근하던 대학교에서 사직을 하고, 포닥을 하기로 결심했다고 전해드린 그때부터 늘 걱정이 많으셨던 교수님께서는 제가 전화를 드릴 때마다 충고의 말씀을 해주셨는데, 때문에 이 말씀을 듣는 순간 그동안 쌓여있던 수많은 한의 응어리가 풀리는 듯한 위로를 받게 되었고 왠지 마음이 찡해났습니다.

"용진아, 너는 내가 왜 절강대라는 이렇게 먼 곳까지 회의에 참석하겠다고 온 것 같니? 정말 내가 중국에서 학술을 하면서 교류를 하는 것이 목적이었을 것 같니?"

그리고 가슴 속 깊이 새겨두게 된 이 말씀……

"아니야, 나는 단지 네가 어떻게 사는지 궁금했을 뿐이야!"

다른 사람이 들으면 아무것도 아닌, 이 한마디 속에서 무엇보다, 교수님께서 보여주신 부모님같이 너른 마음을 읽었기에, 그리고 그 시각 교수님을 단지 학자로서의 교수님이 아닌, 저를 한없이 위해주는 오로지 "내편"으로서 느꼈기 때문에 저는 그 이후에도 더욱 정진할 수 있었으며, 교수님께 더욱 공경의 마음을 갖게 되었습니다.

중국에서는 제가 주인임에도 불구하고, 교수님께서 친히 타주신 용정차를 마시면서 그 뒤에도 길게 길게 얘기를 주고받았습니다. 그리고 학회 뿐만이 아니라, 뒷풀이 내지 서호를 구경하면서까지도 곳곳에서 저에 대한 교수님의 배려를 느낄 수가 있었습니다.

제가 교수님을 처음 뵌 건 2013년, 석사 교환생으로 숭실대학교에 유학을 갔을 때었습니다. 교환학생들은 애초에 지도교수를 정하는 법이 없었으므로, 함께 유학을 떠난 기타 9명 친구들은 제가 지도교수님으로 조 교수님을 모신 데 대해 부러움을 사기도 했습니다. 지금도 친구들이랑 만나 그때 얘기 겸 조 교수님을 떠올릴 때면 "너는 참 운이 좋았지며, 근데 지금도 연락하고 지내?"라며 되묻곤 합니다. 그러면서 교수님과 함께 갔었던 현충원이며, 동해바다며, 어느 골목의 동동주 가게 등은 한참 동안이나 추억을 불러일으키곤 합니다. 하긴 저는 운이 좋게도 교수님의 지도 아래 석사

주제와 목차를 정해서 귀국 후 논문을 수월히 쓴 것은 물론, 교수님의 영향 하에 박사 공부까지 시작하게 되었지 뭡니까?

그렇게 어느덧 9년이라는 세월이 흘렀습니다. 숭실대 교환 학생 시절에도 교수님의 연구실에 몇 번이고 찾아갔는지 모릅니다. 연구실 밖에 서서 교수님께서 큰 소리로 낭독하시는 영어를 귀담아들은 적도 한 두 번이 아닌데, 그때마다 학업을 게을리하는 자신을 채찍질하곤 했었습니다. 연구실로 찾아뵐 때면 항상 따뜻한 차를 내어주시며, 최신 저서에 사인까지 멋있게 해 주셨습니다. 덕분에 교수님께서 주신 책들은 빠짐없이 펜으로 줄을 그어가며 열심히 배독할 수 있게 되었답니다. 뿐만 아니라, 생활상의 어려움에 대해서도 늘 물어보신 교수님이셨으므로, 이 또한 교환학생으로 유학을 와서 생활비가 넉넉지 못한 제자를 위해 아낌없이 책을 선물해 주신 교수님의 배려였음을 그때도 지금도 잘 알고 있습니다.

교수님께서 정년을 하신다니, 마음 한구석은 서운함을 금치 못하겠습니다. 하지만 교수님께서 더욱 멋진 삶을 계획하고 계실 것이므로, 한편 너무 기대가 되기도 합니다. 이후에는 교수님께 더 많은 지도를 자유롭게 받을 수 있을 것이라 생각하니, 오히려 흥분되기도 합니다. 교수님께서 항상 건강하시고 행복하시기를 진심으로 바랍니다.

정말 많은 고마움을, 이루 다 담지 못하는 추억담으로 새
겨 보지만, "교수님께서는 저에게 영원한 롤모델이십니다!"
♣

선학先學의 모범을 보여주신
조규익 교수님

이은란(숭실대학교 국어국문학과 박사과정)

작년 봄, 갓 완공된 백규서옥에 초대받은 저는 조규익 교수님의 집필실 한 쪽을 빼곡하게 채운 우리말 사전들을 보고 놀라움을 금할 수 없었습니다. "교수님, 무슨 사전들을 이리도 많이 갖고 계신지요?"라고 여

백규서옥 집필실 한쪽 벽면을 가득 채운 사전들

쭈어 보니 교수님께서는 논문을 쓰는 학자에게는 무엇보다도 정확한 말을 쓰는 것이 중요하다고 강조하셨지요. 말의

정확성! 정년퇴임을 앞둔 국문학자께서는 아직도 말과 싸우고 계셨습니다. 교수님께서는 이 사전들을 다른 연구 자료들보다 훨씬 가까운 곳에 두고 계셨습니다. 손때 묻은 사전과 메모가 빼곡하게 들어찬 서재 앞에서, 갓 박사과정에 입문한 저는 숙연해질 수밖에 없었습니다.

제가 조규익 교수님을 처음 만나 뵙게 된 것은 「시조가사론」이라는 3학년 국문과 전공 수업이었습니다. 첫 수업에서 은은한 미소와 함께 강단에 나타나신 교수님께서는 대뜸 저희에게 "자네들은 시조를 뭐라고 배웠나?"라는 질문을 던지셨습니다. 어리둥절한 저희는 수능 때의 기억을 더듬으며 마치 기계가 된 것처럼 "시조는 초장, 중장, 종장 총 3장과 45자의 글자 수로 이뤄져 있고요, 3.4.3.4.3.4.3.4.3.5.4.3의 자수율을 가지고 있습니다."라고 대답했습니다. 후에 강의를 들으며 시조의 자수율이라는 것이 후대 학자들에 의해서 만들어진 규칙이며, 실제로 대부분의 시조 작품들은 이 규칙을 따르지 않는다는 사실을 깨닫게 되었습니다. 이처럼 조규익 교수님과의 만남은 주입식 수업에만 익숙해져 있던 저희들의 통념을 산산이 깨부수며 시작되었습니다. 참, 스승의 날을 맞아 『역주 조천일록』 서문을 읽고 감상을 보내 드렸더니, "은란아! 가끔은 비판도 좀 해주렴!"이라는 답장도 주셨더랬지요. 이처럼 조규익 교수님께서 보여주신 선학先學으로서의 모범은, 바로 선학들과 당당히 응전하며 그들이 이룬 업적에 매몰되지 않는 자세를 보여주는 후학들을 기다리는 것이었습니다. 부끄럽게도 저희 중에서는 그런 후학이 아직 나오지 못했지만, 교수님께서는 아직도 당신과 겨룰 수 있는 멋진 후학을 기다리는 중이신 것 같습니다.

그렇기에 조규익 교수님께서는 수업이 끝나고 질문하는 학생들이나 연구실로 찾아오는 학생들을 퍽 반가워하셨습니다. 손수 차를 끓여 고풍스러운 잔에 내어 주시면서 요즘 무얼 공부하고 있는지, 어떤 고민이 있는지 묻기도 하셨습니다. 저와 제 동기인 다온이가 스승의 날을 맞아 카네이션 꽃다발을 드렸을 때, 꽃향기를 맡으시며 아이처럼 좋아하시던 장면이 아직도 기억이 납니다. 또, 평소에 교수님을 존경하던 제 동기 규영이가 취업한 이후 작은 음료수 한 박스를 들고 왔을 때도 조교에게 규영이의 전화번호를 따로 물어보셨지요. 이렇게 글을 쓰다 보니 학부 때의 추억이 새록새록 떠오릅니다. 어느 날 학부 강의시간에 모처럼 학생들끼리 시조 작품을 놓고 치열한 토론경쟁이 벌어졌습니다. 강단에서 저희들의 아우성(?)을 듣고 계시던 교수님께서는 수업을 멈추시곤 흥미진진하게 지켜보시며 "이야기가 점점 재미있어진다"라고 추임새도 하셨습니다. 아마 정해진 강의 시간이 아니었다면 계속 저희들의 이야기를 듣고 계셨을지도 모릅니다. 이렇게 조규익 교수님께서는 어수룩하기만 한 학생들의 이야기를 허투루 듣지 않으셨습니다. 특히 적극적으로 수업시간에 참여하고 의견을 내놓는 아이들을 좋아하셨습니다. 최근 코로나19로 인해 소통이 점차 단절되어 가는 요즘의 대학 풍경을, 교수님께서는 정말로 안타까워하셨습니다.

조규익 교수님께서는 여기에 글로 다 옮기지 못할 정도로 많은 추억을 만들어 주신 존경스러운 스승님이셨습니다. 소탈하고 정겨운 추억들이 모여서 저희의 학창 시절을 따뜻하게 빛내주고 있습니다. 젊은 학생들보다 더욱 에너지가 넘치시는 교수님께서 퇴임을 하신다는 사실이 믿기지가 않습니다. 하지만 교수님께서 몸소 보여주신 선학으로서의 모범은 제자들의 마음속에 여전히 살아 숨 쉴 것이라 생각합니다. 조규익 교수님, 진심으로 감사드립니다. 언제나 강건하시기를 기원합니다. ♣

백규 선생님과의 만남

장진아(중어중문학과 석사과정)

"봄누에는 죽어서야 실뽑기를 그치고, 촛불은 재가 되어서야 눈물이 마른다"[春蠶到死絲方盡, 蠟炬成灰淚始干]는 말처럼 평생을 학문에 매진해 오신 교수님의 정년퇴직이 어느새 가까워졌습니다. 앞으로 교수님의 격려의 말씀과 고전문학 수업을 더 이상 듣지 못한다는 생각을 하니 아쉽습니다. 교수님은 제자들에게 관심을 쏟아 주시고 성장하도록 배려를 아끼지 않았습니다. 교수님의 수업은 살아 숨 쉬는 것처럼 귀에 쏙쏙 들어옵니다. 마치 이야기를 듣는 것 같고 수수께끼를 푸는 것 같아서 푹 빠져듭니다. 시간이 가는 줄 모르고 끝날 때쯤 되면 아쉽고, 다음 이야기를 참고 기다릴 수밖에 없습니다. 마치 꼭 숨바꼭질처럼 숨었다가 잡곤 하는 것 같습니다. 교수님께서는 1984년부터 대학 강단에 서셨고, 숭실대학에서 한국문학과예술연구소 소장으로 활동하시며 한국의 문학과 예술 관련 학술 활동을 지금까지 진행하고 계십니다. 오롯이 35년 6개월을 숭실 동산에서 지내셨습니다. 교수님께서는 좋은 교사가 되는 것, 좋은 학자가 되는 것, 좋은 어른이 되는 것이 꿈이라고 하셨습니다. 그 긴 세월 동안 학자, 교육자로서 공부가 부족해서 많이 배워야 하고, 앞으로 가야할 학문의 길이 아직 멀었다고도 말씀하셨습니다.

天若不雨而漂沒/ 하늘이 비류에 비를 내려
沸流王都者/ 그 도성과 변방을 표몰시키지 않으며
我固不汝放矣/ 내가 너를 놓아주지 않을 것이니
欲免斯難/ 만일 이 어려움을 면하고 싶다면
汝能訴天/ 하늘에 빌어라

교수님께서는 수업 중에 위 작품을 말씀하셨습니다. 저로서는 이 시에 대한 인상이 가장 깊었습니다.
교수님은 아침부터 저녁까지 연구에 몰두하는 분이십니다. 마치 촛불처럼 자신을 태워 제자들에게 미래의 무한한 빛을 보여주십니다. 나무는 햇빛과 빗물이 없으면 성장하지 못합니다. 햇빛과 빗물의 아낌없는 베풂이 있어야 생기발랄해집니다. 꽃도 땅이 없으면 안 됩니다. 땅이 영양을 제공해 줘야 아름답게 피어납니다. 제자의 삶도 교수님의 가르침이 있어서 성장할 수 있다고 생각합니다.

2022년 3월부터 교수님께서는 매 학기 국어국문학과 학부생 1명, 박사 과정생 1명을 선발하여 장학금을 지원하시기로 했다는 놀라운 소식을 접했습니다. 교수님께서는 숭실대학을 통해 많은 것을 얻었기 때문에 이제 돌려줄 때가 됐으니 국어국문학과 제자들에게 베푸는 것이라고 하셨습니다. 교수님의 좌우명은 아마도 "舍得"(버리고 베푸는 것이 얻는 것이다)인 것 같습니다. 많은 격언 중에 이것을 가장 좋아하신다고 하셨습니다.

교수님께서는 젊은 시절에 중국과 일본에서 유학 생활을 하지 못했던 것이 너무 아쉽다고 하셨습니다. 비록 본인은 그 꿈을 이루지 못했지만, 제자들이 자신들의 꿈을 이룰 수 있도록 베풀고 싶었던 것이 아니었을까 생각합니다.

교수님께 언제가 제일 행복한지 여쭤봤습니다. 답은 예외 없이 연구하는 논문이 완성됐을 때라고 하셨습니다. 학자로서 연구자로서 이런 답은 너무 재미가 없다고 저는 생각했습니다. 그러나 다시 생각해보니 매일 하는 일에 행복을 느낀다는 것이 정말 최고의 행복인 것 같습니다.

모쪼록 교수님의 건강과 평안을 기원합니다.

임인년壬寅年 초여름 중어중문학과 장진아 삼가 씀 ♣

공부의 깊이

이찬희(숭실대 석사 졸업)

몇 년 전에 한국문학과예술연구소 학술대회 때의 일이다. 조규익 교수님의 발표에서 토론자로 서신 다른 교수님께서 이런 말씀을 남기셨다.

"원래 이 연세에는 슬슬 뒤로 물러나시는 나이인데, 이렇게 연구를 열심히 하시면 후배들은 어찌하란 것인지……허 허."

내가 본 조규익 교수님의 이미지는 이 말로 요약할 수 있다. 연구 후속세대들에게 늘 자극이 될 정도로 늘 공부를 향한 열정 위에 올라타 달리시는 분이 교수님이셨다. 학과 행정조교를 맡고 있어 교수님과 함께 점심식사를 할 일이 자주 생겼다. 그때마다 교수님은 어떤 것을 공부하고 있는지를 꼭 물어보시고 확인하시면서, 본인의 경험을 바탕으로 어떤 방식으로 배움의 길을 걸어가고 자신의 창고를 쌓아가야 할지에 관한 조언을 아끼지 않으셨다. 교수님의 깊이가 있는 조언은 학위논문을 작성하는 데에 많은 도움이 되었다. 여유 있게 말씀하시는 그 한 마디에서 엄청난 깊이를 느낄 수 있었다.

교수님의 공부에 대한 열정은 책들에서도 느낄 수 있다. 지금은 책을 모두 정안으로 가져가셔서 비어 있지만, 예전 교수님의 연구실은 학과사무실 근로 학생들이나 조교들에게는 '정글'로 통했다. 그만큼 책이 빽빽하여서, 처음 연구실에 들어갈 때 그 작은 연구실에서 길을 잃을 걱정(?)을 해야 하는 곳이었다. 연구실에 들어갈 때마다 책들을 살펴보며 교수님이 쌓으신 공부의 깊이에 대해 감탄하고는 하였다.

그러면서도 교수님께서는 통상적인 의미의 공부만 바라보고 달리는 '로봇'은 절대 아니셨다. 학부 1학년 때 학술답사에서 기꺼이 학생들에게 들려 바다에 던져지시던 모습이 생생하다. 젊은 시절을 뵌 적이 없어 잘 모르겠으나, 학부부터 10년간 본 조규익 교수님은 학생들에게 조금 더 가까이 다가오고자 하시는 모습이었다. 교수님께서는 이것도 하나의 새로운 공부가 아니었을까. 교수님께서는 또한 젊은 세대와의 거리를 좁히기 위해 늘 신기술을 공부하시곤 하였다. 한 번은 QR코드 만드는 법을 물어보시기에 상세히 설명을 드렸는데, 그 QR코드를 활용하여 공연 영상을 볼 수 있게 책 페이지에 넣어 두셨다. 본인만의 세계에 빠져계신 것이 아니라 젊은이들의 세계관을 또한 공부하시는 교수님의 자세는 많은 배움이 되었다. 그러나 무조건 우리에게 맞추신 것은 아니었다. 옳은 것과 그른 것을 구분하는 것에는 엄격한 태도를 보이셨는데, 학부 수업 때 스마트폰을 만지는 행위를 굉장히 싫어하셨다. 교수님께서는 강의 시간이 우리와 소통의 기회이며 상호 공부의 기회인데, 그 시간을 빼앗아 가는 듯한 스마트폰이 굉장히 못마땅하셨으리라. 그때는 이해하지 못했지만, 지금은 교수님의 마음이 조금이나마 이해가 된다.

최근 교수님은 '에코팜'을 통해 새로운 공부에 빠지신 듯하다. 교수님의 페이스북에는 동식물들과 함께 살아가며 생기는 에피소드들이 페이지를 채우기 시작했고, 만나 뵐 때마다 이야기를 청해 들으면 즐거운 이야기꾼이 되시곤 한다. 또한 퇴임하시고 무엇을 하실지 슬쩍 여쭈었더니, 할 일이 너무나도 많다고 웃으며 대답을 하시던 모습에서 새로운 세계를 향한 교수님의 큰 기대가 느껴졌다. 30년을 훌쩍 넘는 세월 동안 숭실대학교에 계셨으니, 이제는 좀 지겨운(?) 학교를 떠나 바깥의 세상에 대한 공부를 시작하고자 하시는 걸까. 100세 시대, 교수님께는 숭실대에 계시던 세월만큼의 공부를 다시 쌓을 수 있는 기회라고 생각되시리라. 교수님의 배움을 향한 그 깊이를 조금이나마 본받고 싶다. ♣

조규익 교수님께 보내는 편지

오소호(숭실대 석사과정)

안녕하세요, 조규익 교수님. 교수님께서 퇴임하신다는 소식을 듣고 교수님과 같이 지내왔던 기억이 떠오르게 되었습니다. 돌이켜 보니 교수님을 알게 된 지 2년이 넘었습니다. 교수님과 처음 만나게 된 것은 대학원 석사 입학 면접 때였습니다. 교수님께서 웃음과 느린 말씀으로 유학생인 저의 긴장된 마음을 풀어주신 것이 제일 인상적입니다. 본격적인 대학원 생활에 들어온 후에 교수님의 수업을 들을 수 있는 기회가 있어서 코로나의 긴장 밑에서 아늑한 강의실 분위기를 느낄 수 있게 해주시고 생각하는 능력을 확장시켜 주시기도 하셨습니다. 교수님께서는 선배, 동창들과 함께 여러 번 식사를 함께 하셔서 정의 의미를 체험시켜주기도 하셨고, 경청과 표현이라는 함의를 배울 수 있게 해 주셨습니다. 진짜 기쁘고 따스한 추억이자 언제든 회억해도 웃음이 어린 장면이네요.

은란 선배, 재찬이와 같이 교수님의 댁에 방문한 날은 2년 동안의 석사 생활 중에서 아름다운 체험의 하나입니다. 고속 버스 타기, 동창과 같이 간 여행, 교수님의 서재를 참관함 등 한국에서 처음으로 많은 체험을 얻게 되었습니다. 교수님의 백규서옥을 본 후에 책에서 나타난, 동경하는 무릉도원의 풍경과 심경이 정말 존재한다고 감탄했습니다. 그랑블루碧海藍天, 배산임수依山傍水, 산들바람에 뒤섞인 말과 웃음소리 등 봄의 추억과 장면들이 여전히 눈에 선합니다. 사모님의 음식 솜씨보다 더 경탄시키는 것은 없습니다! 정말 반했습니다! 그 이후에 그런 맛을 다시 먹어볼 수 없는 원인은 당시의 풍경과 심정을 서울에서는 다시 경험하지 못해서 그런지도 모릅니다. 야외에서의 식사가 딱 끝나자마자 봄비가 왔었던 행운도 이 추억과 심정을 기억에 깊게 새겨주게 되었습니다.

호천일색湖天一色, 이 단어가 담는 의미는 교수님과 같이 공주의 산에 올라간 후에 깨닫게 되었습니다. 그림이나 영화를 통해 본 평면적인 풍경과 달리, 높은 곳에 서서 호수를 내려다보고 내리는 비로 청정해진 먼 창공을 건너다보다가 이들이 한데 뒤섞인 장면은 몸과 정신이 풍경에 흡입되듯

그윽하고 맑았습니다. 자기가 스스로 경계하고 일깨워야 그 풍경에 무의식으로 들어가는 순간을 억제할 수 있습니다. 혹시 산에 설치된 울타리는 이러한 자연의 마력을 막기 위한 것이 아닌가라고 당시 생각했습니다.

수업에서 은란 선배가 조규익 교수님의 산문인 「원 웨이 티켓(One-Way Ticket)」을 읽는 소리를 듣고 교수님께서 보태주신 설명과 서정에 감응하면서, 인생은 귀로가 없는 편도 여행이라고 강하게 느끼게 되었습니다. 우리는 '다음에는…', '예전에 … 했으면 좋았을걸', '앞으로 꼭 … 해야 돼'라는 생각을 흔히 합니다. 그런데 인생은 다음이 없으며 과거는 변하지 않으며, 미래를 확정하지 못하기도 합니다. 유일하게 내가 무언가를 할 수 있는 시간은 '지금'일 뿐입니다. 지금 내 주변의 사람, 사물, 일을 아껴 대하는 것입니다. 저는 교수님께서 쓰신 산문에 담으신 정서를 때때로 떠올리는 시간들을 갖게 되었습니다. 만남을 약속했지만, 다시 보지 못한 친구들, 실행했을 수도 있지만 하지 못했던 과거의 일들, 미래에 무언가를 성취하려는 욕망 등 여러 생각이 그 순간에 떠오르게 되어서 콧날이 시큰거리고 목이 메었습니다. 공정共情은 강인함으로 위장한 시간을 격파하고 자기 자신을 부드럽게 비추게 되었습니다. 순간이나마 진실한 자기의 모습을 발견하게 되는 능력은 글의 힘이라고 생각했습니다. 이러한 힘을 가지고 있는 교수님의 글을 접하게 된 점, 큰 행운이라고 생각합니다.

　조규익 교수님과의 아름다운 모든 추억들을 한 축복으로 모으고자 합니다. 앞으로의 퇴임 생활 중에서 갈수록 젊어지시고 자유를 마음껏 즐거워하시기 바랍니다. 숭실대학교 국어국문학과의 대학원생으로서 교수님의 교학 생애에 참여해 보았고, 퇴직하시는 순간까지 함께 지낸 점을 큰 영광으로 생각합니다. 생활의 묘미는 깊은 샘과 같아서 깊게 팔수록 솟아나는 즐거움이 더 많다는 말을 들어본 적이 있습니다. 교수님께서는 생활의 즐거움을 발견할 수 있게 해주시고, 우리 인생의 모범으로 배울 만한 스승입니다. 교수님의 가르침과 돌봄에 진심으로 감사드립니다! ♣

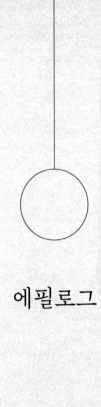

에필로그

추위와 땡볕을 견뎌낸 묵은지

엄경희(숭실대 국어국문학과 교수)

'한여름에 묵은지 꺼내기'. 백규 조규익 교수님의 정년을 맞이해 학계 선후배 교수님과 동료 교수님 그리고 지인과 제자들이 각기 저마다의 소중한 추억을 모아 엮은 뜻 깊은 책의 제목이다. 영원히 잊히지 않을 훌륭한 한 편의 시 제목처럼 깊은 인상과 울림을 준다. 상상해 보라. 여름날 된더위에 지쳐 입맛을 잃었을 때 오랫동안 푹 익어 입에 신 침을 돌게 만드는 묵은지의 깊은 감칠맛을. 찬물에 밥 말아 한 그릇 뚝딱 비우고 싶게 만드는 생생한 유혹을. 입 안 가득 척척 감기는 묵은지의 매력은 춥고 뜨거운 시간을 버티며 자신만의 꿈을 발효해온 숙성의 미학에 있을 것이다.

숙성은 잘 익었다는 뜻이다. 한 포기의 김치가 묵은지로 숙성되기 위해서는 그 시간에 애정과 정성을 아낌없이 쏟으며 기다려야 한다. 그 결과로 김치는 감칠맛을 내는 묵은지가 된다. 모든 김치가 다 묵은지가 되는 건 아니다. 잘못 발효되어 버리는 경우도 다반사다. 그만큼 숙성은 까다롭고 어렵다. 그 이치를 미당 서정주는 "한 송이 국화꽃을 피우기 위해/봄부터 소쩍새는 그렇게 울었나 보다"(「국화 옆에서)」라는 표현으로 함축한다. 김치가 숙성하거나 국화꽃이 피는 내력은 자기 열정을 가지고 꿈을 실현해내는 과정에 대한 비유로 설명할 수 있을 것이다.

인생의 여정을 성공과 실패라는 이분二分의 틀로 가차 없이 재단하는 태도는 도식적이고 차갑다. 삶은 어느 정도 숙성했는가에 대한 문제, 즉 숙성의 농도로 바라봐야 할 것이다. 숙성은 이분이 아니라 '엉김'이다. 엉김은 정겹고 따뜻하다. 한 포기의 김치가 잘 숙성되기 위해 양념과 어울리는 시간이나 국화꽃을 피우기 위해 소쩍새가 우는 시간의 내밀한 엉김을 가감 없이 음미하는 것이 바로 누군가의 시간을 추억하는 일일 것이다. 그런 맥락에서 백규 조규익 교수님의 정년을 맞이해 학자로서 나아가 한 인간으로서의 면면을 추억하는 이야기들을 '한여름에 묵은지 꺼내기'로 비유한 것은 더없이 적절하다. 그러므로 다음과 같은 정언명제도 성립할 듯하다. "백규 조규익 교수님은 묵은지다."

김치가 묵은지가 되려면 항아리에 담겨 땅속에 깊이 묻혀야 한다. 여기서 이런 질문이 가능하다. 묵은지를 담은 '항아리'는 무엇이고 '땅속'은 어디인가? 학자로서 교수님이 보인 잘 익은 묵은지로서의 '여정'은 이 책에 실린 논문, 저서, 역서와 학술 활동에 누가 봐도 놀랄 혹은 질릴(?) 만큼 기록돼 있다. 영문과 박준언 교수님이 "제게는 백규 선생이 미스터리 그 자체입니다. 백규 선생의 정체는 무엇인가?"라는 원초적 물음과 함께 "혹시 외계인이 아닌가?"라는 유머러스한 의혹을 함께 제시한 건 당연해 보인다. 박준언 교수님은 외계인 의혹의 비현실성을 감지하고 "혹시나 AI 전문가인 아드님 조경현 교수가 백규 선생 몰래 만능 AI 칩을 삽입한 것은 아닌지요?"라고 덧붙였으니 조규익 교수님이 학자로서 보여주셨던 성과를 에필로그에 더이상 거론할 필요가 없어 보인다.

외계인이거나 AI 칩을 삽입한 사이보그(cyborg)가 아니라면 그는 누구일까? 여담이지만 조규익 교수님의 수업을 수강한 학생들은 교수님을 '조미네이터(조규익+터미네이터)'라는 별명을 붙이기도 했다. 꼿꼿한 자세로 당당하게 강의실과 연구실을 오가는 교수님의 학교 생활은 힘차고 촘촘해서 수업 시간을 밥 먹듯이 땡땡이치던 당시의 낭만적(?) 학생들에겐 터미네이터와 같은 막강한 존재로 보였으리라 짐작된다. 이 별명엔 교수님의 강함과 열정에 대한 학생들의 동경이 담겨있는 게 분명하다. 그것은 강의실을 철통같이 제압하는 선생님의 강인한 인상에 대한 학생들의 각별한 애정이기도 하다. 특히 교수님의 연구실을 가본 학생이라면 '조미네 이터의 전설'을 부인하기 어려웠을 것이다. 수많은 자료와 책들로 빼곡한 교수님의 연구실은 미담 혹은 괴담의 산실이다. 사람은 보이지 않고 책만 보이는 곳, 들어서면 주눅이 드는 곳, 학문을 위해 불필요한 요소들을 최소화한 작은 도서관, 셋이 가면 앉을 자리가 없어 한 사람은 서 있어야 하는 곳, 차 향기와 책 냄새가 나는 작은 천국, 명절에도 불이 켜 있는 곳 등등으로 전해지는 교수님의 연구실. 그곳이 바로 묵은지를 숙성시키는 '백규의 항아리'이다. 제자 이은란이 무슨 사전이 이리 많으시냐고 묻자 학자란 모름지기 정확한 말을 쓰는 게 중요하다고 말씀하신 교수님의 연구실은 '말의 정확성'을 위해 분투했던 숙성의 공간이다. 이 책에 글을 쓴 많은 사람이 가장 빈번히 언급하는 추억이 '연구실'과 관련한다는 점은 연구실이 곧 교수님이고, 교수님이 곧 연구실이라는 사실을 말해준다. 그 사람이 누구인지는 그가 머문 장소가 말해준다. 숭실에서의 30년을 항아리 속 묵은지처럼 연구실에서 홀로 몰두하며 학문을 숙성시킨 교수님의 연구실은 후학들에게 학자의 결연한 표상으로 분명하게 기억될 것이다.

연구실이 묵은지의 항아리였다면 항아리가 묻힌 땅은 숭실대인 동시에 선생님의 댁이기도 하다. 가족들의 조력이 있었기에 교수님의 오랜 위업偉業이 가능했으리라 생각한다.

좋은 김치를 담은 항아리라도 온도가 맞지 않는 땅에 묻히면 소용없이 되기 일쑤다. 가족들이 그 온도를 조화롭게 만들어 주셨음은 우리 모두에게도 감사한 일이다. 역사보다, 학문보다 섬세한 영역이 살림살이다. 위대한 모든 일은 살림살이의 부대附帶 효과다. 명절에도, 휴일에도 줄기차게 만년 고시생처럼 연구실에 나와 계신 교수님을 바가지 안 긁고 곱게 맞이해주시는 사모님이 없었다면? 터미네이터 아버지를 둔 아드님들의 존경이 없었다면? 답은 한 송이 국화꽃을 피우기 위해 봄부터 소쩍새가 그리 울었다는 서정주 시의 사연이면 충분히 짐작될 것이다. 그러므로 교수님의 정년기념은 사모님의 내조와 두 아드님의 견실한 믿음에 대한 기념이라 해도 될 듯하다.

　이제 교수님은 연구실과 서울의 집을 떠나 공주 정안에 새로 거처를 마련해 '에코팜'이라 이름 짓고 생태의 삶을 체험하고 계신다. 자칭 요령 부족의 신참 농부라 말씀하시는데 분명 또 다른 계획이 있으리라 예견된다. 연구실의 책을 그대로 옮겨 갔으니 농부에 만족하실 리 없을 것이다. 그간 보여주신 학문적 열정이 눈 녹듯 사라질 리 만무하다. 연구실과 집이 오롯이 한곳에 모여 있으니 교수님의 철필은 더 부지런해질 것이다. 정안의 농부로 이직한 교수님이 그간의 묵은지를 꺼내 어떤 요리를 내놓으실지 참으로 궁금하다. 교수님의 '30년 숭실살이'를 통해 학자는 태어나는 게 아니라 만들어지는 것이라는 사실을 여실히 느낀다. 예전에 출간하신 수필집『꽁보리밥 만세』의 제목을 빌려 부족한 글을 마감하고자 한다. "묵은지 조규익 만세". 늘 정감 넘치는 사모님과 집 앞 관성지 주변의 꽃들과 꽃보다 더 예쁜 손녀와 더불어 내내 강건하시고 다복하시고 풍요로우시길 기원합니다. ♣

찾아보기

2) 필자별 찾아보기

(사) 한국문학과예술연구소 문예총서 12

백규 조규익 교수 정년기념

한여름에 묵은지 꺼내기
백규 조규익 교수 문하생들의 추억담

2022. 8. 17. 1판 1쇄 인쇄
2022. 8. 29. 1판 1쇄 발행

지은이 정년기념 문집 편찬위원회
발행인 김미화 **발행처** 인터북스
주소 경기도 고양시 덕양구 통일로 140 삼송테크노밸리 A동 B224
전화 02.356.9903 **팩스** 02.6959.8234 **이메일** interbooks@naver.com
홈페이지 hakgobang.co.kr **출판등록** 제2008-000040호
ISBN 978-89-94138-86-2 04810 978-89-94138-29-2(세트) **정가** 20,000원

■ 파본은 교환해 드립니다.